U0527240

MEMORY HOUSE
记忆坊文化

禄福
丸子
　著

谁说我不
喜欢她

（全两册）上

长江出版社
CHANGJIANG PRESS

图书在版编目（CIP）数据

谁说我不喜欢她 / 福禄丸子著. -- 武汉 : 长江出版社, 2024.9. -- ISBN 978-7-5492-9603-3

Ⅰ. I247.5

中国国家版本馆CIP数据核字第20249AR413号

谁说我不喜欢她 / 福禄丸子 著
SHEISHUOWOBUXIHUANTA

出　　版	长江出版社
	（武汉市解放大道1863号 邮政编码：430010）
选题策划	北京记忆坊文化
市场发行	长江出版社发行部
网　　址	http://www.cjpress.cn
责任编辑	梁　琰
特约编辑	莫桃桃
封面设计	小贾设计
版式设计	天　缈
封面绘图	KEHAO
印　　刷	环球东方(北京)印务有限公司
版　　次	2024年9月第1版
印　　次	2024年9月第1次印刷
开　　本	880mm×1230mm 1/32
印　　张	18
字　　数	520千字
书　　号	ISBN 978-7-5492-9603-3
定　　价	72.00元（全两册）

版权所有，翻版必究。如有质量问题，请联系本社退换。
电话：027-82926557（总编室）027-82926806（市场营销部）

目 录
Contents

第一章 名花名草的碰撞　　001

第二章 牛皮糖属性　　042

第三章 告白失败　　080

第四章 桃花运要来了　　147

第五章 高原酒庄　　199

第六章 如愿以偿　　244

第一章
名花名草的碰撞

高月开着车到唐劲风的宿舍楼下的时候，整个五号男生楼的人都沸腾了。

"快看快看，又来了！"

"这女的谁啊？就是倒追法学院唐劲风的那个谁来着？高月！高月，对吧？"

"对啊，就是她！生物系的，也算是系花了，长得还挺好看的，身材也不错，听说还是富家女。"

"那她还用得着倒追？她怎么没看上我呢？我今天就能以身相许！"

"你能跟唐劲风比吗？人家身高一米八三，去年平均绩点4.0，人称法学院王牌、实力派偶像。你的绩点有没有他的一半，或者像他那么玉树临风？"

"唐……劲……风！"

燃烧的八卦之魂被高亢的女声打断，大家又纷纷伸长脖子往楼下看，就见高月正仰头喊唐劲风的名字。

相邻的两栋男生宿舍楼上，几乎每个窗口都有探头出来看热闹的人，只有唐劲风住的五号男生楼520那间例外。

他不出现，高月就拉长了声音继续喊："唐……劲……风！"

这回有好事者捏着嗓子应了一句，引来一片哄笑声。

她也不恼，挑了挑眉，继续盯着那个方向。

果然很快有张面孔在520寝室的窗边一闪，立马又缩了回去，脸上的表情一言难尽似的，那人还摇了摇头。

高月笑了笑，知道她等的人很快就会下来了。

唐劲风耳朵里戴着抗噪耳塞，正坐在书桌前做英语六级的阅读理解题，对窗外发生的事一副完事不关己的样子。

座位靠窗的周梧缩回脑袋，默默关上窗户，走过去拍了拍他："我说……你要不要下去一趟？"

唐劲风握笔做题的手没停，他头也不抬地说："别理她，过一会儿她就走了。"

"不是啊，她哪回是自己走的？都是我从中斡旋，连哄带骗把她请走的！有一次还出动了宿管，有一次刚好辅导员也在……我双十年华，尚未娶妻，整天跟你们这样的风云人物搅在一起，命不久矣！你不能这样坑蒙老大哥啊！"

周梧复读一年才考上的A大，年龄比同班同学大，又天生有点老相，是520室当之无愧的老大哥。

看唐劲风还是不动如山，他只得开启"唐僧模式"，碎碎念道："今天阵仗这么大，万一又惊动了宿管，肯定要找我们谈话，搞不好要扣这周的全寝操行分。从这学期开始，寝室操行分要算入期末个人综合评价，分虽然不多，但是聚沙成塔、集腋成裘，扣一分就少一分，少一分对你们竞争奖学金的人来说就是特等和一等的区别啊！少一千块呢，那都是钱啊！"

提到奖学金，唐劲风终于放下手里的笔，拿掉了耳朵里的耳塞，抬起头来说："她今天又有什么花样？"

"你自己去看吧，开车来的，车顶上还放了一桶饮用水。"

群众还在看热闹，楼下近距离围观的人已经把高月从头到脚品评了一遍,没什么好说的了,才聚焦到她开的那辆车上面。

"我看她也不是什么富家女吧,富家女不得开辆超跑吗?再不济也开辆卡宴吧,她怎么开辆杂牌的SUV就来了?这传言水分很大嘛!"

"你懂什么?也许人家就好这口呢!"

唐劲风刚走到楼下,听到的就是这些不怎么有善意的笑声和评论。

他不动声色地拧了一下眉,堵在宿舍楼门口的人余光正好瞥见他下来,赶忙互相提醒噤声,不笑了。

唐劲风身形修长,个子虽然高却不显得魁梧,给人的印象是干净斯文的谦谦君子。他眉眼英气,目光中透着同龄人中少有的成熟和坚定,凌厉起来很有压迫感,绝不是只有完美皮相的小白脸。

看热闹的人被他看得有点发怵,尴尬得没话找话道:"那个……出去啊?这车……哈哈,你认得这车是什么牌子吗?"

唐劲风往门外扫了一眼,淡淡地说:"特斯拉Model X,新能源汽车,今年的新款。"

啥?

他没再理会周围的人,从人群中自动分出的一条道中走了出去。

高月笑意盈盈地迎上去道:"你总算下来了!"

他没看她,单手就把她车顶上那桶水给拎了下来,拉开车门坐进副驾:"走吧!"

高月喜滋滋地抿着嘴笑,上车前环视来自周遭的目光,正好看到周梧从520探出的脑袋,她感激地朝他一笑,然后打开了车后座的门。

Model X的后座门是像翅膀一样向上飞起的,高月还让它们摇了摇,像是对老周挥手致意,之后才关上门绝尘而去。

大家惊讶得合不拢嘴:"不是说国产杂牌SUV吗?还能这么酷炫地开门?"

好事者打开手机网页,按照唐劲风刚才说的查询——特斯拉Model X……市场指导价一百万元……

好事者,卒。

高月开着车行驶在A大校园里,时不时瞄一眼坐在身旁的唐劲风。

003

他怎么能长得这么好看，连抱着一桶水都显得如此卓尔不群！

"请你好好开车，周日返校的人多，校园里到处是人和晒太阳的猫。"唐劲风目不斜视地提醒道。

高月笑了："放心吧，我拿驾照虽然还没两年，但也是里程五千公里的老司机了，绝对安全驾驶。"

话没说完，车前优哉游哉地跑过一只肥猫，高月一脚急刹车踩下去，唐劲风的身子猛地往前冲去。

幸亏隔着一桶水，不然他大概率要撞到挡风玻璃上了。新车玻璃被撞坏了不打紧，他这张金贵的脸要是被撞坏了，她的罪过就大了。

"意外意外。"高月尴尬而又不失礼貌地微笑道，"你把安全带系上吧，虽然咱们这是在校园里，但是基本的安全规范还是要遵守的。"

A大校园风景如画，就是范围太大，像座森林公园似的，在校园里开车也跟上路差不多了。

唐劲风终于转过脸看了她一眼，声音隐隐含着怒气："你看我这样像是能系安全带的吗？"

那么大桶水占据了副驾的大半空间，压得他根本腾不出手动弹。

"你早说嘛，我来就好了。"高月停下车，俯身过去帮他拉安全带，心跳竟然咚咚地加速。

韩剧和小说里一般都是男主角帮女主角系安全带，趁机拉个特写，暧昧一番，没想到她这儿反过来了，可她居然还挺开心的。

唐劲风平时一副拒人于千里之外的模样，她很少能跟他挨得这么近，近到连他长而卷的眼睫毛都看得根根分明。

还有他身上的味道。夏天的尾巴还没过去，男生们动一动就一身臭汗，他身上却没有一点汗味，只有肥皂的香气和年轻的荷尔蒙的味道。

心思一多，手上的动作就不利索了，加上那桶水挡着实在碍事，高月拉了半天也没能把安全带给他扣上。她一再起身去拉那根带子，没留意到自己的胸口每次都压向唐劲风，他垂眸就可以看到她的内衣边缘……

车内空调开得很足，他却感到有些燥热，不得不把脸扭向一边，推开她道："不用麻烦，前面就到了。"

这两届女生住的宿舍是学校新建的公寓，在校园的另一个方向，跟他们五号男生楼几乎是在整个校园的对角线两端，来回散个步就一万步了，谈个恋爱都跟异地恋似的。

高月住的那一栋楼因为云集了颜值和数量成正比的人文、外语和法学这几个学院的女生，再加上有她撑场面的生物系女生，被称为公主楼。

公主楼下常年有不少"痴汉"，来自各个学院，追得到心目中的女神的成了骑士，追不到的就只能成骑手了。

像唐劲风这样的，真的是绝无仅有。

他从车上下来，问高月："你到底想怎么样？"

高月笑嘻嘻道："什么怎么样？你帮我把这桶水送上去啊，我们不是说好的嘛！"

"说好什么？"

"咦，你忘了？当然是帮我打工啊！既然你缺钱，又不肯申领助学贷款和接受捐赠，要攒够学费和生活费肯定挺困难的。我听说你在校内、校外做了好几份兼职，反正都是打工，不如你来帮我啊。你缺钱的事，我保证不告诉别人。"

"谁告诉你，我做了好几份兼职？"

"呃……这个你就不用管了。勤工俭学很正常啊，靠劳动赚钱也没什么可耻的，人家也不会因此就觉得你有特殊困难。毕竟像我这么聪明伶俐又观察入微的人实在是不多。"

唐劲风眯起眼睛道："你这是威胁我？"

高月一把握住他的手："当然不是了！我这是在帮助你啊，同学！"

唐劲风不动声色地把手抽了出来："如果只是送水，你可以请水站的工人免费给你送上去。"

"不行啊，我这水又不是在水站买的，是我从自己家里带来的。我妈说现在很多桶装水都是直接用自来水灌，没过滤就不提了，灌来灌去的过程中增加了微生物污染的风险，还不如自来水干净呢！我一个学发酵工程的，怎么能忍受每天喝的水里有满满的细菌！"

唐劲风深吸了口气。

高月知道他已经快到忍耐的极限，于是加快语速道："我带来的这桶水呢，是龙泉山上的山泉水，富含矿物质，对身体很好的，我们家里都喝这个。但我让学校水站的工人给我搬上去，不就等于公然嫌弃他们的产品不好吗？就像第三食堂的饭菜难吃得像猪食，我也不能自己从家里带米和菜来让食堂师傅去炒啊！"

"你说完了吗？"

唐劲风发现站在这儿听她说一大堆歪理的工夫，又吸引了不少八卦的目光。

周日下午，那些出去玩和周末回家住的本地同学都回来了，拎着大包小包的东西在宿舍楼进进出出，但凡路过他们身边，都忍不住放慢脚步多看两眼，甚至恨不得竖起耳朵听听他们在说什么。

生物系的高月积极追求法学院的唐劲风已经是全校皆知的秘密。大江大河的冲击，名花名草的碰撞，大家都很想了解一下具体进展到了什么地步。

唐劲风挑了挑眉，抬头看了看面前的公主楼。

今天阳光明媚，是连日阴雨后难得的晴天，每扇窗户前的晾衣架上都晒满了被子。

他没再说什么，弯腰一手提起水，另一手往桶底一托，就把水桶扛到了肩上，整个过程一气呵成。

他刚从寝室出来，只穿了件深色的无袖T恤衫，手臂上裸露的肌肉带着阳光的颜色，随着他的动作鼓胀扭动，充满力量的美感。高月后悔没来得及拿手机给拍下来，他已经往公主楼里走了。

女生宿舍楼一般不让男人进，除非帮忙搬行李和重物，但也得出入登记，搬完就立马下来。

唐劲风扛着水桶，左手龙飞凤舞地在登记簿上写下了法学院和自己的大名。

"哇，你左手也能写字啊？好厉害！"

高月一边感慨，一边悄悄对宿管阿姨做口型——这张纸等会儿留给我！

阿姨比了个没问题的手势。

唐劲风照例不理她,扛着水健步如飞地往楼上走去。楼梯和过道上偶遇这一幕的女生全都惊呆了,不由自主地放慢脚步或者停下来,等他从旁边过去,才聚拢到一起,在背后叽叽喳喳地议论。

"我是不是眼花了,那是唐劲风吗?法学院的唐劲风?"

"应该是吧,我只在特等奖学金公示栏上看过他的照片,那张脸太有辨识度了,真人还是第一次见……他怎么会在我们楼里出现啊?因为那个高月吗?"

"真人挺帅啊,不只是脸,那身材、那气质……你看到他的肌肉没?他刚才撩起衣服擦汗,我好像看到有腹肌!"

难怪那谁神魂颠倒呢!

高月就跟在他后面,坦然迎接众人的注目礼,非但没觉得有什么不好意思,反而雄赳赳地昂着头,有种身正不怕影子斜的坦荡劲儿。

唐劲风人高步伐大,扛着水也走得比她快很多,在她的寝室门口停下之后,示意她开门。

哎?高月忽然意识到,他都没有问她住哪一间寝室,就准确无误地站在了她的寝室门口!

这是不是说明,他对她的事情也有点上心?就是传说中那种"嘴上说不要,身体却很诚实"?

唐劲风看她半天不动,走道上又有刚洗好头发、披头散发抱着脸盆经过的女生像见了鬼似的盯着他瞧,终于忍无可忍地抬手敲门。

里面传来懒洋洋的女生声音:"门没锁,推!"

唐劲风毕竟是男生,又扛着重物,推门的力道不由得就大了点。

顾想想正一边看剧一边吃零食,回头看到唐劲风大步流星地走进来,震惊得刚喂进嘴里的怪味花生都掉了。

她又目瞪口呆地看向跟在唐劲风后面进来的高月,后者朝她比了个剪刀手。

唐劲风进屋后没有一个多余的动作,目不斜视地径直走到饮水机旁边,问:"直接放上去吗?"

听到这声音,靠外的上铺也发出了一阵翻腾的声音,原来上头还睡着人?林舒眉伸手挥了好几下,才把绞在脸上的蚊帐给掀开,从上铺的床帘里探出头来，一脸难以置信地瞪着唐劲风。

他对这种眼神已经习以为常了，又问了一遍："是不是直接放上去？"

顾想想这才赶紧放下手里的零食，扑过去把空掉的水桶拿下来，话都说不利索了："放……对，直接放上去吧，谢谢你啊！"

西南朝向的公主楼迎着夕阳，这个时间了还有阳光铺满窗台，房间里很热。唐劲风稳稳地把水换好，又撩起衣服擦了把汗，跟来时一样，没一句多余的话，转身就往外走。

只是他路过高月的床铺时，脚步顿了一下。

A大新生入学时都发了整套的床单被褥，花色简单统一，男生是深蓝色格纹图案，女生是大红色格纹图案。

高月的床上却是整套的深蓝色床单和被子。

"哎，你等我一下。"她追出来，塞了张一百块的纸币给他，"这个你拿着。"

唐劲风握着钱没动。

"这是酬劳，你帮我搬水上来，辛苦了。"

"一次一百块？"

"啊，你要嫌钱少的话，我们可以再商量的。"

等等，这对话听起来怎么这么奇怪……

唐劲风抱着手看着她："你知道一桶桶装水卖多少钱吗？"

"不知道。"高月够坦率，但也聪明，一点就通，立马解释道，"不过那不一样的。送水也许很便宜，但你毕竟是咱们A大的大学生，就算是送桶水，也是有品牌溢价的！再说我这水也不是一般的水，龙泉山上有龙泉寺，这水就是龙泉寺后门的泉眼里涌出来的，每一滴都汇聚着灵气，灵气重压身，你扛上来不容易的。"

一墙之隔，正趴在寝室门后听墙脚的顾想想都震惊了，要不是此刻手里又拿上了零食，她都忍不住要为高月鼓掌了。

高月这简直是一本正经地胡说八道啊！

唐劲风信她才有鬼，但他收下了那一百块钱，然后从裤兜里拿出一沓零钱塞给她："这是找零。"

是在下输了……谁现在出门还带着这么多零钱啊？！

高月被这猝不及防的九十块零钱弄得一阵手忙脚乱，唐劲风已经趁机下楼去了。

他是特别遵守规则的人，宿舍管理条例规定男生搬东西上去不得超过五分钟，他就绝不会超过时间给宿管阿姨添麻烦。

高月一直追到楼下，上上下下跑了一个来回，她已经有点气喘吁吁了，不得不揪住他的衣服道："叫你等一下啊，我送你回去。"

"不用了，我自己走。"

"很远啊！而且现在是晚饭时间了，你饿着肚子走回去，多不好啊！"

"嗯，我打算在附近吃了再回去。"

高月兴奋地搓了搓手："那你打算上哪儿吃？一起啊，我请客！"

"第三食堂。"

高月的笑容变得有些扭曲："不能换一家吗？我们这附近还有新面馆、小炒窗口，随便哪个都比第三食堂的东西好吃啊！"

唐劲风淡淡地说："不用了，我就喜欢吃猪食。"

他绝对是故意的！高月豁出去了，决定舍命陪君子："好，第三食堂就第三食堂！"她拍了拍身上的口袋，没带饭卡，"你等着，我上去拿饭卡。"

"你不嫌饭菜难吃了？"

"偶尔吃一回，我就当体验生活了！你要是现在改主意也行，我们去吃小炒啊，正好我不用拿饭卡了。"

小炒窗口是承包制的，可以直接用现金付款。

"不用了，我还是去第三食堂吃。第三食堂的饭菜虽然口味一般，但是价格最便宜，适合我。你不用迁就我，第一次见面的时候我就跟你说过了，我不需要迁就和同情。"

高月愣怔了一下，不由得松开手上的力道，唐劲风立刻头也不回地走远了。

高月回到寝室的时候，她的床上堆着刚晒好收回来的被子，蓬松又温暖，她一下就躺倒进去，陷在里头不想动弹了。

顾想想正从窗外收回自己那一床被子，一看高月回来了，随手就把被子往床上一扔，跑过来拉她："哎，你怎么这么快就回来了？唐劲风呢，你不是搞定他了吗，怎么没共进烛光晚餐呀？"

"什么烛光晚餐，不要提晚餐……"高月声音虚浮地说道，"想想啊，我好饿……"

顾想想赶紧从自己的桌上掰了一块巧克力塞她嘴里。

嚼着巧克力，高月的脑子终于重启了，她伸手摸了摸压在身下的被子，问道："你又帮我晒被子啦？"

"是啊，今天天气好嘛！晒晒晚上睡得舒服，大家都晒了。"顾想想摆手，"你别顾左右而言他，快说说你跟唐劲风怎么样了。你是不是终于表白成功跟他好了，不然他怎么肯帮你送水上来？"

上铺发出吱呀一声响，一听就知道是林舒眉又翻身竖起了耳朵。

高月哀声道："没怎么样，还是那样。他就是颗油盐不进的铜豌豆啊！"

"那他怎么肯帮你送水上来？"

"因为我答应给钱啊，有钱能使鬼推磨的道理你们又不是不知道。"

林舒眉从上铺垂下一只手："说到给钱，你这个月的劳务费还没给我。"

高月坐起来，啪地一下把她的手拍开了："你还好意思收钱啊？说好你每天给我打一瓶热水、三天洗一次衣服、每周晒被子、帮我做寝室的值日……实际全都是想想做的，连你那份寝室的值日也是！"

"我要睡觉嘛。"林舒眉懒洋洋地说道，"想想太勤快了，总在我睡觉的时候以迅雷不及掩耳之势把该我做的事都做完了。"

"你属蛇的吗？整天睡觉，掀开被子我看看蜕皮了没。"

"我比你们早一年生，确实是属蛇的啊！快蜕皮了，等我冬眠起来，就有一整张蛇皮，你可以拿去酿酒，产生一些特别的醇，说不定口感特别好。"

"现在才秋天！"

"秋天来了，冬天还会远吗？"

高月还要开口，被顾想想按住："哎呀，你俩别斗嘴了，反正我每天在寝室也没什么事干,这些事我都做惯了,多做一点没关系的。还是说说唐劲风吧,有钱能使鬼推磨这一招……在他那儿会不会不好使啊?"

林舒眉接话道:"怎么会不好使呢?月儿有句话说得对,有钱要使不动鬼推磨,那一定是给的钱不够多。"

这话确实是她说的。刚上大学那会儿,她实在不会做家务,刚住寝室就请了个钟点工阿姨来打扫卫生,顺便帮她洗洗衣服、擦擦桌子,倒是弄得挺干净的,也解放了其他室友的双手。

结果辅导员知道后把她叫去教育了一顿,说影响不好,寝室生活就该你擦擦桌子、我拖拖地,分工协作才能团结友爱嘛,怎么可以找钟点工来替代呢?

于是睡她上铺的姐妹林舒眉主动来团结她,提出可以帮她干活,价格嘛,跟钟点工阿姨一样就行。高月以为林舒眉家有困难需要帮助呢,还主动把钱翻了一番,活儿干得怎样都无所谓,反正她们寝室没住满人,该住四个人的,现在连她只有三个人,大家都没意见就行。

后来她才知道,林舒眉来自贺兰山下,家里有几百亩葡萄园和偌大的酒厂!

还好有顾想想,善良勇敢又勤快,蓝精灵似的,整个寝室都让她收拾得井井有条。

高月本来以为唐劲风知道她住哪间寝室是因为多少有点留意她的事,现在发现顾想想给她晒了被子,才明白他是抬头看到了她这床不该出现在女生宿舍里的被子在她们窗前飘啊飘,才确定她的宿舍是502室。

唐劲风为什么认得这床被子呢?

因为这套男生用的被褥本来应该是他的。她第一次见他是在学校后勤中心,他推着自行车,后座上就放着这个,跟后勤老师商量:"我自己从家里带了被褥、床单,换洗也很勤,用不着发的这两套,能不能帮我退掉?"

爽朗清举,姿容无双,帅哥谁不喜欢?高月在一旁忍不住多看了他几眼,脑海里却反复响着他问的那句"能不能帮我退掉"。

他离开之后，高月问了后勤老师，得知虽然没人这么干，但这样确实可以退回五百块钱。

那时她心里生出一种奇异的感觉……怎么说呢，就好像自己整天愁的是今天吃鲍参还是翅肚，却突然目睹了有人还在嚼草根和树皮。

她当即买下那两套被褥、床单，追上唐劲风，说："同学，你这两套东西……不要退了，我、我送给你用，免费……"

他有些惊讶，但是大概是她上气不接下气的样子太滑稽，他看她的目光都充满了同情："你要不要把气喘匀了再说？"

高月这才看清楚他的正脸：轮廓分明，五官俊秀，一双眼睛尤其深邃明亮，比刚才匆匆一瞥的侧颜线条不知惊艳多少倍。

她心里忽然像燃起一团火似的燃起一股斗志，腿不抖了气也不喘了，中气十足地问："同学，你有女朋友吗？"

唐劲风一脸疑惑地看着她。

"没有的话正好，这是你女朋友送你的床单和被套！"

因为是在男生宿舍区外发生的对话，一传十，十传百，她单方面宣布成为他的女朋友并送床单的故事很快就全校皆知。

唐劲风当然是十分感动，然后拒绝了她，他不需要同情之类的话也是那时候跟她说的。

发小戴鹰知道后骂她："你有病吧！"

高月回击："你才有病呢！"

这厮现在出息了，敢这么跟她说话。戴鹰不就考上了A大金融系，成了校篮球队队长和众多A大女生的梦中情人吗？也不想想从两人穿开裆裤一起玩过家家开始，他每回失恋是谁在给他安慰。

她难得认真一回，追求一个自己真正喜欢的人，怎么就有病了？

嫉妒，高月始终认为，他这是深深地嫉妒她。

戴鹰高她一届，之前一直是校草级别的人物，直到他们这一届学生入学，他的风头就被唐劲风完美地盖过了。

学长干不过学弟，他咽不下这口气。他看唐劲风不顺眼，也就不许高月看顺眼。

哼。

唐劲风经济拮据,家里有困难的事,她谁也没告诉,连顾想想和林舒眉都不知道。但戴鹰是知情的,他爸很厉害,查个人不在话下,当初她想了解一下唐劲风的情况,就是请戴鹰帮的忙。

她还记得拿到结果的时候,戴鹰的表情特别一言难尽,他还劝她说:"要不还是算了,咱换个人吧?你看我怎么样?你要习惯了最高配置的男人一时没法向下兼容,我就临时牺牲一下,勉强接受你当我的女朋友。"

高月说:"你有没有听过一句话?"

"什么?"

"如果世界上曾经有那个人出现过,其他人都会变成将就,而我不愿意将就。"除了唐劲风,换谁对她来说都是向下兼容,她真做不到。

戴鹰又嚷嚷道:"你言情剧看多了吧!叫你平时少看这些,都影响正常生活了!"

"那你回头把我送你的全智贤签名海报给撕了,别挂在床头,她也演言情剧。"

每次提到这茬戴鹰就不吭声了,爱咋咋的。

当然,高月也知道他是为了她好。她两三岁被送到北京外婆家里的时候,戴鹰也在大院里玩,两个人跟着大人学了一口京腔,是真正的发小。而他们的父辈过去是战友,后来是同事,她家里什么样,今后家里人想要她怎么样,他再清楚不过了。

然而唐劲风的家境……

高月此前也料想情况会很糟糕,却没想到是这么个糟糕法。

学校东区,弘礼楼。

高月刚上完一节生物统计学出来,手机上就收到辅导员群发的消息,通知要报双专业的同学到教务行政中心报名。

双专业这种事,高月一直觉得是学霸的"专利",她们寝室只有能拿奖学金的林舒眉可以一战。像她这样的,成绩中等,在男女比例悬殊的工科专业里虽然不算差,但能把本专业学好就是胜利,就不那么追求进步了。

关掉微信群的时候,她不小心点开报名图片往下拉了一下,一眼就看见了"法学"两个字。

咦,双专业还能报法学?

她立马拿出手机给戴鹰打电话,劈头盖脸就问:"我问你啊,本科双专业的学生能跟本专业的学生一起上课吗?"

戴鹰感到莫名其妙:"应该可以吧,反正都是一个专业嘛……"

可以就行!

高月仿佛打开了新世界的大门,不等他说完就挂了电话,又立马打给林舒眉:"你是不是要报双专业来着?等等我,我跟你一起去!"

林舒眉和顾想想一起出现在教务行政中心楼前,看到高月来了,都有些意外:"你真要报双专业啊?报什么专业?"

高月斩钉截铁地说:"法学。"

面前两个人的眼珠子都要掉出来了:"法学?你知道法学要死记硬背吧?你连'毛概'都背得那么吃力,能背得下法条?"

"'毛概'我不是过了吗?"

顾想想说:"因为'毛概'最后是开卷考试。"

"哎,总之你们别管了,我有制胜法宝。"

"什么法宝啊?"

"爱情!"

得,她们就知道她是醉翁之意不在酒,全在唐劲风。

见她心意已决,顾想想和林舒眉也不劝了,报就报吧。双专业而已,又不是比武招亲。

双专业的课程设置和收费标准就贴在大厅的布告栏上,同样的信息在教务系统里就能查到,打算报名的人早已经看好了,所以布告栏前的人并不多。

高月这样的属于临时起意,她快速瞄了一眼法学双专业那一栏,课程安排里写的法理学、宪法与行政法学、西方法制史对她来说都是天书一样的东西,她也没仔细研究,就迅速看了一下最后的价格——学年六千块。

不贵,挺好,比林舒眉要报的金融系中外合作项目一年一万八千块便宜多了!

高月拿出随身钱包里的银行卡,兴冲冲地准备去办公室报名交钱。里面正好有人出来,她收不住脚步,跟那人撞了个满怀。

她抬头一看就乐了:"唐劲风?这么巧,你也来报双专业?"

高月再一想,又觉得不太对。双专业这么贵,对很多学生来说不过是将来简历上锦上添花的一笔,对学校而言是个创收的手段。一年就要万把块钱,唐劲风会舍得花这样一笔钱吗?

他没回答她,目光朝下看了看,说:"你能不能先放开我?"

高月这才发觉刚才那一撞,她的手不自觉地揪住了他的衬衫。

白色的纯棉布料洗了太多次已经有些毛糙,可唐劲风这样的人就算是穿一件洗旧的白衬衫也特别清爽好看,有种干净的少年感。

衣料下的身体挺拔修长,就是太瘦了,她掌心摸到的硬邦邦的东西不知道是肌肉还是骨头。

他不会是悄悄去建筑工地搬砖了吧?听说现在建筑工人稀缺,工资一加再加,只要没被拖欠,一个月几千甚至上万元的收入都是有的。

莫非他报双专业的钱是这么来的?

女人的脑洞一旦打开就收不住了,她想象着眼前的青葱少年满面尘灰,手脚沾满水泥浆,戴一顶黄色的安全帽。虽然是建筑工地上最靓的人,但周围全是操着各地口音的老乡,他在其中显得格格不入,最累最脏的活儿都是他干,扛一袋水泥、一摞砖头就至少五六十斤,每天只能吃最差的盒饭。

难怪他那天帮她搬水上楼动作那么熟练,健步如飞,还吃得下第三食堂的饭……

"你身体不舒服?"

唐劲风看她脸上一阵红一阵白,一会儿又露出老母亲心疼幼崽一样的神情,忍不住出声打断了她的想象。

"啊,没有,我是来报双专业的呀!你也是吗?你报的什么专业?"

"经贸英语。"

"不错呀,我也挺喜欢英语的,要不我跟你报一样的吧!"

她突然福至心灵,也甭惦记什么双专业的跟本专业的一起上课了,直接跟他报同一个双专业多好啊!

"好啊。"唐劲风很放松,不像平时对她多少有点戒备,高月正欣喜他对她的态度居然有了这么大的转变,就听他接着说了一句,"不过报经贸英语双专业要求本专业绩点3.5以上。"

高月脸上的笑容逐渐凝固。

她突然想起林舒眉曾提过,尽管A大很多专业的全国排名名列前茅,但为就业形势所迫,本校最热门的两个双专业是金融和经贸英语,报考人数远超计划人数,不仅要求的绩点超高,还要分别加试一场高数和一场英语来择优录取。

唐劲风说得这么笃定,就是瞅准了她压根达不到报考的成绩!

好气啊,但还是要微笑,因为她还有别的计划。

"我跟你开玩笑的啦!我的英文已经是母语使用者的水平了,还报什么经贸英语呀!我是来报你们法学专业的。"

这下唐劲风倒真有点意外了:"你报法学?"

"对啊,惊喜不惊喜?意外不意外?我这可都是为了你啊,这么好的赚钱机会可不要轻易错过了。"

"什么赚钱机会?"

"当然是给我补课。"她谨慎地看了看周围,顾及他身为男人的尊严,特意压低了音量说道,"我对要背要记的东西不太在行,你多教我点窍门,平时笔记给我抄一抄,考试的时候也坐我旁边就最好了!我会付钱的,保证价钱公道。"

噢,原来她以为双专业跟本专业的学生是一起上课的。

唐劲风意味不明地笑了笑,居然就这么走了。

双专业正式开课之后,高月才明白唐劲风那个笑是什么意思。

她要把戴鹰大卸八块!

谁说双专业和本专业的学生一起上课?根本就不在一起好不好!

不仅不在一起,双专业的课还全部排在晚上!等于她好不容易熬完白天的专业课、必修课,晚上还得去上双专业的课!

戴鹰摊手:"怪我咯?我又没修过双专业,而且那天你问我,我是想说帮你去打听一下的,结果你话都没听完就急匆匆地去报名了,你说怪谁?"

"对,怪我,我忘了你根本没修过双专业!"

戴鹰当年的高考分也就刚够A大的分数线,要不是有篮球运动员的加分,他能进大热的金融系?

所以在高月看来,他跟个体育特长生差不多。她也是脑子秀逗了,居然跑去问他双专业的事!

戴鹰理亏,摸了摸鼻子道:"哎,高小月,别这样。你说你为了追一个男人,值得吗?"

"跟你一比,我就觉得特别值得!"

"好好好,是我的错,姑奶奶你别生气了,就当多学了门知识。俗话不是说,'学好法,走遍天下都不怕'嘛,技多不压身,这是好事啊!"

"好什么呀?"高月垮下嘴角,"双专业期末要考试的,我这学期还有生物化学、生物统计和机械制图这几门要命的课,法学课不能跟唐劲风一起上,我连进教室的动力都没有,期末难道交白卷?"

"不会的,法学平时不用学啊,全靠期末前一周拼命突击。"

"你又知道?"

"这有什么不知道的?快期末的时候,你到男生宿舍来看看,凡是熄了灯还扎堆抱着书在走廊上借光背书的,肯定是法学院的学生。"

"反正唐劲风肯定不这样。"高月从鼻子里哼了一声,又沮丧起来,"我也不能像他们那样啊,我背不出来。"

她从小就不擅长背书,靠着小聪明把数理化学好了,加上中学一直读的国际部,英语口语不错,凭语感把高考英语也给对付过去了,才考上这所大学。

她看起来明艳娇俏,却是个工科女,宁可待在实验室对着发酵罐,也不乐意去背书。

再说她也不可能平时一点课都不去上啊,老师点名怎么办?那要算平时分的。她到了大学成绩虽然一般,可从来没挂过科,做人要有点底线,不挂科就是她的底线,她可不想在双专业上开口子。

戴鹰想了想道:"这样吧,我有个小妹妹在外语系,跟你一届,也报了法学的双专业。我让她给你盯着点,万一老师点名就给你发消息,笔记借你抄,考试帮你画重点,行吗?"

高月满是怀疑地问:"你什么时候有这么厉害的妹妹了,是情妹妹吧?"

"你甭管,就说行不行吧?"

行吧……这倒也不失为一个折中的方案。

胡悦长发飘飘,顶着一脸艳丽的浓妆,果然是戴鹰会喜欢的类型。

看到高月进教室,她一脸不耐地挪了挪手边的书本,示意高月坐在旁边。

教法理学的老教授扶着老花镜,第一堂课就对着名单念:"胡说,胡说来了没有?"

全班的人都蒙了,然后全忍着笑东张西望,看哪路神仙叫这么个名儿。

胡悦站起来,几乎咬着牙说:"老师,是胡悦,古月胡,喜悦的悦!"

高月看她脸上的神色那个精彩呀,像高光没抹匀似的。

她灵机一动,第二次见面就送了胡悦一个全新的修容盘。

胡悦终于不再用鼻孔俯视她了,偶尔跟她聊几句,还会提前在双专业课给她留好位置,都是那种不会太靠前被老师留意,又不会太靠后看不到黑板的好地方。

高月其实无所谓,反正她也不怎么听课,想听也听不懂,就缩在角落里打打游戏。

她玩的是一款手机游戏,跟周围的玩家们加入了同一个游戏公会,看定位就在学校里,而且会长是大佬,可以带一带她这个倒霉蛋,将来线下有活动也方便集合。

公会里原本只有十几个人,本来当打发时间玩玩也没什么,最近不知怎么的,申请进群的人一下成几何级数增长,很快人数就要超上限了,于是副会长改了群公告,开始对成员的活跃度和段位有要求,否则就清人。

可现在每天晚饭后她都要上课,只能见缝插针地打一打。

林舒眉正沉迷射击游戏，笑话她一通后说："算了，我带你玩另一款游戏吧，想玩就玩，没那么多要求。"

高月有气无力地回了一句："姐妹，没想到你还是个'枪手'，佩服。"

上铺飞下来一个枕头，正好砸在她的脸上。

唉，其实这游戏她也玩过，四人联机对战的时候遇到三位很厉害的小哥哥，结果最后只有最沉默寡言的一位跟她活到了决战圈，她还死于抢空投包……那位小哥哥大概觉得她太菜了，十分同情，发现她还玩抽卡类的游戏，就把她拉进了自己新建的公会。

没错，她就是这么被会长捡来的。

作为公会元老，她不想被无情淘汰，正好卡池又更新了，她一口气充值两万元，开始如火如荼地抽卡。

会长上线后叫她："去做任务上分。"

"不然呢，就要把我清理出去吗？"

"我不清，但你要把段位打上四段。"

什么？！你是名人堂八段大佬，当然觉得四段随便上，可我上不去啊，整天挨打严重挫伤自信心啊，朋友！

高月死猪不怕开水烫，继续抽卡。

"你又花钱了？"会长打字问。

"是啊！"她不仅花了，还花了不少。

"少花钱多上线。我带你，一刻钟后跟人单挑。"

"我上课呢。"

"什么课？"

"双专业的课，法理学，完全听不懂。"

那头的人似乎沉默了一阵，过了一会儿才问："你们双专业法理学用谁编的教材？"

高月翻了一下封面："沈宗灵。"

"那听不懂很正常。"

高月忽然反应过来："会长，你是法学院的？你们学院的唐劲风你认识吗？"

对方没反应，高月再一看，对方已经下线了。

高月抽了四百张卡，无事发生，一张超稀有角色也没有。她想，赶明儿就把游戏删了。

自从开始修双专业课，高月就感觉自己的情绪忽上忽下、大起大落，果然没两天，例假就来了，整整提前了十天！

她躺在寝室里"血流成河"，不但没删游戏，反而玩得更狠了，眼看段位就要上三段了。

没想到胡悦突然发来消息："梯教三，老师要点名，速来！"

她就两节法理学没去而已，又要点名？

高月挣扎着下床，随手抓了件衣服套上就出门了。

刚到教室门口，她就听到老教授颤巍巍地说："那些没来的同学，你们都给他们发消息吧？现在可以再发一条告诉他们不用来了，我没戴老花镜，看不清名单上的字，下回再点。"

教室里顿时响起一片笑声，高月感觉到身下一片血气汹涌，正准备折回宿舍继续躺平，就听到前排一个清越的男声道："秦老师，我帮你点。"

这到底是要怎样啊？

这声音听着耳熟，高月从门上的玻璃往里看，居然看到了唐劲风。

他长身玉立，衬衫的袖子卷到了肘部，很优雅笃定的模样，就站在第一排的位置，手里捏着一张名单。

虽然没搞清楚他怎么会在这里，但高月的名字就在前几个，她连忙赶在他开口之前推门闯了进去。

这一下豁然开朗，不看不要紧，一看她更疑惑了——怎么这么多人啊？

法理学是大课不假，但双专业两个班加起来也就六十个人，平时来上课点卯的学生不超过一半。今天可好，整个梯教居然快坐满了，而且大部分是女生！

到底是学理工科的，高月一眼就看出了这其中的正态分布规律，敢情是以唐劲风为圆心，离他越近的位置女生越多。

那你们倒是坐他旁边啊，他坐的第一排怎么全空着呢，可远观不可亵玩焉？这么矜持怎么追男生啊！

高月就很坦率，大大方方地走过去，一屁股坐在唐劲风旁边的位子上。

他看她一眼，正好点到她："高月。"

"到！"高月答得特响亮。

挨到下课，高月问："你怎么会在这儿？"

唐劲风："来上课。"

"法理学你们不是大一就上过了吗？"

她这双专业的课程设置就是参照他们本专业大一的课程，也有部分跟他们如今大二正在上的课重合。

"你没听过温故而知新吗？法理学是学习法律的基础，大一的时候没学部门法，很多原理理解不了，现在再听一遍，可以加深理解，对将来考研也有好处。"

"考研？你现在就在考虑这么久远的事情啦？"

他转过身来瞥她一眼："就两年以后的事，你没想过？"

也不能说她没想过。考研、出国、直接工作，大学生毕业后的出路无非就这几样。高月选哪一样都可以，但哪一样都不是必需的。

她家境太好，从小到大想要什么就有什么，从来没什么东西需要她拼命去争取。说白了，她不知道自己真正想要的是什么、未来的方向在哪里。

现在却有例外，她有了想要为之努力争取，但即使努力也不一定会有回报的事，就是喜欢唐劲风。

能跟唐劲风一起上课，高月感觉法理学也没那么枯燥了。

尽管老教授慢条斯理讲的那些概念在她这儿还是左耳朵进右耳朵出，但她发现唐劲风的教材上写满了课堂笔记，有些是以前他大一上课的时候记的，有些是现在补充上去的，非常精练，深入浅出。

凭她对他学霸属性的了解，还有他高达4.0的绩点，她知道这些笔记绝对有极高的含金量。

她想趁上课坐他旁边的机会，借他的书来抄笔记。可是自从她那天大方地坐在他身边之后,其他女生好像也掌握了诀窍,加上唐劲风上课都坐第一排,周围没有太多选择的余地,高月再也没能抢到他身旁的位子。

她只好下课以后在教室外面等他,他一出来她就跟上去:"哎,那个啥……能不能借你的书给我抄一下笔记?"

唐劲风想也不想就拒绝了:"不能。"

"不要这么绝情嘛……"她话锋一转道,"我出钱!我出钱买行了吧?"

唐劲风终于停下脚步,她一时没刹住脚步撞在了他的背上。

他转过身看着她,俊朗的五官即使背着光也极度好看,可神色极为冷淡。

高月本能地垂着眼不敢跟他对视,心想她说得这么赤裸裸肯定伤到了他的自尊心,他八成会怒斥她金钱不是万能的,或者"女人,我要的东西你给不起"这样的话。

谁知唐劲风却问:"你出多少钱?"

啊?

高月抬起头看向他,他的目光还是那么冷淡,神情却不像是在开玩笑。

她有点蒙,下意识地说了个数:"一百块?"

唐劲风的脸色一下变得特别难看,她赶紧改口:"五十块五十块,你不用给我找零了!"

上次那一把高达九十块的零钱现在还躺在她的钱包里没用完呢!

唐劲风没说话,仰起头努力平息自己的情绪。

高月望着他下巴到喉结这一段的完美线条,还在琢磨自己这价到底是开低了还是开高了。

跟他谈价也太难了,跟竞标似的,她都不知道他的标底在哪里。

"你玩游戏吧?"他突然问。

"玩啊,抽卡牌。"

"充值吗?"

"充啊,充了玩起来比较爽。"

"你最近一次充了多少？"

"两万块吧。"前几天游戏推出了新角色，她全用来抽卡了。

"所以你用两万块来打游戏，然后出一百块甚至五十块来买我的笔记，你觉得合适吗？"

高月这才明白过来他刚才脸色骤变不是嫌钱多，而是嫌钱少啊！

说什么真爱，连一百块都不给我？

她连忙摆手："不合适不合适，其实我觉得你的笔记是无价的，出一两万块反而侮辱了你的智慧，所以才出了一个象征性的价格。"

唐劲风动了动唇，说道："我倒是觉得我现在把笔记借给你，才是侮辱我的智慧。秦老是法理学界的泰斗了，对考试要求还蛮高的，你自己多多努力吧，少壮不努力，老大徒伤悲。"

我现在已经在徒伤悲了，高月心里愤愤道。

胡悦看高月跟唐劲风走得近，一脸了然道："原来是这么回事，你就是为了他才报双专业的啊？"

"彼此彼此，你不也是因为戴鹰才肯帮我？"

胡悦矢口否认："我没有，我不是，你别乱说。"

这回轮到高月鄙视她："我说你们这些人怎么这么不坦诚呢？喜欢就是喜欢，喜欢又不承认，还什么哥哥妹妹的，太虚伪了。"

胡悦涨红了脸："从朋友做起有什么不行？再说他那么优秀，就算只是拿我当妹妹，我也开心。"

高月笑了一声道："我三岁就认识戴鹰了，他家三代单传，亲姐、表姐加起来有六七个，就是没有妹妹，你觉得他能当好人家的哥哥吗？喜欢一个人又不是什么错，你喜欢他就努力把他追到手啊，为什么要退而求其次？"

"可是……你不觉得女生倒追男生很丢人吗？"

高月看外星人似的看着她："都什么年代了，你的思想还这么僵化！追到手就是你的，搞不好享用一辈子呢，谁用谁知道，有什么丢人的。"

胡悦不吭声了。

"这样吧。"高月理顺了一口气,仗义地说,"双专业课你这么帮我,以后有关戴鹰的事只要我能帮上忙的,你尽管说!"

话是说出去了,可高月没想到,过了两天胡悦居然搬到了她们寝室。

她打饭回来,一推门正好看到顾想想在帮胡悦一起铺床,惊讶道:"你怎么来了?"

胡悦说:"你们寝室不是还空一个位子嘛,我就申请搬来了。而且你不是说帮我追戴鹰吗?我想,近水楼台先得月,离你近一点更好。"

这姐们儿也太有攻击性了吧?

戴鹰知道胡悦搬寝室的事后撇了撇嘴道:"你别听她瞎掰。她那是整天在寝室放音乐跳操,影响其他人休息和看书,早就想找地方搬了。"

"所以她就往我这儿搬啊?你知不知道我们寝室有位属蛇的姐妹,特别爱睡觉,她们打起来怎么办啊?"

"那正好,让她带动那位室友一起跳操啊,反正啦啦队正缺人呢!"

"她跳的啦啦操?"

"对啊,啦啦操特长生加分,不然你以为她怎么考进A大的?"

"挺好的啊,你是打篮球进来的,她是跳啦啦操进来的,你们简直是天造地设的一对,赶快在一起吧!"

"你真这么想?"

戴鹰深深地看她一眼,眼神似乎带了些哀怨,一转眼又换了一副放荡不羁的面孔,胳膊往她肩上一勾:"那你也来参加啦啦队训练呗,马上要打大学联赛了,来给我加加油!"

"不要,我白天上课,晚上还要修双专业,累都累死了,还跳什么操啊!再说了,你有半个学校的女生组队为你加油呐喊了,哪还用得上我啊!"

戴鹰哼了一声,说:"要是唐劲风上场,你肯定就不是这个态度了。"

高月一怔,说道:"他不是不肯加入校队吗,你终于说服他了?"

"我干吗去说服他!"戴鹰白眼都快翻上天了,"他打中锋,我也打中锋,难道我会比他差吗?他接受过几天系统训练?体能跟得上吗?懂什么叫团队配合和技战术吗?不是花架子搭得好看,能投个三分球就叫会打篮球,还什么无冕三分王呢,也不知道哪个无知少女编的!"

高月抱着手看着他道:"就是我这个无知少女给他起的,有问题吗?"

戴鹰张了张嘴,最后挥手道:"总之这校队有我没他,他乐意来我还不乐意收呢!你要为了他才肯参加啦啦队,那就拉倒!"

说完他就气哼哼地走了。

其实高月真是没时间参加什么啦啦队,大学英语和高等数学马上要进行期中考试,而双专业的刑法课老师宣布要开模拟法庭,十人左右一组,自由组合,跟下学期的刑事诉讼法课联动,因为刑事诉讼法也是他教。

高月无语,这还能联动?

而且刑法课老师听说双专业的法理学课堂堂爆满,甚至有本专业的学生来蹭课,十分受鼓舞,立志要把自己的课也打造出类似的效果,于是大胆规划,让双专业和上他课的法学生一起开模拟法庭。

双专业的学生不强制参加,但如果参加且表现良好,期末可以免考。

高月一听免考,立刻精神抖擞,当堂踊跃报名:"老师,我参加!"

她还顺带拉起了胡悦的手,跟她一起报名。

高月安慰胡悦:"你放心,模拟法庭又不是单打独斗,我们只要加入高手战队,期末免考妥妥的!"

法学院的高手战队由谁带领……不用她说了吧?

到了下课时间,高月便到法学院的獬豸楼去堵人。

周梧抱着专业书从楼上下来,一看到她站在楼梯口,立马转身往回走。

高月仰起脸,清脆地叫道:"老周!"

他噔噔地往楼上走得更快了,像被追得慌不择路,急着往天台逃命的人似的。

最后高月还是三步并作两步地追上他,笑眯眯地说:"你怎么看到我就跑呀?我又不是来追债的。"

跟追债也差不多了。周梧推了推鼻梁上的粗框眼镜,叹了口气道:"有什么事吗?"

"噢,刑法课老师让我们开模拟法庭的事你知道吧?我想……"

"不行。"

"我还没说完呢!"

"你不用说我也知道你想干什么,不行,没得商量。"

"这样啊……那这周末的中网公开赛,你也不会去看喽?有你最喜欢的纳达尔啊!"

周梧的态度出现了严重动摇,他忍不住问:"什么意思?"

高月拿出两张票在他眼前一晃,说:"你看啊,老周,我现在周末课业负担很重。周五晚上要上双专业的课,周六要去实验室帮老师整理数据,周日还要做机械制图的作业,实在是忙不过来。虽然我也很想到现场目睹纳达尔的风采,但现在只能忍痛割爱,让你这个真正的网球迷代我去一趟现场。这么好的看台位置,说不定还可以捡到纳达尔发出的球带回来给我看看,那我就死而无憾了。"

周梧已经伸长脖子看过来:"很好的位置吗?"

"当然了,看台前排中心位置!"

周梧眼中冒出绿光:"那……"

高月适时地把手一抬,收回那两张票,言简意赅道:"模拟法庭。"

周梧低头认输:"好吧,但这个每组人数有限,我虽然可以选人加入,但最后要是他不同意……"

"不会的,你只要把我加入你们组,他不会不同意的。对了,我这边是两个人啊,还有个我双专业的同学叫胡悦,古月胡,喜悦的悦,别忘了。"

"什么?还两个人,那不行……"

"行的行的,你把票拿好,我走了啊!"

高月把网球比赛的门票往他手里一塞,兴高采烈地跑了。

她知道唐劲风平时在班里或者专业课上有什么分组的活动都会跟周梧在一组。尽管周梧的成绩赶不上他,平时喜欢看书又有点老相,给人的感觉有种书生气的迂腐,但唐劲风很尊重周梧,但凡周梧说什么,或者做什么决定,唐劲风一般不会反驳。

高月就是看中这一点,才总是从周梧这儿"曲线救国"。

不过就算搞定了分组,高月还是觉得不能就这么坐等靠要,这模拟法庭要做些什么准备工作,她好歹也应该了解一下。

她上网搜了搜,都是一些国内外法学生的模拟法庭新闻报道和视频,关于怎么做准备,她还是没有头绪。

心烦的时候打开游戏玩一玩,她这时才想起这周都没做每日任务、没上分,怕是要被会长给扫地出门了。

没想到她还在公会群里。高月看群通知,近期不仅群内人数激增,还吞并了学校附近几个小的公会群。

群内新老成员们在频道里聊天,总是聊着聊着就要求会长发照片。

听说他们都是被副会长用会长刚洗完澡的半身肌肉照给骗来的。

嘁,那种照片不是到处都能找到吗?他们学校男生的素质她心里有数,还会有人比唐劲风更优秀吗?可唐劲风又不打游戏。

现在的孩子们可真好骗。

高月刚打开召唤窗口准备抽卡,会长就上线了,跟她说:"去上分。"

她心里叫了声祖宗,忽然想起来:"会长,你也是法学院的,你参加过模拟法庭吗?"

她总觉得像会长这么成熟稳重的小哥哥应该已经读研究生了,这种事肯定难不倒他。

果然,他很快回:"你要干什么?"

"噢,没什么,就想问问模拟法庭前期要怎么准备,挑什么案子比较好……我没什么概念。"

那头的人似乎斟酌了一阵,发过来一段话:"案子挑暴力型犯罪,比如抢劫、杀人和伤害类的,案情比较明朗,但又有一定争议性的,庭上辩论会比较精彩。可以事先到法院旁听一个刑事庭,熟悉程序。"

"法院还可以直接旁听?要预约吗?"

"不用,带上身份证直接去,凡是公开审理的案件都可以旁听。周一市中院有个轰动全国的案子开庭,你可以去看看。"

高月立马打开电脑上网查询,果然看到相关的信息。她记下时间、地点之后,又查了一下有关这个案子的新闻,了解到事情的大致经过,正想在手机上跟会长说声谢谢,发现他又下线了。

下回跟他要微信吧,她想。

周一早晨,高月没课,本来是可以多睡一会儿的,但为了去法院听庭审,她硬是挣扎着爬了起来。

结果她只是到公共盥洗室去洗了个头,回来发现寝室门居然被锁了。

她差点发出震慑全楼的怒吼,风风火火地杀到隔壁寝室借手机给林舒眉打电话:"谁把门锁上了!我只是出去洗漱而已,回来就进不去了啊!"

林舒眉一副没睡醒的腔调:"我哪知道啊,我们以为你还在睡呢!"

"胡悦呢?她怎么也不在?今天要去听庭审啊!"

"胡悦……她跟我在一起,今天我们要训练。"

"训练什么?"

"啦啦操。"

高月真是不服不行,胡悦还真把林舒眉说动去参加啦啦队了。

高月揉着额头:"你把电话给她,我跟她说。"

她刚说完那头就传来胡悦的喊声,林舒眉道:"来不及了,她叫我,要开始训练了,先这样啊!"

顾想想上午有课,高月只好下楼找阿姨拿了钥匙上来开门,再把钥匙送下去。

来来回回耽误了半天,她一看时间这么晚了,赶紧开车赶去法院,本以为会快一点,谁知到了那儿她才发觉完全没地方停车,在外转了两圈随便将车子往路边一插,违停贴条也认了,赶紧匆匆忙忙地背着包跑了进去。

法院外面都是架着长枪短炮的记者,还有热心人士拿着写在纸板上的暖心话来给被害人的家属打气。

看来这案子真的是受各方关注,庭审应该也会很精彩,会长的推荐果然没错。

然而正因为关注的人太多,想要进入旁听席旁听的群众也多,法院为了维持秩序,按先来后到的顺序给想要进去旁听的人发旁听证,一人一张。

高月来得晚，证已经差不多发完了。她焦急地踮起脚在人群里张望着，期望有人能临时不去了把证让给她。

她开始怀念看演唱会的时候，门外还能找到"黄牛"买高价票，现在是买都没处买。

没想到她张望了一会儿，还真让她看到熟悉的身影，竟然是唐劲风和周梧。

果然英雄所见略同啊，他们也来听这个案子了。

"这么巧。"她从人群中硬挤到唐劲风身边，然后悄悄探头朝周梧做了个鬼脸。

唐劲风看到她好像一点也不惊讶，依旧那么高冷，淡淡地扫了她一眼，没有说话。

"啊，我好像来晚了，旁听证发完了。你们……有没有领到多余的证呀？"

周梧轻咳了一声，说："一人一证，多余的没有。不过我早上没来得及吃早饭，这会儿饿得胃不舒服，还是先去吃点东西吧，要不我把这张证让给你？"

高月压下心头的雀跃，悄悄伸出两只手指朝他比心。

老周挠了挠头。啊，谁让昨天的中网公开赛那么精彩呢，不虚此行啊！

老周顶着唐劲风的眼刀麻溜地跑了，高月欢天喜地地把旁听证别在领口，然后挽起唐劲风的胳膊："走吧，咱们进去！"

庭审持续了一上午，比想象中的时间长，但没有想象中的抗辩那么激烈。

高月这才知道原来那些不靠谱的国产剧里，律师在法庭上高喊"我反对"都是瞎编乱造的。咱们跟欧美法系的法庭对抗制不同，控辩双方提交证据、盘问证人的程序一板一眼，时间一长，多少有些沉闷。

可高月最后居然掉眼泪了，倒不是因为检察官和律师的辩论有多么精彩震撼，而是因为被害人家属的表现。

失去了女儿的妈妈坐在证人席上，强忍着眼泪，声音哽咽地回答问题，法官宣布休庭的时候，她终于再也抑制不住地痛哭失声，朝犯罪嫌疑人伸手要他还自己的女儿。

嫌疑人只是一言不发地跟着法警离场，而早已离开这个世界的人当然永远不可能再回来了。

高月抬手抹泪，唐劲风干净修长的手递过来纸巾，他示意她道："我们先出去，今天的庭审已经结束了。"

"不宣判吗？"

"择期宣判。"

高月只好擦了擦眼泪，跟他一起往外走。

两人到了法院门口一看，她停在路边的车被拖走了！

她这是赶上运势不佳的时候了吗？从一大清早到现在，感觉诸事不顺啊！

她看了看唐劲风，问："你……怎么回学校？"

"走路回去，不到三公里路。"

"那我跟你一起走。"

他竟然难得地没有表示反对。

两人朝着学校的方向走去，中途经过一条河，马路就沿着河流的方向延伸。路边行道树的叶子开始枯黄落地，踩在脚下咔嚓咔嚓响，终于有了一点秋天的意思。

高月的眼睛还有点红红的，擤鼻涕的纸巾已经扔了好几张。唐劲风蹙了蹙眉头，似乎这时才想起问她："为什么哭？"

高月这时才想起来不好意思："让你看笑话了。其实也没什么，就觉得被害人家属很可怜。被告那男的怎么下得去手？再怎么说曾经也是一家人啊，为了骗一笔保险金，就把自己的太太给杀了，有没有人性了？"

唐劲风沉默了一阵，说："有时候恰恰就是家人之间，互相伤害才最不留情面。"

"你说他会不会被判死刑？"

"不好说，虽然是故意杀人，但他有自首行为，愿意赔偿被害人家属，案子本身又是发生在家庭成员之间，按照我们国家现行的法律和大环境来看，最后很有可能只是死缓。"

"那岂不是太便宜他了！"高月愤愤不平道，"那可是一条活生生的人命啊，多少钱能够衡量？况且那男的要那么多钱干什么？他就没想过后果吗？现在孩子那么小就没有妈妈了，爸爸也要坐牢，等于一夜之间家破人亡，一个家就这么毁了。"

"不止一个家，还有他自己的父母和被害人的父母，他是一口气毁了三个家庭。"

唐劲风说得很平静，高月却忽然想起他家里的情况，心里咯噔一下，脚步也不由自主地停住。

他回过头看向她："这么快就走不动了？"

高月摇头。其实她脑子里有些乱，她正飞快地回想着刚才说的这些话是不是犯了他的忌讳，会不会无形中刺伤他。

怪她太心直口快，当初戴鹰给她的调查资料里明明写得很清楚，她自己也上网查过更具体的情况，怎么这时候就不经大脑地发表这样的评论呢？

唐劲风脸上倒看不出什么异样，快到学校的时候，他转入路边的一家书店，对她道："我要看看书，你先走吧。"

高月跟了上去："我也有书想买，一起呀！"

他没管她，径自往书店里的某个位置走去，像是早已知道要找的书放在哪个位置。

书店里做兼职的女大学生似乎也认得他，很自然地跟他搭话，又殷勤地到书架跟前为他翻找他要的书。

高月现阶段的主要任务就是将一切的可能性都排除在唐劲风周围十米开外，怎么能让那女生这样得逞呢？

于是她主动上前对那位兼职店员说："你好呀，能不能帮我找一本《微生物发酵工艺学原理》？我要今年四月刚出的那个版本。"

对方不情不愿地放下唐劲风这边的事，去帮她找书了。

唐劲风回头瞥了她一眼，高月赶紧随手拿了本书低头翻看。

哎？现在的言情小说封面真好看，开篇也好精彩呀！

她不知不觉竟然站在那儿看入迷了，连唐劲风什么时候走的都不知道。等发现旁边已经没人的时候,高月才连忙放下手里的书,还不忘看一眼作者是谁,才匆匆赶到收银台去。

"请问刚才出去的那个高高的、穿蓝色外套的男生买了什么书啊?麻烦你给我拿一样的。"

"他没有买书啊。"

咦,没买吗?她刚才明明看到他拿了一本《国际商务合同翻译教程》啊,好像很需要的样子,竟然没有买?

"他常常来看书,都是看最新版的,学校图书馆还没有或者借不到的那些,翻书解决了疑问就走了。反正看书本来就是为了汲取知识,不是为了占有书籍本身,我们书店也鼓励大家来看书。"刚才被她忽悠着去找书的兼职女生把她随口要找的那本书放她面前,"这是你要找的书,买吗?"

"买!"高月没有丝毫犹豫,"还要一本《国际商务合同翻译教程》,类似的法律英语和合同翻译的书还有哪些?你也给我每样拿一本。"

最后高月拿出皮夹买单时,又想起什么似的说道:"啊,我还要那个福禄丸子的言情小说!"

高月背着一大摞书回到寝室,顾想想含着根棒棒糖,好奇地围着那堆书转圈:"看不出来啊月儿,你居然会买书!"

还是这么艰深的法律英语、合同翻译……

"我怎么就不能买书了?不过这些书确实不是给我自己买的。"

"是为了唐劲风吧?"顾想想随手翻了翻,"我听说他给人翻译合同呢,应该正用得上这些书。"

高月一下子坐直了身体:"他给人翻译合同,收钱的那种吗?从校外接的活儿?"

"嗯……你这几本小说看起来不错呀,借我看看,我就告诉你。"

高月立刻双手把书奉上。

顾想想说:"其实我也不知道他从哪里接的活儿,不过薪酬应该还不错。法律英语在法学院好像是大四和研究生阶段才有的选修课,所以这种合同翻译一般是找读研的学生做,大一、大二的学生除非英语基础特别好，否则没有金刚钻也揽不了瓷器活啊！"

这倒是。不过别人高月不了解，唐劲风的英语肯定是不差的。大学英语每学期至少四个学分，他平均绩点要达到4.0，这种占大头的科目没有优势怎么行？

难怪他会辅修经贸英语的双专业，除了个人兴趣，也是因为对他的外快收入有实际帮助吧？

模拟法庭小组第一次碰头会约在第三食堂进行，高月为了等排练啦啦操的胡悦而迟到了。

作为组长的唐劲风一定要等人到齐了才开会，于是其余八个人只能围坐在桌旁乖巧地等着。

高月双手合掌赔着不是："对不起对不起，有事来晚了。说到哪儿了？咱们现在开始呀！"

组里的成员绝大部分是男生，大概也觉得等等女生没什么，尤其像高月她们这样的美女。

然而其中有一位女生不乐意了，冷着脸说："有事就可以迟到二三十分钟？其他人难道都没事吗，我们的时间不是时间？"

这么犀利……高月用眼神问周梧：这谁呀？

周梧无声地回答：我们班长沈佳瑜。

好吧，迟到确实是她们不对，高月刚准备再说一遍对不起，身旁的胡悦却突然说："是啊，校园这么大，大家都这么忙，谁都有可能临时有事被耽搁，就不能互相体谅一下吗？"

"这次体谅你们，下次就得体谅别人，否则不就成特权了？你一个人迟到二十分钟，我们这儿十个人，每人二十分钟就是两百分钟，你知道两百分钟可以做多少事情吗？"

"我们已经道歉了啊，干吗还这么咄咄逼人？"

"道歉有用，那还要警察干吗？"

"你……"

眼看两人就要吵起来了，高月跟周梧连忙一边摁住一个。

高月悄悄瞥了一眼抿紧了嘴一言不发的唐劲风，心里有点打鼓，怕他一怒之下把她们从小组里踢出去。反正她俩本就是双专业的,强行加塞才加入他们,可有可无。于是她赶紧打哈哈道:"那个,今天迟到确实是我们不对,我请大家喝奶茶呀,第三食堂小卖部的奶茶可好喝了!我去买!"

谢天谢地,第三食堂总算还有点可取之处,小卖部的奶茶是真的很好喝。

高月转身匆匆忙忙地去买奶茶了,走得太急,脚底绊了一下,还差点摔了一跤。

几个男生忍俊不禁,胡悦和沈佳瑜各自别过头去,也不吵了。

唐劲风这才云淡风轻地翻开面前的笔记本说:"行了,我们从选择案例开始,然后再分配庭审时的角色。"

高月拎着十杯奶茶回来时,大家的讨论已经如火如荼了。

她把加了最多爆爆珠的那杯奶茶放到唐劲风面前,其他就随机分,然后捧着自己那杯缩到胡悦旁边的座位上,打算安静地蒙混过去。

她对选什么案子没有意见,反正有唐劲风在,肯定万无一失。

事先她就跟周梧说好了,她的目标是在模拟法庭上做个完全没有台词的角色,最好是被害人或者家属,实在不行就反串法警,不求有功,但求无过。

她现在想的是,等会儿怎么把那几本书送给唐劲风才显得比较自然。

跟她形成鲜明对比的是坐在长桌那一头的沈佳瑜。沈佳瑜简直是口若悬河,舌灿莲花,最后还要总结陈词:"我觉得这个案子挺合适的,过程不是特别复杂,但又涉及好几种罪名的竞合,还有正当防卫的争议,很适合庭上辩论。而且真实案例过去没几年,当时也闹得沸沸扬扬,我们这个年龄的人那时有十三四岁了,对此应该也印象深刻。模拟法庭我们是第一组,用这个案例能迅速吸引观众的注意力,达到开门红的效果,争取个高分。"

其他几个人跟着附和,连周梧似乎也觉得没问题,小声跟唐劲风商量:"你觉得怎么样?"

高月也看向唐劲风,那张平时俊朗得让人有些目眩的脸此刻却流露着忧郁的情绪，尽管他已经努力克制，但眼睛是骗不了人的。

高月有些好奇，问身旁的胡悦："到底是个什么案子啊？"

"我也没太搞明白，他们好像是在网上查的。大概就是男人在外面有了小三，又不肯跟原配离婚，小三就去放火想烧死原配，结果男人在阻止的过程中错手把小三给杀了，原配也被烧成了重伤。放火的地方是夫妻俩创办的工厂，财产损失也很严重……"

她后来又说了些什么，高月都没再听进去，只看到她涂了亮色唇釉的嘴巴一开一合，传到高月脑子里都是嗡嗡声。

其实高月听到小三放火去烧原配的时候，心里就咯噔了一下，心想不会这么巧吧。再听到烧的是工厂，所有不好的预感就被证实了。

她想也没想，腾地一下站起来说："不行，不能选这个案例！"

在座的人包括唐劲风都看向她。

"为什么不能选？"沈佳瑜缓过劲儿来，不满地问，"你听明白案情概要了吗？"

"我听明白了。"她就是因为太明白，才不让他们选啊！

她的目光迅速从唐劲风身上掠过，像是要故意重申自己的观点似的，她又大声说了一遍："这个案例不好，总之不要选这个。你要在当地反响强烈、大家印象深刻的，不如选那个杀妻骗保案啊，前两天刚在中院开庭，还没宣判呢！"

"还没宣判，我们在模拟法庭上怎么宣读最后的判决书？"

高月冷笑："原来你就这么点本事，判决书都只会用现成的？我看人家国外的模拟法庭还可以影响法学毕业生找工作呢，要都像你这样，毕业后的百万年薪岂不是没指望了？"

沈佳瑜气得脸色发白："西方的模拟审判是全国性的竞技项目，只能用官方给出的材料，跟我们这个能相提并论吗？"

"可以自主选择，发挥余地不是更大？你干吗非得选一个已经有定论的案例？"

"因为这个案例案情明白又有复杂性，可以达到最好的庭审效果。我刚才不是都已经说过了吗！"沈佳瑜懒得跟她辩了，直接转向唐劲风，"劲风，你是组长，你怎么说？"

高月承认她酸了,这称呼,好像他们很熟、很亲昵似的!就算他们是一个班的同学,也用不着这样吧?

唐劲风眉头的结没打开,神色却已经恢复平静,甚至太过平静了,显得有点漠然。

"就选这个案例吧,我没什么意见。"

高月怔了一下,沈佳瑜挑衅地朝她飞来一瞥,嘴角挂着一丝志得意满的笑,才重新坐回座位上。

"那现在分配一下角色。合议庭需要三个人,检察官两人,辩护律师一到两人,剩下的分别是嫌疑人、证人……具体人数可以再做调整。扮演检方和律师的需要分别写起诉书和辩护词,其他人的台词根据庭审程序和案情来设置,写好以后我们再开会对词。"

"就是类似演员拿剧本对戏,还挺有意思的。"

沈佳瑜大概是为了活跃一下气氛,笑着接了这么一句,没想到唐劲风没有一点笑的意思,甚至都没有抬起头来,拿着笔在本子上边写边淡然道:"大家愿意担任什么角色,凭自己的意愿先提一提。"

这就很尴尬了。沈佳瑜终于敛起笑容,不出这个风头了。

高月在心里哼了一声,默默翻了个白眼给她。

看大家你看我、我看你都不说话,现场莫名被低气压包围,周梧及时解围道:"要说文采和上场的表现力,那肯定要靠小唐和沈班他们这样的组合呀!我看干脆就沈班做律师,小唐做检察官……"

"不行!"高月又跳起来,"他不能做检察官。"

胡悦都惊呆了,暗暗拉她的衣角,用眼神瞪她——你吃错药了,怎么回事啊?

高月清醒着呢,拨开她的手,昂起下巴说:"因为我想做辩方律师,而且要跟唐劲风一组!"

其实对此早该习惯了……可周梧还是万分头疼地揉了揉额角:"检察官必须是两个人,律师应该只要一个,不然人手可能不够。"

"那、那就让他做律师,我跟沈佳瑜做检察官好了!"

我的天,她要是真有这么讨人厌的同事,可能上班第二天就交辞职信了。

唐劲风啊唐劲风，我为你牺牲到这个份上，你可千万要领情啊！

然而有人偏偏不领情。唐劲风挪开她摁在他的笔记本上的手，挥笔写道："沈班做辩方律师，检察官我来。"

沈佳瑜又一次摆出全胜的姿态，高月都顾不上生气了，举高手道："那我也当检察官，跟你一起！"

这是她最后的倔强，谁也不准跟她争！

开完碰头会，唐劲风把笔记本一合就走了。

高月刚想追上去，就被沈佳瑜给拦了下来。

"你干什么？让开。"

"高月是吧？我听过你的事，也知道你是为什么来的。我只想提醒你，你们双专业参加模拟法庭是锦上添花，但对我们本专业学生而言是要占正式学分的，你别搞砸了！"

"你懂什么！"高月说起来就气，一改之前息事宁人的态度，一把拨开沈佳瑜，用鄙夷的眼神看着她说，"我劝你，年纪轻轻的，少那么刚愎自用，多听听别人的意见，不要戳了别人的痛处还扬扬自得！"

沈佳瑜愣了："你……你这是什么意思？"

"就字面上的意思啊，这都听不懂？"

胡悦适时地站出来把两人隔开，反正她也早就看沈佳瑜不顺眼了，示意高月赶紧追唐劲风去，这里交给她。

高月从食堂追出去，正好看到唐劲风的长腿跨上周梧那辆破自行车。

他们寝室的几个人大一时买的自行车在校外打工或者参加活动时被偷了，只有周梧的这辆硕果仅存，成了名副其实的"共享单车"，只要有需要时带上他就行。

周梧这会儿刚跳上自行车后座，唐劲风骑着车绕过花圃，看来是要去往学校东区。

高月快步从另一头绕上前，正好往他车前一站，展开双臂喊道："等一下，我有话跟你说！"

唐劲风没料到她会突然跳出来，加上车子刹车不太灵光，前轮几乎抵到她腿上才停下来。后座上的周梧被迫跳车，差点整个人滚进花圃。

他拍了拍胸朝她喊道："大小姐，你怎么回事啊，不要命啦？"

这场景、这台词，简直是大型碰瓷现场！

高月得到灵感，立刻入戏，顺势往地上一坐："哎呀，我的腿，好疼……站不起来了！"

有没有撞到她，唐劲风最清楚，所以他甚至没从车上下来，只用一条长腿撑着地，静静地看着她表演。

周梧却吓坏了，连忙跑过去，扶了扶鼻梁上的眼镜："不要紧吧，要不要送你去医务室啊？"

高月悄悄冲他眨了眨眼。

抱歉啊，她有话要单独跟唐劲风说，最好不要有第三人在场，只能出此下策。

好在周梧也很快反应过来，转身道："你看这……要不我先过去，你发挥一下绅士精神，送送她？"

高月一脸坦然地坐在地上，周围已经有路过的同学和老师纷纷侧目，大有要聚拢围观的趋势。

唐劲风闭了闭眼，冷冷地对高月说："起来。"

"我叫你起来！"

"哦哦！嘶……可是好疼啊，我真站不起来。"

"你不觉得凉吗？刚才食堂阿姨倒了一盆洗菜的水出来，就在你现在坐的位置。"

啊！高月差点叫出声来，噌地一下跳起来，扭头去看自己身后。

"看来你的脚伤好得挺快，医务室也不用去了吧？"

高月知道被他"套路"了，只得说："我就说两句话，真的，说完就走。"

"嗯，这是一句，你还有一句话的机会。"

"别这么不近人情嘛！哎，你别走啊……"

唐劲风果然只听她说完两句话就骑上车从她身旁掠过，她急中生智干脆顺势跳上了车后座。

车子左右扭动了两下，她趁机揽紧了他的腰，喊道："喂喂喂，你别停啊，一停我又该受伤了。这里人来人往的，你让人家怎么想呢？你现在要去图书馆对不对？我也是啊，你就捎我一程，顺便听我把话讲完嘛！"

他果然没再停车。

对付他还是耍赖好用，高月在他身后窃喜。

年轻男人宽阔结实的后背就在眼前，她觉得唐劲风的背影比其他人的都好看，环在他腰上的手不由得紧了紧。

他骑车很快，即使带了人也是一样。校园里落了满地的银杏叶子，被风驰电掣的车轮卷起，像金色的蝴蝶贴着地面做短暂飞行。

今天风大，高月耳边只有猎猎的风声和他强有力的心跳声。

她斟酌了一下，怕他听不清，提高分贝大声道："那个……模拟法庭的案子，你真的不必非要选那一个。大不了你就说我法学基础薄弱，搞不定那么复杂的案子，写不出像样的起诉书，大家也不会有意见的。"

他应该是听见了，虽然高月看不清他脸上的表情，但她揽在他腰间的手臂感觉到他的身体微微一僵。

他果然还是会在意的吧？

在别人看来，这不过是一个轰动一时的案例，可谁又能想到，对唐劲风而言，这是真真切切发生在他家人身上的事？

即使隔了这么多年，要让他怎么当着这么多人的面去面对他父母当年的惨剧？而且他还要以"检察官"的身份控诉"嫌疑人"身份的"父亲"，这太残酷了。

事情发生的时候，他们才十几岁，她还不认识他，不能为他做什么。现在不一样了，她既然想走进他心里，总得守护好他，为他做点什么吧？

他一定会因为她的理解而感动的！

高月正想象着两人互诉衷肠的情形，就听唐劲风说了一句："到了，下车。"

到了？到哪儿了？她抬眼看了看，发现是在男生宿舍区附近。他们不知不觉已经走这么远了啊。

039

她从车后座上蹦下来，看到周梧也到了，不由得惊奇道："你怎么来的，居然比骑车还快？"

"我跑步。"老周嘿嘿一笑，"我喜欢长跑，最近正练习呢，照这个状态，今年至少可以参加个半程马拉松。"

她其实考的是体育大学吧？怎么感觉人人都有体育特长似的，要不擅长点什么运动都不好意思出来见人了。

唐劲风把自行车停好，对她说："我们还有事，你先回去，起诉书记得写。"

嗯？她还是要写吗？案例不打算换了？而且为什么是她写啊？

高月不服，不屈不挠地说："那你们现在去哪儿啊？我也一起去。"

她不信说服不了他！

唐劲风那张英俊漂亮如面具一样的脸上毫无波动："我们去洗澡，你也要一起吗？"

高月呆了一下，几乎忘了他们刚才进行的是什么话题。难怪从刚才开始就有那么多穿着拖鞋的男生从她身旁走过呢，原来他们是停在了男生浴室门口。

"洗澡……你不是要去图书馆吗？"

"我没说过要去图书馆。"

好吧，是她一厢情愿了，以为他跟平时一样不会这么早回寝室，肯定要去图书馆自习，没想到学霸也是要洗澡的。

只不过……

"你们男生也会约着一起洗澡吗？"

这不对呀……高月眼神古怪地看了周梧一眼，看得他起了一层鸡皮疙瘩，忍不住摸了摸脸。她看他干什么？他脸上有什么奇怪的东西吗？

"你们经常一起洗澡？"她问唐劲风。

周梧听见了，哈哈一笑道："那还用说？可不是只有你们女生爱干净。"

高月回眸瞪了他一眼。

唐劲风完美无瑕的面具终于有了丝裂纹，还是带了点愤怒和羞恼的那种："看来你真的是太闲了，不知道脑子里整天在想些什么。你要真这么有空，就把起诉书写完，把质证的过程也给写了。"

啥，这俩还不是同一个东西吗？

周梧同情地看了她一眼，跟唐劲风一起走进男生浴室。

高月怏怏地往回走了两步，这才反应过来——她没有车了！四轮、两轮的都没有！她得自己走回宿舍了，好远啊！

她要送给唐劲风的书也忘给他了，这下她又得负重背回去……

第二章

牛皮糖属性

三天之后。

生化实验大楼的三号实验教室里,一场为科学事业而进行的"杀戮"正在上演。

今日献身的对象是——兔子。

高月的脑子里恍恍惚惚想的还是那张至今一纸空白的起诉书。

今晚他们模拟法庭小组就要再次碰头对词了,她只理清了案情摘要,写了大概的质证经过,就已经快把头发给拔秃了,起诉书还不知从何落笔。

早知道她就不该在唐劲风跟前提起诉书这一茬,现在怎么想都有种搬起石头砸自己的脚的感觉。

这堂课是他们生物工程专业必修的动物实验,她是替顾想想来的,她自己选的课已经在周三上午上完了。

顾想想是看到什么动物都恨不得抱回家养的那种人,动物实验根本下不去手。上学期因为实验结束不忍心注射处死小白鼠,不小心硬生生捂死了一只,她还抱着寝室的姐妹大哭了一场。这学期听说要解剖大白兔，顾想想就想方设法地请人替课，主要靠同寝的高月和林舒眉。

今天轮到高月了，顾想想还神神秘秘地跟她说，来替课有惊喜。

能有什么惊喜呀？谁能帮她把那份双专业的起诉书给解决了吗？

所以当高月看到唐劲风走进教室的时候，第一感觉是——她是不是走错教室了？高月还特意绕到教室门外看了看……然后才反应过来这就是顾想想说的惊喜。

他居然也是帮人替课的。

真是勇气可嘉啊！他一个文科男，竟然有胆替人上实验课，而且既然顾想想都见过他，那么证明他已经替课过不止一次了。

实验课有时候不需要动手，只要帮人喊到就行。他之前怕不是这么被人骗来的，殊不知这回要动手了，要是被揭穿该多么尴尬啊！

她立刻挪到他身边的位子上，这样等会儿就算开始做实验，他也不用怕，她会罩着他的！

其实从进门开始唐劲风就看到她了，但并没有显示出任何意外的情绪，甚至换白大褂的时候还显得特别从容和潇洒。

幸亏他们这专业女生不算太多，否则他这样的人物突然出现，肯定要引得一片春心萌动，议论纷纷。

"哪个不长眼的让你替他来上这门课？"高月悄声道，"今天要动手实战的！不过你不会没关系，到时候看我操作，我怎么做你就怎么做。"

唐劲风没接话，轻车熟路地戴上手套，说："模拟法庭小组今晚要碰头，你的起诉书准备好了吗？"

高月想说写了，只是没写好，但终归底气不足，不知怎么的，还感觉到身体一阵抖动。她以为是自己心虚产生的幻觉，看到唐劲风回头才跟着扭头看了一眼。

太高能了！老师刚发下来做实验的一对兔子居然在后排桌子上公然交配！

高月的老脸都红了，哪能想到有生之年会跟唐劲风一起看这么赤裸裸的画面？

任课老师一副见惯大世面的口吻："都坐好，有什么好看的？它们很快就完事了。"

真的很快,周围很多小伙伴还没来得及把手机摄像头打开,小公兔就已经完事倒下了。

唐劲风也有点尴尬,清了清嗓子。高月朝他笑了笑。

起诉书的话题暂时敷衍过去了,高月决定利用下课后到晚饭这段时间,在网上下一个模板把案情套进去,现在先安心动手做实验。

麻醉、绑兔子、备皮……咦,她发现唐劲风做起来挺得心应手啊,比顾想想还麻溜,难怪人家放心让他来替课。

不过想想也是,他这种学习能力和适应能力超强的学霸学什么都比一般人上手快,正是人们常说的——比我聪明的人还比我勤奋,走自己的路,然后让别人无路可走。

然而也不知道是麻药的问题还是兔子的问题,高月明明已经推了足量的麻药进去,他们这只兔子就是不肯晕。

她一点点加量,又不敢加太多,怕直接把它弄死了。眼看其他组的人已经切开观察好,开始拍照了,他们这儿还在跟兔子大眼瞪小眼。

最后还是老师下来帮忙把兔子弄晕了,还提醒他们:"当心点,它看着晕了,说不定是装的。"

这还能装?行吧,事不宜迟,他们赶紧下刀切完算了。

高月看唐劲风拿着刀多少有点犹豫的样子,于是撸起袖子道:"我来切吧,你注意一下止血夹。"

毕竟她是本专业的学生,不能让他看轻了自己的专业素养,而且让一个文科专业的同学下刀,万一切歪了那多不好意思。

唐劲风大概也是这么想的,真就把刀交给她了。

高月为了让他安心,决定夸一夸自己:"其实我动物实验做得挺好的。上学期有一回要杀鸡,三个人一组,女生就不提了,有些男生也不敢杀,最后还是我帮的忙,特别快准狠。所以他们还送了我一个外号,你知道叫什么吗?"

唐劲风难得给面子地问了一句:"叫什么?"

"天涯明月刀。"谁让她的名字这么好听,叫高月呢!

唐劲风没出声,但她能感觉到耳边有微妙的气流——他在笑,他居然对她笑!

要不是手里拿着解剖刀,她一定要回头看看。

她一直觉得唐劲风冷漠的外表下其实是藏着特别温柔优雅的一面的,假如他是个古代的美人,肯定是笑不露齿的那种。

为博美人一笑,烽火戏诸侯。

她要生在古代一定是个昏君。

高月手起刀落,唐劲风上止血夹,两人本来配合得挺默契,没想到继续往下切的时候,那兔子好死不死居然又睁眼了!

老师真是料事如神,它真没晕彻底,这下醒了,还动了动三瓣嘴,仿佛在实力吐槽:哪个龟儿子把老子的皮划开了?

高月就像刚上手术台的半吊子麻醉医生,手术到一半发现病人醒了,心里一慌,连带着手里的刀就偏了,直接一刀切向了兔子的颈动脉。

一股血柱瞬间直冲实验室的吊灯,反弹滴落,淋了她跟唐劲风一头血。唐劲风正低头想躲,另一股血柱迎面而来,正面喷了他俩满脸满身。

"止血夹!"

她听到唐劲风朝她喊道,可这时候哪里还顾得上什么止血夹,他们俩的手都不约而同地想要压住兔子的动脉,然而只在混乱中摸到对方的手,都以为是兔子,一阵乱摸乱掐……

高月简直难以形容此刻复杂的心情,好不容易博得美人一笑,好不容易摸到了小手,居然是在这么极端的情况之下完成的。

他们真该感恩今天解剖的不是狗,否则被喷的就是货真价实的狗血了。

"按住了别动!"站在前排的老师看到他们这边的突发状况也连忙赶来想帮忙,高月听到动静手又一抖,兔血又换了个方向,朝着老师一阵乱喷。

整个实验楼顿时响彻中年男子的怒吼。

没想到一只兔子的血量竟然这么惊人……

感觉持续了一个世纪,血终于喷完了。

045

"我觉得你的外号应该改一改。"唐劲风低头看了一眼自己衣服上的血迹,咬着牙幽幽地说,"别叫天涯明月刀了,叫'负红血'吧。"

高月低声解释:"这是意外啦,下次肯定不会了。"

"你还想有下次?"

老师早就看这两个缩在后排磨磨叽叽的学生不爽了,现在还出了这么大的乌龙,立刻把他们拎到外面去,先到办公室简单处理了一下手上和脸上的血,然后语重心长、长篇大论地把他们痛批了一顿。

批累了,他话锋一转道:"你们留下来,把整个实验楼给我收拾干净才准走!"

"哦……"高月蔫头耷脑地应声,然后突然反应过来,"整个实验楼?"

她怀疑自己的耳朵也被血给糊住了——是整个实验楼,不是他们这一间实验室?

"是啊,反正你们这个样子现在也不能出去,就当学雷锋了,帮忙把其他实验室也收拾干净再走。"

这会儿是校园下课晚高峰,大家都出来吃饭呢,他们浑身血淋淋地出去的确挺吓人的。

唐劲风没表示反对,高月还以为他是既来之则安之,掐指算了算,问他:"今天大概有五间教室有课,是你管楼上三间,我管楼下两间,还是咱们分工协作,从下往上一起收拾呢?"

她是比较倾向于第二种方案啦,两人共同劳动,多么有利于培养感情呀!

唐劲风回头看了看她,居然又笑了。

他笑起来真是好看,不带羞怯,眉宇舒畅,像清泉漾开波纹,又像晨曦自挽清风。

她被他笑得出神,以为终于可以透过浓雾看到他的温柔,谁知就听他说:"想什么呢?当然是你一个人收拾五间。"

温柔的假象像镜子一样稀里哗啦碎了满地,她的"为什么"三个字还没问出口,教室门口忽然一下拥来一帮人,说说笑笑的,都说要看看今天血染实验室的两人。

高月连忙转身面朝墙壁——别看,要脸。

唐劲风找了张干净的台子,打开随身带来的一个厚厚的文件夹低头写了起来,一副事不关己的模样。

反正他又不是生物系的学生。

林舒眉也在人群当中,看到高月的德行和天花板上那精彩的画面,已经完全能想象到发生了什么事,都快要笑死了。

她跑到墙边问高月:"哎,这就是想想说的,替课的惊喜?"

"惊喜在那边坐着,这是惊吓。"

不,这是意外。

"听说老师让你们收拾整个实验楼?"

"是啊,等会儿还要去开会,晚饭只能吃食堂的残羹冷炙了。"高月说着说着忽然想起什么,"你们今天是不是上食品实验课来着?你不会刚好留下了胜利成果吧?"

"有啊,都没吃完,还留了好多等着你们去收拾呢!啊,隔壁实验室的发酵罐里还有刚酿好的葡萄酒,你要不要?"

"要要要,先当晚饭顶一顶,我们一时半会儿怕是出不去呢!"她示意林舒眉看她那一身血,今天白大褂没扣,里面还穿了件米色的上衣,效果特别恐怖。

林舒眉笑够了才肯给她带路。她跟着林舒眉上了趟楼,很快就满载而归。

唐劲风一抬头就看到她端着一个金属做的大烤盘进来了,有面包、蛋糕、蛋挞,居然还有一只烤鸭!

她把东西放在桌上之后,他才看到她的另一只手里还拎了一个玻璃瓶子,里面晃荡着深红色的液体。

她拧开瓶盖,用手在瓶口扇了扇,深深地吸了口气,然后兴奋地招呼他说:"快来尝尝我们生物系出品的葡萄酒,实验果园种植的葡萄酿造的,可不是随时随地能喝到的。"

唐劲风没理她,她不知从哪儿找来两个烧杯,这就把酒满上了。

她早就想用实验室的烧杯喝一杯了!

"你要干什么?"

"什么干什么？当然是吃晚饭了，你不饿吗？这都到晚饭时间了，我们还得打扫好几间实验室，先吃点东西垫一垫肚子嘛！"

他蹙眉看着烤盘里那些吃的："这都是你们生物系做的？"

"是啊，本来大三才开始做食品实验，不过我室友林舒月上学期学分溢出了，就提前选了大三的课。我们以前也吃过不少学长和学姐做出来的实验品，你来尝尝看，味道真的不错。"

"不用了。"唐劲风继续低头写写画画，"我不饿。"

"人是铁饭是钢，一顿不吃饿得慌，怎么会不饿呢？嗯……你在写什么呀？"她已经边说边啃着一只鸭腿凑到了他跟前。

唐劲风嫌弃地挪开文件："你的油滴到我的纸上了。"

"所以叫你先别做了嘛，多少吃一点，吃饱了再做，我可以帮你。"

刚才那一瞥她其实已经看清楚了，他做的正是英文合同的翻译。

他的字迹遒劲工整，蓝黑两种颜色的笔在纸面上交替做批注，已经写得挺快了，但看进度似乎还剩不少。

"你翻译过合同？"唐劲风问。

"没有。"高月咽下一大口肉，"我只给来开会的大佬做过口头翻译，没做过笔译，不过应该也不会差太远吧！"

他就知道她会这么说，也懒得多解释，合上文件夹，随手拿了一个纸杯蛋糕。

他已经很久没吃过三餐之外的零食了，几乎都要忘了这些东西的味道，平时也不太会想起来要吃。这样偶然的机会，味蕾再次被激活，他才意识到，曾几何时他也是很喜欢吃甜食的。

蛋香浓郁，味道很好。

高月看他吃了两口就不动了，以为他是有什么顾虑："你别觉得是我们实验室做出来的东西就嫌弃，实验室的环境和操作过程可比一般工厂干净多了。"

"我知道。"

"你知道？噢，你经常帮人来上课吧？所以肯定对我们生物系有一定的了解！对了，你怎么会同意来替这种实验课，那人自己怎么不来？"

他抬头瞥她一眼:"他晕血。"

要是遇上今天这种状况,对方怕是不知道晕多少回了,早就被送去医院了。

"噢……"高月有点酸,脚尖在地上画圈圈,"是男生还是女生?"

唐劲风起了点恶作剧的心思:"是女生又怎么样?"

"是女生我就跟她公平竞争啊!她给你多少钱替她来上课,我给双倍,你别来了!"

怎么看都是她亏好不好?她还挺想跟他一起上课的呢!

"在你看来,是不是没有钱解决不了的事?"

"是啊,没错。要是解决不了,那一定是钱不够多。"

唐劲风冷笑:"你的起诉书还没写完吧?你说,要多少钱才能让你一鼓作气地把它给写完?"

高月差点被嘴里的面包给噎住,拍了拍胸口,说:"谈钱伤感情……咱能不能先别说这个?我吃饱一定写,真的!"

说完她就举起手里的烧杯,一口气把里面的葡萄酒给喝光了。

唐劲风以为她吃点东西喝点酒之后,就会开始写起诉书……不,至少开始打扫实验室了。

然而并没有,她喝完一杯酒之后又倒了一杯,然后再一杯,一杯接一杯……

"别喝了。"他终于抬手挡住了烧杯,她却端起另一个烧杯,以迅雷不及掩耳之势灌了他一大口酒。

"尝尝嘛,我们实验室出品的红酒,帕克评分怕是也有九十六分以上!"

唐劲风被出其不意地灌了这么一口酒,差点呛到。紫红色的液体滴落到衣服上,让他今天穿的这一身更加没法看了。

他狠狠瞪着高月,发现两个人离得实在太近了。他坐在椅子上,而她坐在桌子上,居高临下地凑过来,他的下巴稍微抬高点就要碰到她的嘴了。

女孩子的嘴唇红得像将熟未熟的樱桃,又染上了葡萄酒的颜色,带着微醺的酒香,像天然的诱惑,一直在他眼前晃来晃去。

"你喝多了。"

"我?"她拿手指着自己,"我怎么可能喝多,这才多少酒啊……嗝——"

她摇摇晃晃拿不稳杯子,半杯酒又晃了出来,溅了几滴在他的牛仔裤上。

唐劲风终于忍无可忍地把杯子夺了过来,把玻璃瓶子里剩下的酒全倒了。

他觉得问题就出在这酒上。他们生物系做的是微生物实验,可能用来酿酒的菌不一样,发酵温度、环境的控制也跟一般酒庄酿酒不同,所以这酒的酒精浓度和含有的物质容易让人喝醉。

他刚才那一大口酒喝下去,也觉得身体有些发热。

"你怎么把酒给倒了?暴殄天物……"

高月嘟囔着,从他手里把玻璃瓶夺过去,把剩下的几滴酒倒进了嘴里。

所以,这实验室怎么办,到底还打不打扫了?

他们今天几点钟能从这儿出去?模拟法庭的碰头会还等着他们去参加呢!

唐劲风看她脸上的潮红和明显已经异于平时的亢奋状态,知道这时候跟她说理,简直就是秀才遇到兵,还不如自己动手算了。

毕竟他也不能真指望这位大小姐能把整个实验楼打扫完。

"我去打扫其他实验室,你把这一间弄干净就行。晚上模拟法庭的碰头会你记得准时参加,不要缺席。"

"哎!"

高月当然是想拉住他的,可他动作麻利,很快就拿着拖把和抹布上楼去了。

唐劲风收拾完全部实验室时,晚饭时间已经过了。夜幕降临,校园里已没那么多人来来往往,他准备趁机回宿舍洗个澡换身衣服。

下楼路过高月待的那间实验教室,他发现灯还亮着,她正趴在桌上奋笔疾书不知道在写什么,似乎还没开始打扫实验室。

他蹙起眉，本打算进去提醒她，想了想还是作罢，独自先从实验楼回宿舍去了。

晚上的模拟法庭碰头会，其他人陆陆续续到了，唯独缺高月。

唐劲风猜到她可能赶不上，特意把时间往后延了一点，没想到她居然还是没有出现。

周五的晚上，大家都没课，也不急着回寝室，便凑在一起，打游戏的打游戏，赶论文的赶论文，反正食堂里还算安静。

唐劲风本来也带着翻译资料出来，写了几行却总是没法完全集中注意力。

坐在他对面的周梧打开了高月同款手机游戏，问他："要不先把今天的群战打了？"

今天开会的时间跟他们平时打游戏的时间重合了。

唐劲风："嗯，你来开，不要挑人太多的。"

周末打群战的人不多，即便是这样，唐劲风一个人单挑对面的馆主还是绰绰有余。

打的时候太投入，他忽略了消息栏里的对话，打完进去才看到"24桥明月夜"给他发了消息："会长，你们群战都打完了吗？我觉得有点冷啊……我好像被锁在实验楼里了。"

看似前言不搭后语的话，却让唐劲风的神经骤然紧绷起来："什么意思，你怎么会被锁在实验楼里？"

其实……高月也不知道她怎么就被锁在实验室里了。她喝了葡萄酒后脑子有点晕，好不容易把起诉书给写完了，便准备用抹布擦喷溅到灯管上的血迹。

擦之前当然要先把灯给关掉，她借着手机的照明擦完，收拾好东西准备离开的时候却发现实验室被人从外面给锁上了。

大概管实验楼的老师以为人都走光了，顺手就把没落锁的门给锁了。

这下可真是麻烦了，他们这栋实验楼里手机信号特别差，她连电话都打不出去，倒是有公共Wi-Fi可以连。

每日做任务的时间一到，她下意识地就打开了手机游戏……

会长果然是热心人啊,她才求助,他立马就问她是怎么回事,然后打算来解救她于水火之中了。

她虽然喝酒喝得有点上头,但还没忘记今天经历了怎样惨烈的"实验",自己现在一身血怕是要把人家给吓死。

于是她果断拒绝了会长的好意,说:"会长你是法学院的吧?大师兄一定很有威信,就不用亲自跑这一趟了,你把法学院的唐劲风叫来帮我一把就成。"

他怎么能不声不响地扔下她就自己跑了嘛,好歹也跟她一道被锁,说不定还能想想办法跟她一起出去。

他也不想想,她一个女孩子晚上单独待在空荡荡的实验楼里会害怕的。

会长没说好也没说不好,就下线了。

高月仔细想了想,她也有点强人所难。唐劲风那么难搞,谁使唤得动他呀?何况就算是同一个学院的师兄弟,彼此之间也未必认得,更不一定给彼此面子。

抱膝坐在实验室的椅子上等了一会儿,她实在有点受不了自己身上的味道,正准备厚着脸皮给林舒眉她们一个再度取笑自己的机会,向她们求助,门外忽然传来敲门声。

"里面有没有人?"

唐劲风的声音飘进耳朵里,她一下跳起来,像古代被判了斩监候的罪犯终于等来了探监的亲人似的,哗啦一下冲到窗户旁边:"有啊有啊,我在这里!"

隔着窗玻璃,高月看不清唐劲风的脸色,只看到他在门口查看了一下,确定没法弄开那锁,才转身去找管钥匙的老师。

高月被放出来的时候,管实验室的老师看到她身上的血吓了一大跳:"同学,你有幽闭恐惧症吗?那也不要用刀伤害自己啊,你大点声音喊一喊,总能叫到人来通知我开门的。"

"不,我这是兔血……"

"吐血?怎么会吐血,胃出血吗?"老师更紧张了,"要去医院吗?我的车就停在学校里,可以开车送你去!"

身旁的唐劲风淡定地说:"不用麻烦老师了,我可以送她去。"

"哦哦哦,有男朋友啊,那就好办了!"老师挥了挥手,示意他们快走,今晚被锁的乌龙就当没发生过,也不追究是谁的责任了。

唐劲风拖着高月出来,她还在噼里啪啦地用手机发私信:"会长,我出来了会长!你太牛了,竟然真使得动唐劲风!"

她实在是对会长佩服得五体投地,一定要抒发一下!

消息泥牛入海,会长没有回复。

唐劲风的脸色很不好,这会儿在路灯下是清清楚楚地摆在眼前了。她难得有点怵,哂笑道:"那个……碰头会应该开始了,我们先去第三食堂吧?"

"你就这样去?"他上下打量她的眼神仿佛在看一条咸鱼,"你还是先回宿舍换一身干净衣服再说吧。"

"反正回宿舍也要经过第三食堂嘛,我好不容易写好了起诉书,一定要去一下!"

"你把起诉书给我就行。别忘了,我跟你一样,也是检方。"

"不行!"她很孩子气地把身上的包往后藏,"这个不给你看。"

那么详细的案情梳理,那么冷冰冰地控诉他父亲罪行的公文,他看了一定会很难过。

"你怕我贪功?"

她噘嘴道:"不是。"

"那你先回去,收拾好了再来。"

唐劲风捉住她的胳膊不放,知道一放她就跑了。

然而两人在楼下这番你来我往,还满身是血,被正好路过去上晚自习的两个女生看到了,吓得人家一脸惊恐地跑开。

高月知道他最介意被人误会了,趁机敲他的竹杠:"那你送我?"

"大家还等着我回去开会。"

"所以我说先去第三食堂呀,我好不容易写好的起诉书……"

"行了,我送你回去。"他终于妥协,同时把外套脱了扔给她,"把这个穿上。"

幸福来得太突然!高月裹住他的外套,贪婪地汲取着他的体温和味道,笑得像个傻瓜:"你最好了!"

她的笑容太明媚,即使在夜幕下也亮得耀眼,唐劲风只能瞥开目光不去看她。

在宿舍楼门前,她把外套脱下来,本来要还给他,想了想又紧抱在怀里:"啊,我洗干净了再还给你吧!"

那些恋爱中的小女人不都是这个套路吗?

然而唐劲风说:"不用,直接给我。"

"你担心我不会洗衣服吗?没关系,有洗衣机。"

再不行还有干洗店啊!

"我不担心你,我只是冷,现在要穿。"

他几乎是咬着牙说的这话,可见是真的冷得厉害。她实在太不体贴了,连这都没发现,赶紧上前几步把衣服披在他身上,又拍了拍他的肩膀,才安心地笑着转身跑进宿舍楼。

值班的阿姨是新来的,看她满身是血,吓得快蹲下了:"同、同学,你、你、你……想干什么?"

"我不干什么,阿姨,我这就回去洗澡!"

她哼着歌,步履轻快地往楼上跑去,像个真正恋爱的女孩子一样。

结果模拟法庭的第二次碰头会,高月最终还是错过了。

不过听说唐劲风已经跟担任辩方律师的沈佳瑜敲定了起诉书和辩护意见的内容,之后高月再跟进熟悉一下就好。

早上没课,她正放心大胆地躺在床上睡懒觉,被子被抖开的时候还迷迷瞪瞪的,看着床前的室友们问:"你们几个干什么呀?"

顾想想坐在床沿一脸担忧地看着她:"月儿,你真的自杀了?"

啥,自杀?谁,她吗?

"你还不知道?学校里传得沸沸扬扬,论坛都炸锅了!什么'生物系系花求爱法学院王牌不成,为情割腕',说你为了唐劲风割腕自杀,血洒当场,帖子都被顶到全版第一了!"

高月从床上坐起来,发了会儿呆,好像明白是怎么回事了:"哦,是有人看到我浑身是血地跟他从实验楼出来吧?我身上是解剖时喷到的兔子血,不是我自己的血……"

林舒眉抱着手站在旁边，笑顾想想杞人忧天："你看吧，我都说了你还不相信。那实验室被他俩给毁得真是没眼看啊。"

"光我们相信有什么用？"胡悦插话道，"学校里其他人都觉得她是为情自杀呢！还不止割腕，有说切颈动脉的，有说跳楼的，五花八门，你快想想该怎么消除影响吧。"

"这有什么好想的，谣言止于智者，过两天他们就不传了。好了好了，别担心了，我这辈子都不会自杀的，你们放一百二十个心吧！让我再睡一会儿……"

高月拉高被子重新躺下去，又被胡悦给拦住了。

"别睡了！戴鹰找你呢。"

"戴鹰？他找我干吗？难不成……他也信了这件事？"

"可不是？"林舒眉鄙夷道，"所以我说篮球队的人四肢发达，头脑简单，论坛上写什么信什么。我都跟他们说了不是那么回事，就是不听。这人哪，果然是只相信自己愿意相信的东西。"

"那也不能这么说，关心则乱嘛！"胡悦照例维护男神，又有点酸溜溜地对高月道，"他今天上午没课，知道这件事后已经在赶来的路上了。"

果然，她话音刚落，几人就听到有人敲门，咚咚咚的声音可大了，十分符合林舒眉描述的"四肢发达"这一特征。

高月跟戴鹰太熟了，听敲门声就能知道门外站的人就是他。

显然胡悦作为迷妹也具备了这种能力，慌慌张张地把衣服丢给她，又拿出她的化妆品盒，压低声音道："快打扮一下，你刚睡起来，脸还是肿的！"

见他还化什么妆啊？高月摆摆手说没必要，随手套了件风衣在睡衣、睡裤外头就去开门了。

"你怎么上来的，阿姨没拦你？"她问。

戴鹰一脸难以形容的表情："怎么没拦啊？我跟她说要上来把昨天自杀的那个女生带去医院，她才让我上来的。你还好意思问？为了个男人闹这么大，值当吗？"

连宿舍阿姨都知道了，那这误会确实是蛮大的。

高月都解释累了:"我没闹自杀,你看我现在像自杀未遂血流成河的样子吗?"

"他说只相信自己的眼睛呢,你最好把手腕也给他瞧一瞧。"林舒眉冷笑道。

高月很干脆地把两只手抬到他的眼皮子底下给他看,还拉了拉衣领让他看看脖子,证明也没有在自己的脖子上下刀。

戴鹰这才缓了口气,但还是将信将疑地问道:"你真没事?"

"没事——"高月拖长了语调道,"那是兔子的血,做实验的时候不小心跑偏了喷上去的。我室友不是也跟你说过了吗,你怎么就不信呢?"

"毕竟人家只相信自己的眼睛啊!"

戴鹰瞪了她的室友们一眼,才对她说:"那你以后也离那个唐劲风远点,要真弄出个什么好歹来,你让我怎么跟你爸妈交代?"

"要怎么交代?他们难不成还托付你像个学长一样在大学里好好照顾我吗?"

戴鹰抿紧了嘴没吭声。高月看着他那郑重其事的样子就知道自己又猜着了,白眼都快翻到后脑勺,忍不住埋汰他:"照顾我起码能指点一下大学的学习吧,他们知道你前几个学期连挂三门课吗?还有啊,你这么个万人迷,让你照顾我,岂不是明摆着要我跟全校女生为敌?"

她的宿舍里就有一位呢!

"你少岔开话题,现在是在说我的事吗?现在讨论的是你!不管是误会还是真事,要是让你爸妈知道了这事,你说他们会怎么想?"

高月打了个激灵:"他们知道?"

"谁说得准呢?保不齐什么时候A大的校长就跟你爸坐在一张桌上吃饭了,茶余饭后聊起他的掌上明珠来,聊什么话题也不是你我能控制的。"

她还真没想到这一层:"那怎么办啊?我妈要是知道这些'光辉事迹',就得让我从宿舍搬到她麾下的酒店去住了……"

"现在知道怕了?"戴鹰忍不住得意道,"我倒是可以帮你在他们面前圆一圆话。"

女人，还不快来求我！

"大鹰。"高月想了想，很亲昵地叫了他一声，"咱们是朋友吧？"

"是啊！"

"是发小吧？"

"那必须的啊！"

"高中的时候我发现你在放袜子的抽屉里藏了成人杂志，也没告诉你妈，对吧？"

"嗯……"

"这种革命情谊现在很难得了，特别是你现在还把杂志藏在那儿吧？女生写给你的情书是不是也放在一块儿没挪窝？我觉得你妈现在发现了这些肯定特别开心，而且你在学校这么受欢迎，说不定明天就让你带个女朋友回家，下周就张罗结婚生孩子了，跟以前担心你早恋是完全不一样的。"

"你……"

"所以呀，咱们这种特殊的互相包庇的男女关系就是建立在随时随地可以互相揭短的基础上的，你要不给我好好地打掩护，那我们下次就相亲市场上见啊！"

打蛇打七寸，浪子就……提结婚。

戴鹰果然气愤道："算你狠！这回我给你兜着，以后再因为那个唐劲风出什么幺蛾子，我绝对不帮你了！"

话是这么说，但她知道该帮他肯定还是会帮的。

倒是这个乌龙传得这么沸沸扬扬的，不知道会不会对唐劲风有什么不好的影响啊？

唐劲风确实被辅导员叫去谈了一次话，从学院办公楼出来时碰上了沈佳瑜。

她叫住了他："辅导员跟你谈什么了？"

"没什么，就随便聊聊。"

"如果事情不是你的错，就不要往自己身上揽。我相信你。"

唐劲风笑了笑："你相信我什么？"

057

"就是生物系的那个高月,要不是她纠缠你,怎么会发生这种事?一哭二闹三上吊,她爱丢人现眼那是她的事,跟你有什么关系?"

"事情不是你想的那样。这件事也不是她的错。"

实验操作不当,高月一惊一乍地切断兔子的动脉那又另说。

可显然沈佳瑜不信,认定了就是高月"自杀"害唐劲风被叫去谈话,连带着丢了他们法学院的脸。

唐劲风没再说话。

所以他刚刚才问她究竟相信他什么,明明他说的话她一个字也不信。

"模拟法庭……有她们双专业的人在,真的没问题吗?"临走时她问出了心中的疑虑。

"我们不是已经对过词了?"

"那主要是靠你和我啊,起诉书和所有公诉意见都是你写的。"

"不。"唐劲风纠正道,"高月也参与写起诉书了。"

"那也不行啊,她们这么不专业,万一临场出错拖我们的后腿呢?模拟法庭可是要算刑诉总分的,我听说这老师很看重模拟法庭的表现……"

"沈班。"他终于忍不住打断她的话,"别说我们现在还在大学校园里,就算是将来工作了,也难免会遇上不靠谱的队友,不能因为这样,属于自己职责范围内的事就不管了,你说对吗?"

沈佳瑜抿了抿唇,说道:"我明白你的意思,可是……"

"你是对自己还是对我没有信心呢?"

"当然不是了,我是对那个高月没信心。"

唐劲风又笑了笑,说:"我们这一届,你知道A大平均录取分数线最高的专业是什么吗?"

沈佳瑜摇头。

"是生物和信息工程。虽然分数不是一切,就像钱不是万能的一样,但有时候分数还是可以说明一些问题的,比如一个人的学习能力、自律性和意志力。一个人具备了这些能力,我想即使应付非本专业的东西也绰绰有余。"

沈佳瑜大概没想到他会这么说,表情有些错愕。

"她能考进这个专业,就证明她有这能力,所以我们都别太担心了,做好自己分内的事就好。"

当然,他分内的事也包括督促高月跟他修改公诉意见和完善质证的过程,甚至还要督促她准时上课。

高月觉得自己快死了。

她玩的手游最近又开了新活动,会长逼她上线为集体而战,而实际上她每天都在"为集体挨打",因为水平太低而被对手打得没脾气。

唐劲风又逼她去上双专业的课和演练模拟法庭……她觉得自己真是好惨。

唐劲风:"你不去上课连罪名都说不对,怎么上庭?"

"罪名有什么难的呀,我不上课也能说对。"

"是吗?"唐劲风冷笑,"那你给我说说这个案例的罪名。"

她瞥了一眼他指的地方,不假思索地说:"不就是故意伤害致人死亡罪吗?"

唐劲风打开旁边的法条,翻到罪名列表那一页:"你自己看,有故意伤害致人死亡罪吗?我们国家只有故意杀人罪、过失致人死亡罪、故意伤害罪和过失致人重伤罪。如果嫌疑人伤人时有主观故意,造成了死亡和重伤后果,那叫故意伤害罪致人死亡,或致人重伤。死亡和重伤只是一个加重情节,不是罪名本身。"

高月听得头都大了,这简直比她微生物课上学的兼性厌氧和专性厌氧还要难搞。

好在他的声音清朗而有磁性,而且坐在她对面倾身过来给她讲解的时候,真是有无与伦比的耐心,深邃的面部轮廓竟然有瓷质的光泽。

单是这个颜值和声音都够她撑一天的,他讲的是什么也就不重要了。

当然,在意细节是对的。她上了那么多次法理学课好歹也有点概念,不管是法官、检察官还是律师,面对的可能是充满绝望情绪的人,一处细节可能就决定了一个人的人生走向,不能似是而非,更不能"差不多就行"。

反正跟唐劲风相处得越多，她在他身上发现的优点就越多。室友们都说这是她作为一个粉丝的滤镜，可高月不这么认为。他对待每一件小事的态度，其实都能客观地说明他是怎样的一个人。

唐劲风也要上双专业的课，而且他报的经贸英语还有不少阅读和写作的作业，再加上他接的合同翻译，他每天带在身上的英语方面的资料和书籍就不少。

高月一直对他翻译的合同充满好奇，他不在桌边时，她就会随手翻翻看看。合同有太多专有名词和法律文书特有的句法，中文看起来都不太习惯，要她翻译还真不一定能翻译得信、达、雅。

唐劲风却做得很好，而且他写得一手好字，看他写满注释的底稿都是一种享受。

只有那么一次，她翻到他的合同底稿下面压着的竟然是厚厚一沓案卷资料。她一眼就看出那是他爸爸的案子，也就是他们这回模拟法庭的案例。资料是他自己整理的，包括律师的辩护意见、跟律师签订的代理合同复印件、各种媒体报刊的报道复印件等，纸张都已经磨得起了毛边，并不是最近才做的功课。

唐劲风从外面回来，看到她翻到这份文件，也并不恼，只是默默地将文件夹合上，不动声色地说："我们把起诉意见再捋一遍。"

高月却没法视而不见，试着问他："这个案子……你爸爸是冤枉的吗？"

在她看来，他这样有意识地搜集案件的相关资料，锲而不舍地关注案件进程，应该是相信父亲的吧？就像法制节目里也会播出的冤案、错案一样，说不定嫌疑人最后反而成了受害者。

然而唐劲风看了她一眼，平静地说："所有的资料你不是都已经看过了吗？证据链条那么完整充分，你觉得他会是冤枉的？"

"你的意思是……"

"案发当晚，袁丽梅先在厂房放火想烧死我妈，跟我爸争执时被他失手杀死，然后我爸还参与了救火，火被扑灭以后当场向警察自首。没有人冤枉他，因为根本不具备冤枉他的时间和条件。"

袁丽梅是本案的死者，也就是他父亲曾经的情人，在之前他们的整个案例中都只被模糊地称为袁某。

听到他这样的讲述，高月才真实地感受到整个事件离她有多么近，头皮都一阵阵发麻。

唐劲风置身事外的态度仿佛一种掩饰，然而他越是掩饰，她越能感觉到其实他对父亲的感情是很复杂的。

她不知道该怎么安慰他，看了看周围，问道："那个，你要不要喝奶茶？"

他看了她一眼："你怎么总喝奶茶？高糖饮料对身体不好。"

这算是他对她的关心吗？高月窃喜道："那我不喝了，喝酸奶总可以吧？"

见她从小卖部拎着完全没有标签的酸奶瓶回来，唐劲风蹙眉："又是你们实验室出品？"

"是啊，多难得啊！这可不是随时能买到的，而且味道可比加了无数添加剂的那些品牌货好多了，当天直供，来来来，别客气。"

他随手接过一瓶放在一边。

"上次实验课的事……没有人为难你吧？"真是太羞耻了，她憋到现在才终于问出口。

"嗯。"

嗯是什么意思？

她不死心地继续道："要是有人给你压力，我可以跟他们解释。我身上又没伤口，自杀什么的，简直是无中生有啊！"

"你真的想帮我？"

"当然了。"

"那就当这件事没有发生过。还有……"他顿了顿，又道，"以后解剖下刀的时候注意准头。"

这是赤裸裸的讽刺啊！好气哦，但她还是要保持微笑。

模拟法庭当天，高月化了妆，很隆重地穿了一套深色西服套装，在獬豸楼的模拟法庭外抱着顾想想抖个不停。

"怎么办,想想,我好紧张!你摸我的手……全是汗。"

她感觉自己参加A大自主招生考试的时候都没这么紧张过。

"别怕别怕,你已经准备得很充分了,按部就班行。何况还有唐劲风在呢,你出了纰漏他会帮你兜着的。"

"就是他在我才特别紧张啊!"高月掐住自己的腿让它不要再抖,"我不想在他面前出丑。"

林舒眉笑话她道:"瞧你那点出息,是谁当初非要报法学双专业的?你图的不就是跟人家双宿双栖吗?现在真有这样的机会了,你又退缩了,算什么好汉?"

"我本来就不是好汉!"

胡悦毫无压力,她的角色是合议庭法官,从头到尾几乎没一句台词,当然不紧张了。

周梧推门出来通知:"时间到了,都进来吧。"

顾想想和林舒眉都握拳给她俩打气,高月深吸口气走进去时,唐劲风已经坐在公诉人的位置上等她了。

他今天也穿了西服,打了领带。她还是第一次看到他穿西服的样子,虽然明知不会是什么大牌,却非常精神、挺括,穿在他身上让他整个人的少年感略有收敛,多了几分成熟和精英的感觉。

她在他身旁坐下,听他问了一句:"准备好了吗?"

"准备好了。"

要是平时,她肯定会趁机揩油说"你握紧我的手,我就真准备好了",可是今天这肃穆的气氛,让她连玩笑都开不出来了。

大概因为唐劲风本人的号召力,模拟法庭被前来围观的人塞得满满当当。刑法课老师终于盼来了他想要的效果,早早就让自己的研究生们给旁听席加够了座位。

开庭之后,高月的任务是代表公诉人朗读起诉书,这也是她今天最重要的任务。后面的法庭辩论部分基本由唐劲风来完成,意见是他们俩一起钻研写出来的,词也对了很多遍。

只有这份起诉书,是以她写的那个版本为蓝本,他做了少量修改完成的。

薄薄一张纸，其实还凝聚着他的信任吧？

旁听席里有顾想想、林舒眉她们，连戴鹰都来了，说是给她加油鼓劲儿，这会儿都坐在后面看着她呢！

她从来不是扭捏的女孩，但在这种氛围下说不紧张是假的。直到读完起诉书后坐下，她都有点不知身在何处的感觉。

"不错，挺好的。"唐劲风在旁边低声说了一句。

她又感觉到那种已经有点熟悉的气流从耳边拂过，刚才还压在心头的大石头好像一下就卸掉了。

两人认识这么久，他还是第一次夸她呢！

她难掩欣喜，回头盯着他瞧，却发现他已经进入另一种状态了，让她很自然地想起曾在他的文件夹里看到的那些发黄、起了毛边的文件纸。

法庭辩论部分并不能算激烈，但唐劲风每次站起来似乎都自带气场，能引来模拟法庭内所有人的关注。

他的每一句话都有理有据，用事实和证据链条反驳得辩方律师的每一条辩护意见都像狡辩。

旁听席上的人都恨不得为这样精彩的辩论鼓掌，刑法课老师的脸上也写满赞许，但只有高月知道，在面对案情和被告席上的"嫌疑人"时，他到底怀着怎样复杂的心情。

模拟法庭非常成功，结束时获得满堂掌声。刑法课老师点评时也非常激动，甚至说他还没有遇到过这样有质量的模拟法庭，要是今后每一次都能像今天这样，他下学期的刑诉课都可以不用上了。

高月擦了把汗，看来期末免考是有着落了。

下课铃响之后，乌泱泱的人从旁听席拥向门口，高月被挤得往后撞倒了椅子，唐劲风帮她挡了一下。

"现在人多，先别忙着出去。"

高月揉了揉被撞疼的腰，心里却美得很："嗯，咱们最后再走。我今天……"

她话没说完，戴鹰不知从哪里突围出来，一把就从身后勾住她的脖子将她揽到了一边，旁若无人地哈哈笑着说："看不出来啊小月月，你换了身皮还挺像模像样的，有点司法工作者的风采嘛！你爸要是知道，

063

肯定乐疯了。"

高月一口气噎在胸口,不上不下的,她气得要命,掰开他的胳膊道:"别动手动脚的,公共场合注意影响!"

戴鹰有点委屈:"喂,我是来给你加油的,你就这么对我?"

"我怎么对你了?人家胡悦也挺有法官风范的,还是你们啦啦队的成员呢,平时没少给你加油,你来了怎么不去恭喜她?"

"也恭喜啊!走走走,我请你们吃庆功宴,庆祝你们模拟法庭大获成功!"

这倒是个不错的主意,高月也有这个想法,正好大家一起吃顿饭,她跟唐劲风也可以再增进一下感情。

然而她回过头一看,公诉人的席位上已经空无一人,明明刚才唐劲风还在的,不知什么时候不声不响地就离开了。

唐劲风不喜欢戴鹰,说不上来为什么。

他跟戴鹰打过球。在大一的新生杯篮球赛上,他带领法学院一路打进了决赛,最后作为各个参赛院系的明星队员被选出来,跟校篮球队打了一场友谊赛。

那场比赛很多人记忆犹新,不仅仅是因为拼抢激烈、赛况精彩,更因为他跟戴鹰同时在场上。

戴鹰是校队的队长,其实一边打比赛,一边在帮校队挑人。

唐劲风被挑中了,但也明确地拒绝了他们的邀请,因为他没办法保证训练时间。

从此但凡他在球场上遇到戴鹰,两人都是针尖对麦芒。唐劲风起先不明白是为什么,因为就算他不参加校队也不是什么大不了的事,何况他们俩本来就打同样的位置,他不入队,对戴鹰的地位反而没有任何威胁。

直到他发现原来高月跟戴鹰是认识的,听说还是从小玩到大的发小。

发小长大了,感情就发生了质的改变,只是某个神经大条的笨蛋还完全没有察觉而已。

他回头瞥了一眼留在模拟法庭上勾肩搭背的两个人,心里冷嗤——幼稚。

其实他的心情本来有点闷,让他站在法庭上面对自己父亲的案子,尽管只是模拟的场景,个中滋味也不是常人能够体会的。这一刻,这种情绪却好像被冲淡了。

他快步走出獬豸楼,没想到被学校辩论队的领队老师给堵在了门口,然后对方直接请他去了行政楼的办公室面谈。

领队老师姓朱,A大校辩论队正面临大换血,他正在招募新队员,看了今天唐劲风在模拟法庭上的表现之后,觉得非常不错,想把唐劲风纳入麾下。

"小唐同学,你好好考虑一下,年底我们就要参加全省的大学生辩论赛。往年A大都有不俗的成绩,只要你们好好表现,将来在履历上会有非常漂亮的一笔。"

唐劲风半晌没吭声,然后问:"辩论队需要训练吗?"

"当然,我们每周集训一到两次,临近实战的时候可能还会请一些校外的专业老师来给我们做演练。"

那就是说,这要占用不少时间了?

"不急的,你可以回去考虑一下再答复我。"

"不用了,我现在就可以答复。"唐劲风说,"很抱歉,我没法加入校辩论队。"

朱老师扼腕道:"为什么呀?如果你是觉得学业方面有压力,我们的比赛都是可以算学分的,只会对你的个人综合评价有加权啊!"

唐劲风摇头:"不是这个原因,是我的私人事情要占用的时间太多,实在没法再匀出更多时间来参加训练,只怕到时候要拖大家的后腿,只能辜负老师的期待了。"

朱老师做学生工作多年,敏锐地察觉到了这个优秀学子一定是生活方面有什么困难,而他又不想说出来,于是特意到法学院查了一下唐劲风的档案情况。

不查不要紧,一查之下让他除了感觉惊讶,更坚定了要把这个年轻人招入辩论队的念头。

高月听说学校辩论队的领队老师来找她,还仔细回想了一下,她在模拟法庭上的表现没有这么优异吧？

刑法课老师能让她跟胡悦期末免考她已经相当满足了，没想到还惊动了学校的辩论队。

朱老师胖胖的，笑容亲和，见面先对着她一顿夸，然后才切入正题。

高月这才反应过来，他是为了唐劲风来找她的。

"我听说你跟他很熟，除了模拟法庭的接触，平时你对他是不是也挺了解的？他勤工俭学的事你知道吗？"

高月感觉他问得很委婉了，唐劲风家里的情况他八成已经了解过，才会这样讳莫如深。

"我见过他翻译合同，挺占用时间的。您……是想让他加入校辩论队吗？"

"是啊，他是个好苗子，逻辑思维很强，又有法学功底，做辩手再合适不过了。我以前有很多队员毕业后去了电视台、律师事务所和学校这种需要口才的单位，人家挺看重当初的辩论赛的经历。这对他来说也是个很好的学习和锻炼的机会啊！"

"您想让我去劝劝他？"

朱老师嘿嘿一笑道："我看人不会错的。你们在模拟法庭上的配合非常有默契，而且他的情况你也清楚，你们都是年轻人，比我说得上话。"

高月眯了眯眼："您是看我有牛皮糖的属性，知道我难缠吧？"

"也不能这么说，小唐多优秀啊，这么好的小伙子谁不喜欢？"

这话高月爱听，一高兴就应承下来："行啊，我试着劝劝他。"

高月找到唐劲风的时候，他正在篮球场上打球。

冷空气来袭，气温骤降，室外的篮球场上几乎没什么人，戴鹰他们打球都换到体育馆里去了。唐劲风只穿着一件洗得有点褪色的卫衣，好像也不怕冷，一个人在那儿投球、上篮，动作潇洒如行云流水，弹跳起来时几乎能碰到篮板。

高月从小就看戴鹰打球，以前中学时女生也有篮球课，她还跟戴鹰一起打过。当然他都是让着她的，边打边教，最后她也能像模像样地上篮和抢断了。

可那种感觉还是跟看唐劲风打球不一样。她从前完全不能理解像胡悦她们这种啦啦队员和场外摇旗呐喊的姑娘的行为——不就打个球嘛，谁不会打似的，至于吗？

现在有了喜欢的人，连带着喜欢上这个运动，她才明白，至于的，很至于！

她在那儿站了一会儿之后，唐劲风也发现她了，抹了把脸上的汗，抱着球打算离开。

"哎！"高月上前拦住他，不满地说，"才几天没见啊，你怎么就像不认识我似的招呼都不打呀？"

唐劲风绕开她继续往前走，头也不回地问："找我什么事？"

"也没什么事啦，就是……有个赚钱的机会，想问问你有没有兴趣？"

唐劲风果然停了下来，看着她的眼神有点怪："你参加传销了？"

高月差点吐血："哪个传销组织敢找上我呀，那得多不长眼？我比他们的创始人还有钱呢！"

"那你是投资了网络金融，还是高利贷？因为你的语气很像要把我发展成你的下线。"

"嗯，这一点你的感觉倒是没错……喂喂，你别走啊，听我说完好不好？"高月拉住他道，"其实是学校辩论队的老师找到我，说我在模拟法庭上的表现太优异了，想把我发展成他们的替补队员。可你也知道，我要上生物实验课，要做机械制图的作业，晚上还要上双专业的课，这就够要我的命了，再来个辩论队，怎么可能吃得消嘛！"

唐劲风蹙了蹙眉："他们也找过你？"

他突然对A大今年辩论赛的成绩担忧起来……这是什么奇特的眼光啊！

"你也觉得我不合适对不对？我也跟他们说了，可领队老师说加入辩论队有三个奖励学分呢，这对我这种每学期必修学分修得勉勉强强的人来说是多么大的诱惑啊！我也羡慕你们学霸啊，我也想再向你靠近一点啊……"

067

"说重点。"

"噢,简单来说,就是我不打算上场比赛,但我又很想要这三个学分,所以作为替补队员赞助了整个辩论队。"

"赞助?"

"辩论队平时活动也是需要经费的嘛,比如买统一的服装啊,出门培训包车啊,时不时聚个餐啊……"

"这些费用学校会报销。"

"不是啊,学校是报销最基本的费用,预算充足一点,条件就更好一点啊!本来五个人出门只能包一辆金杯面包车,有钱就可以包埃尔法,明星都用它做保姆车,多么酷炫。聚餐也可以不吃肯德基,吃大餐,给大家打打牙祭。"

唐劲风抱着胳膊道:"你说这么多,跟我有什么关系?"

"当然有啊,朱老师说只要最后赢得名次,每个人还可以得一笔奖金呢!我这些赞助都是小打小闹,最后那笔奖金才是真金白银,而且来自官方,赚钱赚得名正言顺,多好。"

"朱老师没跟我说过奖金的事。"

"我就知道,他肯定先找过你了!你不同意加入,他才退而求其次找上我!不过你既然没答应加入,他当然不会跟你说奖金的事了,不然倒显得你像是为了钱才参加学校活动似的。但咱俩关系不一样啊,有什么事是不能直说的?"

"咱俩是什么关系?"

"金钱关系啊!我都说了要你为我打工,有这么好的赚钱机会怎么能不告诉你呢?而且我也不要什么奖金,只要奖励学分。只要你愿意加入,最后我把我的那笔奖金给你。"

"我没时间。"

"你的时间呢?是因为那个合同翻译的活儿吗?"

唐劲风默认了。

高月把袖子一撸,说道:"没关系,我帮你啊!我早就想挑战一下这个合同翻译了,连参考书都买好了,不信你看!"

她拉开自己的书包给他看,里面是她上回在书店买了打算送给他却一直没机会送的那几本参考书，没想到这时候派上了用场。

"你不是要上生物实验课，要做机械制图的作业，晚上还要上双专业的课？还有时间帮我做合同翻译？"

因为爱情啊……高月脑海里都自动想起了这首歌，感觉自己都快成出场自带背景音的女孩了。

"总之你参不参加吧？"她都有点绝望了，当说客这件事，尤其是要说服唐劲风，实在太难了。

朱老师，你欠我老大一个人情了！

"我考虑考虑。"

唐劲风还是顶着张冷酷无情的脸，扔下这么一句就走了。

本来高月都没抱希望，结果没过两天朱老师就给她发消息，特别欣喜地说唐劲风去辩论队报到了。

真是可喜可贺。

朱老师说："你那些说辞我都记着呢，跟他也是这么说的，没露馅，放心！也欢迎你常到我们辩论队来玩啊！"

"那当然了，我还是赞助人呢！"

"哎呀，这真是不好意思啊，钱我是不能要的，最后的'奖金'你给他就行，能帮一点是一点。"

"我明白的。"

高月本来心情挺好，想着又帮到他一回。然而等她收到唐劲风送到她宿舍楼下的一个U盘之后，就再也笑不出来了。

"这是什么啊？"她问。

"你不是要帮我翻译合同吗？这里面是电子版的合同文本。"唐劲风多少带了点幸灾乐祸的意味说。

这么多！高月去了趟学校打印店，差点被排在后面的人追杀，因为她打了一个小时才打完资料。

太令人头秃了。

然而这才是万里长征的第一步，很快她就发现这些合同翻译起来有多么拗口，那些比火车还长的专有名词连猜词根都猜不出是什么意思。

她重新去了趟书店，把上回他看的那些合同翻译方面的参考书全部买了一遍，又另外买了两本词典抱回宿舍。

然后有那么几天，她整天都在宿舍翻着词典跟那些合同奋战。

顾想想看她眼神空洞，忍不住关切地问："月儿啊，你没事吧？我看你有两天没洗头了。"

这对高月这么爱美的人来说简直是不可想象的事啊！

"我不想洗头。"高月幽幽地说。

"为什么啊？"

高月看一眼桌上堆满的合同和电脑上打开的文本，轻飘飘地说："因为人间不值得。"

林舒眉翻了翻她桌上的东西，啧啧道："我真不知道原来爱情有这么伟大的力量，能让高大小姐愿意做这么高难度的工作。不过你跟自己较什么劲啊，去找唐劲风啊，不会的让他教你。"

"不行！那会让他觉得我不能胜任这个工作，我不能让他看扁！"

林舒眉看了一眼她翻译好的成品，都没好意思打击她，只问："这种素质的……嗯……译稿，你给他看过了吗？"

"给了啊，昨天终于翻译完一个附录，我直接发给客户了，然后抄送了他，他应该已经看到了吧。"

林舒眉震惊道："你已经发给客户了？"

"是啊，有什么不对的吗？"

"呵呵呵，那你等着吧，唐劲风应该马上就会找你了。"

果然不出所料，唐劲风的电话很快就打到了她们寝室。最靠近电话机的顾想想摁下了免提按钮，其他姐妹也呼啦一下围拢过来。

"高月。"唐劲风还是头一回这样清晰地叫她的名字，语气特别平静，但怎么听都像酝酿着狂风暴雨，"下午三点，你有课吗？"

高月看了看身边的三个姐妹，大家的表情和嘴型一致：逃课，说没有。

于是她答："没有。"

"嗯，那三点到图书馆的自习教室，带上你昨天给我的那份附录底稿。"他顿了一下又道，"还有你的词典和那本《国际商务合同翻译教程》。"

这冷飕飕的语调……暴风雨要来临啦!

高月赶到图书馆的时候,唐劲风已经在自习教室找好了座位,旁边空着的位置显然是为她留的。

她还挺开心的,美滋滋地走过去在他身旁坐下,将声音压到最低:"你怎么选在这里见面呀?要不要去第三食堂?"

她最近为了迁就唐劲风,算是跟第三食堂杠上了,竟然发现那里的伙食也有可取之处,并不是每个菜都像猪食那么难吃。

非用餐时间食堂挺安静的,可以在里面看书看剧、喝东西聊天,也没什么约束。

可图书馆的自习教室是整个学校最安静的自习教室,大家约定俗成似的,进了图书馆,走路都像猫似的踮着脚,更别提说话了。

果然,最守规矩的唐劲风连话都没说,在白纸上写了一句话推过来:因为在这里我可以控制自己不大声咆哮。

呃……他这么一说她好慌啊,她应该感到害怕吗?

高月拿笔在那行字下面写:发生什么事了呀?是合同翻译得有什么地方不对吗?

唐劲风写:你说呢?你连看都没给我看就直接发给客户了,还问我发生了什么事?

高月:我这不是有自信嘛,我觉得我翻译得还可以啊……

何况那不过是个附录。

她这自信是谁给的啊?

唐劲风又深深地吸了口气。

高月继续写:你能不能别深呼吸啊,你一深呼吸我就怪紧张的。

唐劲风:翻译软件都比你翻译得强!

他最后写完这一句,把笔扔在桌上就出去接电话了。

高月耸了耸肩,还翻译软件呢,他知道翻译软件能把"夫妻肺片"翻译成"husband and wife's slung slice"吗?

她怎么也比那个强一点吧!

唐劲风接完电话回来,脸色更难看了,直接收拾好桌面上的东西,低声对她说:"你跟我出来。"

她只好也收好东西跟在他后面走出去。

终于可以自由说话了,她以为他会变身咆哮教主对她一通怒吼,然而并没有。

他冷淡归冷淡,语气还是很克制的:"你要跟我去一趟丽嘉酒店。"

看她的脸色一阵红一阵白,唐劲风就知道她想到哪里去了,冷冷地笑道:"对,别怀疑,你还债的时候到了。"

法华丽嘉酒店是A大附近最豪华的五星级酒店,还有城中非常有名的中餐厅和行政酒廊,但因为消费太高,大学生们不太到这里来。

高月是跟着唐劲风坐了三站公交车来的,天气越来越冷,大风刮得她脸都要变形了,唐劲风还只穿着一件洗到发白的单薄外套。

法华丽嘉酒店最便宜的标准房一千七百八十八元起,最贵的超豪华套间要六千八百八十八元。她在车上就想好了,等会儿开房间就她来付钱好了,莫欺少年穷啊!

然而唐劲风并没有在大堂停留,而是直接沿着楼梯上了二楼,进入酒店最负盛名的荣雅阁中餐厅。

还债之前要先吃饱,可以说是很彪悍了。

高月还在想除了最有名的龙井虾仁和酱鸭,再点什么菜才好,唐劲风已经绕到一张靠窗的桌子边坐下了。桌边已经坐了一个二三十岁的中国人和一个光头的外国人,显然是跟他约好了在这里见面。

原来他不是真叫她来还债……高月有点怏怏地跟着坐下,唐劲风用英文介绍道:"这位是黄先生,这位是他们公司法国总部的高级副总Mr.Dubois(杜波依斯先生)。"

高月用法语跟他打了招呼:"你好!"

Dubois笑了,似乎对她会法语这件事很感兴趣,用法语问她:"你在哪里学的法语?"

"巴黎,小时候跟我妈妈去的,只学会了一点点。"

"已经很好了,没关系的,那我们还是用英文聊天好了。"

服务员拿来菜单,问高月他们是否要点单。高月习惯性地接过菜单,被唐劲风的眼风给制止了。

噢,原来对方都没打算请他们吃饭,甚至连咖啡都没想请他们喝,所以她跟唐劲风一人面前一杯水,就什么都没了。

不吃就不吃喽,反正她又不是没吃过。有情饮水饱,她今天就靠唐劲风和这杯水当晚饭了,饿不着的。

其实唐劲风还没介绍的时候她就看出来了,对面这两个人就是代表她昨天发合同附录过去的那家公司,这是打算秋后算账,把他们揪来好好教训一顿。

法国人可能就住这酒店里,才顺便在吃饭的时候接见他们一下。

唐劲风主动道歉道:"昨天的附录是我没有仔细检查就发过去了,我会重新翻译的,实在对不起。"

他的态度十分诚恳,对方也耐着性子在听。高月却没料到他把所有责任揽上身,忍不住插话道:"不不不,是我的问题。我作为他的助手,要学习的东西还有很多,不该这么大意地就把译稿发出去的。"

唐劲风转过来瞪了她一眼,警告的意味很重:你搞什么?以我说的为准。

她飞了个眼波回应他:小哥哥,你的英文口音好好听啊,再多说两句!

Dubois看两个年轻人眉来眼去挺有意思,问:"你们是情侣吗?"

"是的。"

"不是。"

异口不同声,两人对视了一眼,又各自极不情愿地改了答案——

"不是。"

"是的。"

好吧,这就很尴尬了……

Dubois却笑了:"你们让我想起我和我太太,我们年轻的时候也像你们这样。"

高月说:"您太太一定很美吧?"

"嗯,不错哟,跟你差不多。"

气氛突然融洽,却偏离了主题,唐劲风看出黄先生不爽,进一步解释道:"这次确实是我疏忽了,很抱歉。出问题的这部分我可以……"

咕噜噜。

多么令人尴尬的声音啊！高月第一次知道原来自己饿的时候肚子可以叫得这么大声！

唐劲风和黄先生一起看向她，目光已经不是"复杂"二字可以形容的了。

幸好她脑子转得快，迅速看向了身旁的Dubois。

她记得以前上小学的时候，她那个天杀的同桌在鸦雀无声的自习课上放屁，全班同学都看过来的时候，他就顺势看向了她，然后成功嫁祸给了她！

呵，没想到有朝一日，这个方法还能为她所用。反正她跟Dubois本就靠里坐得很近，别人还真不一定分得清是谁发出的动静。

果然唐劲风和黄先生也看向了Dubois，Dubois一时特别尴尬，但只是自嘲地耸了耸肩膀。

咕噜噜。

当高月的肚子第二次发出响声，且大家又不约而同地看向Dubois的时候，他自己都混乱了——好像真是他饿得肚子在叫？

这实在太难为情了，他只好招手叫来服务员，示意给他们点餐，大家边吃边说好了。

啊，终于吃上饭了！

高月搓了搓小手，一边不动声色地把鸭腿放到了唐劲风的盘子里，又舀了一大勺虾仁给他，一边用流利的英文给Dubois介绍："这里的鸭子做得非常好吃，是很入味的功夫菜，要花很多时间烹调。龙井虾仁加了龙井新茶的叶子和茶汤，清爽不油腻。还有一道三虾豆腐，又嫩又香，用的虾仁、虾籽、虾脑都是要先拆好才下锅的……点心里面我推荐蟹壳酥，是别处尝不到的美味，不过都要现烤，不然就不好吃了。"

Dubois兴致勃勃地问道："你好像很熟悉，你都吃过吗？"

"那当然，这里的菜，您问我，我没有不知道的。"

其实她这是投其所好，Dubois要不是个吃货，又因在这里待的时间紧迫，黄先生会带着他在吃饭的时候跟他们碰面吗？

她猜这个法国人就是黄先生的上司，只不过以法国人常见的散漫态度来看，他肯定是享用美食为主，批评合同犯错的事为辅。而黄先生呢，正好在老板面前给自己立个威，顺便撇清一下责任罢了。

擒贼先擒王，把大老板哄开心了，其他事情都好商量。

唐劲风显然也看明白了这层关系，把表达歉意和愿意重做的话说完之后也十分坦然地开始吃东西了，难得没跟她大眼瞪小眼，甚至非常绅士地帮吃得忘我的她加了碗汤。

Dubois吃到一半说："啊，这个虾仁和豆腐果然很好吃哦，鸭子我就不太会拆骨头了。"

"没关系，这里的服务员可以帮忙。"高月打了个响指叫来服务员，让她帮忙把酱鸭端下去剔骨，然后从拿回来的肉里把外国人最爱的鸭胸部分拨给他，"请您一定要尝尝看，这样正宗的做法在别处很难吃到。"

Dubois边吃边竖起大拇指，又含混不清地讲了两个法国当地美食的笑话，高月非常配合地爽朗大笑起来。

妈呀，天不怕，地不怕，就怕外国人讲笑话，这文化背景差异这么大，她根本就没有领会到笑点！

不过没关系，效果达到了就好。

于是这顿饭就变成了——高月说高月说，高月说完高月吃，法国人吃法国人吃，法国人吃完法国人说。

至于黄先生的怒气一直没有机会发作。

本来以为这样就可以了，宾主尽欢，吃完他们就可以回学校了，然而高月怎么也没想到一扭头就看到自己的老妈从门口走进来，还正好往她坐的这个方向过来了。

她赶紧装作被呛到，用餐巾捂住嘴扭向窗户那边，身体快缩到桌子下面去了。

"你怎么了？"唐劲风问。

"我妈。"她捂着嘴悄声说，"走了没？她走过去没？"

唐劲风当然不认识哪个是她妈妈，但朝旁边看了一下，有身材高挑、气质华贵的中年女性由一群人簇拥着走过去，侧脸的轮廓和走路的姿态都跟高月有几分相似，想来就是她妈妈了。

"过去了。"他侧身帮她挡了挡,"你要不要去一趟洗手间?"

也好,她先避一避,别让老妈看见她,反正他们已经吃得差不多了。

她和Dubois同时起身去了洗手间,黄先生果然招手叫人买单。

从洗手间出来,高月看到Dubois站在酒柜前,就主动上前给他介绍:"法华丽嘉酒店有自己合作的酒庄,出品的葡萄酒很不错哦!我可以请你尝一尝。"

她说完请服务员倒了两杯单点的葡萄酒。

Dubois似乎有点惊讶于她对这个酒店的了解,尝了点酒,频频点头。

高月一边跟他相谈甚欢,一边不时地悄悄回头观测"敌情"。

老妈坐在Dubois的背后那一桌,跟他们的桌台就隔了一张屏风而已,她不想被发现的话最好就是不要再走过去了。

但她同时注意到了此时还坐在原位的唐劲风和黄先生,两人面对面不知在说什么,一个一语不发,一个滔滔不绝。

说到激动处,黄先生竟然拍了下桌子:"你这样让我怎么跟公司总部交代?!"

黄先生积蓄的怒气果然还是爆发了。高月知道这股火气本来应该是冲着她来的,但唐劲风替她挡了。

刚才跟Dubois聊天时她已经得知,出于对唐劲风一直以来高水平翻译稿的信任,黄先生收到那份合同附录之后都没怎么看就发给了总部,结果没想到翻译得那么烂,害他被总公司的人训了一顿。

今天唐劲风带她来,也是知道事态严重,只是想让道歉显得诚恳而有说服力,因为毕竟译稿是从她的邮箱发出去的。

但他没想让她挨骂,所以纵容她的插科打诨,甚至还在旁边捧哏。

现在高月看到他为她受这样的委屈,是可忍孰不可忍。

她刚要走过去,就看到老妈从隔壁那一桌过来了,大概也是听到了动静,好言规劝,不要影响其他客人用餐。

她老妈穆锦云的本事高月还是知道的,果然三言两语就让刚刚还不可一世、凶神恶煞的黄先生变身"小黄",受宠若惊似的跟她妈妈握手。

而唐劲风仍然是那副宠辱不惊的模样,只是非常有礼貌地从座位上站了起来。

"妈妈！"高月也不知自己是怎么想的，总之就是走了过去，满面春风地搂住自家老妈的胳膊，"这么巧啊，你过来吃饭？"

穆锦云看到高月还真有点惊讶："月儿，你怎么在这儿？今天没课？"

"下午没有，正好这位黄先生和Mr.Dubois请我吃饭，我接了他们公司的合同翻译工作。"

穆锦云看她的眼神一下子充满了赞赏："真的？你看，我一直让你注重英语的阅读和写作这样的笔头功夫，现在总算有了用武之地。"

她又转而用流利的英语对Dubois说："这是我女儿，希望你们能合作愉快。有什么需要我帮忙的地方，也请尽可能地提出来。"

大概看出了Dubois这个法语姓氏，穆锦云临别时又用法语说了再见。

从头到尾，她似乎没有特别留意到唐劲风的存在，也没有跟他说过话。

黄先生简直一头汗，走出酒店才说："哎呀，没想到你是穆总的女儿，刚才实在太不好意思了。"

有什么不好意思的，你刚才破口大骂的对象又不是我，势利眼！

高月暗自翻了一百个白眼给他，面上却还是客客气气道："您别这么说，明明做得不好的是我，还麻烦你在我妈妈面前帮我打掩护。"

"哪里哪里！我们杜博я跟法华丽嘉也是一直有合作关系的，果然虎父无犬子，用在你和你妈妈穆总身上也很合适啊！"

"她要知道你说她是母老虎，该生气了。"

黄先生大笑，笑完了又看看一旁的唐劲风，说："其实我们要翻译的合同文本还挺多的，本来我觉得小唐一个人可能做不过来，既然现在你们可以合作，我就再给你们加一些量，可以吗？"

有钱赚，谁会说不可以？

高月知道唐劲风是抱着丢掉这份兼职的心态来道歉的，打算独自扛起责任。现在反而拿了更多的工作回去，这对他来说应该是好事。

她望着唐劲风，等他做决定。假如刚才这个黄先生说了什么特别难听的话伤了唐劲风的自尊心，唐劲风不想继续做这份兼职了，那就不做。

钱她也可以付给他，就当赔偿他的损失。假如他需要别的商务合同的翻译兼职，她也可以去为他找。

但唐劲风还是平静地接受了这份邀约，并且再次为之前的疏忽道歉，保证今后再也不会出现那样的问题。

等人都走了，只剩下他们俩了，高月才问他："刚才那个'红绿灯'有没有说什么特别过分的话？"

"红绿灯？"

"是啊，你没听见吗？他最后跟我妈强调他是谁时说：'我姓黄，红绿灯的黄。'"

唐劲风笑了笑："没听见。"

"哼，势利小人，看人下菜碟。他没说什么过分的话就好，之前没翻译好的部分今后咱们给他好好补上，让他看看我们A大学子的实力！"

唐劲风深深地看着她说道："其实你用不着这样，这本来就不是你的事。"

他是为了赚钱。可她呢？她有煊赫无比的家世，妈妈拥有这么大的集团酒店，她不缺钱，也不缺最好的工作机会，根本不需要这么拼命。

"不行，我答应了要帮你按时把这些合同翻译完的，食言而肥，我可不想长胖。再说了，我在我妈面前牛皮都吹出去了，撂挑子不干那不是让她瞧不起我吗？"

"你很怕她瞧不起你？"

"也不是。"她的眼睛亮亮的，"我只是希望别人提起我来，都知道我是高月，而不仅仅是穆总的女儿。"

她见唐劲风那张俊秀的脸上表情还是淡淡的，打了个哈哈说："说到吹牛皮，我给你讲个笑话吧。"

"什么笑话？"

"从前有个人很喜欢吹牛，有一次他在一个非常非常大的峡谷里露宿，忘了带闹钟，于是他想到一个办法，你猜是什么？"

"不知道。"

"他说他只好临睡前，向着岩壁大声喊：'起床啦！'这样，第二天清早，从岩壁反射过来的回音就能把他叫醒了。是不是很好笑？哈哈哈哈哈！"

她的笑话跟这入了冬的天气一样冷，可她红扑扑的脸颊和脸上的笑意是真实而温暖的。

第三章
告白失败

A大迎来了入冬后的第一场雪，比往年早很多。

寝室电路改造，还没装暖气。这么冷的天，教室里也格外冻人，高月要翻译合同只能到有暖气的图书馆去占位子。

她大致理解了为什么总不见林舒眉在寝室学习而只在寝室睡觉。因为林舒眉大清早六点就起来去图书馆占位自习，中途回来补眠，晚上又去，这样长期坚持下来，才有了能拿奖学金的成绩。

于是高月跟她一块儿起来去占座，占好了再到食堂去吃早饭，有课的时候去上课，没课了就到图书馆去做翻译。实在起不来的时候，高月就请林舒眉去校外吃顿好的，请她占座的时候帮忙一块儿占上。

林舒眉吮着沾满油脂的手说："真没想到啊，你还有这样的毅力，能坚持到图书馆占位。爱情真有这么大的能量吗？"

高月问："你就没真正喜欢过一个人？"

"喊，爱情的酸臭味，有什么好的？一个人多自在，想干什么就干什么。你看想想，圣诞节还有好久才到呢，为了给她男朋友准备圣诞礼物愁眉不展的，何苦来哉？"

"男朋友？"高月瞪大了眼睛看向来蹭吃蹭喝的顾想想，"你什么时候有主的？打算什么时候结婚？不是说好等我的嘛，你不爱我了？"

顾想想红着脸说："我们刚刚开始而已，结婚什么的还早呢！"

"他哪个系的？长什么样啊？你们什么时候开始的？是骡子是马都拉出来遛一遛啊！"

"嗯……等过节的时候，我带他来跟你们一起吃饭吧？"

林舒眉调侃道："丑媳妇要见公婆了。"

嘻嘻哈哈地谈笑过去，在图书馆里的时间过得缓慢而艰苦。

高月以前一直以为自己的英文水平够好了，翻译起合同来才知道，学海无涯这句话还真是没错。

她花了很多工夫去习惯法律文书的表达，那些专业的合同翻译类教材，翻来覆去看了几遍，还下载了电子版用翻译软件念出来听，晚上有时候都听得睡过去了，耳机里机械的男声还在念个不停。

这时她就会梦见唐劲风，他的英文口音字正腔圆，也很好听，假如是他在耳边念给她听该多好哇！

因为时间有限，她跟唐劲风分工，她译初稿，然后发给他复核，如果差得太离谱就打回来重译，再给他校第二稿。

最初每次返回来，即使是糟糕的初稿，他也都做了详细的注释，教她怎么翻译更准确，让她不至于无所适从。几次之后，她渐渐摸到套路，初稿就不至于翻译得那么难看了，很快就能让他直接润色合同内容。

他其实也蛮辛苦的，临近期末复习，法学要背的东西很多，还要应付经贸英语专四的考试，又有学校辩论队的训练和比赛。假如这合同的初稿做得很糟糕，他等于要自己重做，压力就很大了。所以高月总是要求自己做得好一点，再好一点，这样他就可以轻松一些。

圣诞节前一天，学校辩论队初战告捷，赢下对战隔壁C大的辩论赛。大家情绪高涨，吵着要去大学旁边的小街撸串喝酒。

唐劲风说："我就不去了，你们玩得开心点。"

"啊，那怎么行啊！你是今天的最佳辩手，你都不去，我们庆祝啥？"

"别这么说,大家的功劳都是一样的。我手头还有点事情,这几天一定要做完,而且下周有一门专业课考试,要复习一下。"

朱老师担心他是因为聚餐要出钱,揽住他的肩膀悄悄把他拉到一边说:"小唐啊,有什么困难记得跟我说,参加过辩论队的都算是我的学生,不要见外。今天聚餐我请客,大家随便吃点东西高兴一下,你就来吧,这样的机会也不是什么时候都有的。"

老师的目光带着殷切,盛情难却,唐劲风说:"那我就去坐一会儿,早点走可以吗?"

"可以可以,明天是圣诞节啦,是不是要陪女朋友啊?"

唐劲风笑笑,不置可否。

沈佳瑜也参加了辩论队,看唐劲风参加了聚餐很高兴,吃烧烤时就坐在他身边的位子。朱老师拖了一箱啤酒过来,沈佳瑜开了一瓶放到他面前:"喝一点吧?"

"不了,晚上还有正经事要做,不能喝酒。"

"那我也不喝了,我们喝饮料吧?这里有老板自己煮的米汁,很香很好喝,又暖胃,我们点一扎尝一尝。"

暖热的乳白色米汁很快上桌,唐劲风抿了一口,味道确实不错,又就着吃了点炒饭和烤馒头,没等烧烤上齐,就起身说要回去了。

朱老师也知道他压力重,没再挽留他,见米汁还有一些装在玻璃瓶里用热水温着,就拿了两瓶,硬要塞给他:"你拿着,晚上做功课渴了累了喝一点,补充点能量。"

唐劲风看到他鬓角的白发和眼角的褶子,大概跟他爸爸差不多的年纪,心里不由得微微震动。

"谢谢老师。"

"别客气,回去路上小心点啊!"

沈佳瑜这时追出来,问唐劲风:"怎么这么快就回去,是合同的翻译做不完吗?我双专业跟你一样修经贸英语,你为什么不找我帮忙?"

"这本来就是我自己的事,不应该麻烦别人。"

"那你为什么麻烦那个高月?"沈佳瑜不愿意承认,可心里真的是意难平,"最近我在图书馆看到她,手边的书就是你看的那几本。

她的英文程度也一般，都不是英语A班的，这样的水平你也放心让她帮你？"

唐劲风道："这周的精读书本英语老师推荐的是《老人与海》，你看了吗？"

沈佳瑜愣了愣道："看过，怎么？"

"老人把鱼拉回岸边的时候，鱼已经只剩下一堆残骸，在观光客眼里只是等着被潮水卷走的垃圾一样的东西，但当地的渔民都知道那曾经是一条一千五百磅的大马林鱼，很多人终其一生也没有见过这么大的鱼。"

"所以？"

"硬汉不在乎他拉回来的是一条大鱼还是一堆残骸，重要的是那个过程。"

"你是说……你是那个'老人'？"

唐劲风笑笑道："不，我说的是高月。"

远在图书馆猛啃书的高月使劲儿打了个喷嚏，怎么也想不到自己在唐劲风口中成了硬汉。

她今天其实已经有点到极限了。圣诞气氛渐浓，图书馆里看书的人越来越少，可她手里的合同好像怎么也翻译不完，写到颈椎都酸痛了，电脑里还有一篇合同只开了个头。

这是今天必须翻译完的，但图书馆临近期末开到夜里十二点，她小睡一会儿再努力应该也不耽误。

唐劲风揣着两瓶米汁回到学校，想了想，绕道去了公主楼楼下，对宿管阿姨说："能不能帮我把这个转交给502的高月？"

他凭直觉认为，她大概会喜欢这种口感的东西。

反正，他拿回寝室也会被周梧他们几个分掉，不如留给她好了。

"月儿啊，她还没回来呢！"宿管阿姨提起高月都有股亲热劲儿，"她最近几天泡图书馆泡到很晚才回来，都是我给她开的门。"

唐劲风抬头看了下墙上的钟，已经这么晚了，她还在图书馆？

上回被锁在实验室的事他还记忆犹新，谢过阿姨之后，就匆匆往图书馆走去。

这个时间往常图书馆应该还有很多人,今天确实人少,他一进去就看到高月窝在一个角落的位置,已经趴在桌上睡着了。

她只穿着很薄的V领毛衣,里面贴身穿一件高领的蕾丝衫,脸色白里透红,长马尾的发梢带着自然的卷度窝在肩上,挡住了她的半边脸颊。

这样睡很容易着凉,她也不懂得往自己身上搭一件衣服。

唐劲风本能地解开身上的大衣要给她搭上,却瞥见她旁边座位上搭着她自己的大衣和围巾,手上的动作顿了顿,还是拿了她自己的衣服搭在她的肩上。

她看起来是小憩,但就算这样也没能把她吵醒。

他在她身旁坐下,拿过她已经译完初稿的合同,提笔在旁边做注释和修改。

窗外又开始飘雪,很多没怎么见过雪的南方同学书也不看了,壁虎一样趴在窗户上往外看雪。

唐劲风又扭头看看睡得开始流口水的高月,从小在北京大院长大的孩子,应该没少看见雪吧,并不觉得稀罕,依旧睡得死死的。

他不知怎么的,觉得有点好笑,嘴角就扬起了弧度。

真是难为她了,这么热闹的日子,竟然闷在这里翻译这些对她来说完全不着边际的东西。

高月做了个好梦,美到不想醒,最后是被图书馆管理员给叫醒的:"同学,回宿舍睡吧,我们要关门了。"

她惊得差点跳起来——已经十二点了吗?她的合同还没翻译完呢!

桌上多了两瓶玻璃瓶装的……白乎乎的……似乎还有点黏稠的液体……像是某种饮品?

还有一张字条,写着龙飞凤舞的英文:Merry Christmas(圣诞快乐)。

她再一看文档,刚刚开了个头的初稿居然翻译得差不多了?

"田螺姑娘"这四个大字首先出现在她的脑海里,然后她就被等得不耐烦的管理员给撵了出来。

高月稀里糊涂地回了宿舍,倒头就睡。

她大概是第二天才反应过来,昨晚在图书馆,应该是唐劲风来过了。

她现在才想起回他Merry Christmas会不会显得太矫情啊？

高月给他打了电话，东拉西扯地说了一堆合同译稿的事情，最后才说："昨天不小心睡着了，谢谢你啊，帮我把最后一点给译完了。"

"不用谢。"唐劲风很平静，难得地也跟她东拉西扯了一堆，接着才又问了句特别不着边际的话，"米汁好喝吗？"

米汁？什么米汁？

高月使劲儿想了想，好像是有印象，昨天从图书馆被撵出来的时候，她包里还揣了两个玻璃瓶的像饮品一样的东西。

他说的米汁可能就是那个？是他带来给她喝的吗？

怎么办？她还没来得及喝呢！

人生如戏，尤其在喜欢的人面前，当然全凭演技。

她用最快的速度反应过来："好喝啊，当然好喝！这样的佳酿，你在哪里买的，我也要去买！"

"你喜欢喝就行，这是辩论队的朱老师给你的。"

院方的朱老师连打了两个喷嚏："烧烤吃多了，上火感冒了吗？"

然而这样的说辞并不能浇灭高月心中的熊熊火焰，挂了电话她就满寝室找那两瓶米汁，顾想想问她："你找什么？"

"昨晚我带回来的玻璃瓶你看见了吗？大概这么高……"她比画着，"里面是白白的……"

"啊，那个，被胡悦拿去泡面膜敷脸了。林舒眉闻了一下，跟她说是我们发酵实验课用的大米汁，可以当精华用。"

"啊……"

"那实际是什么，很重要的东西吗？"

就是大米汁……可那是象征着她爱情的大米汁啊，她还一口都没尝到就被她们拿去敷脸了！

她们好歹也给她留一张面膜敷一下啊！

合同翻译全部交稿的那一天，唐劲风把自己的法理学笔记交给了高月："不是要笔记吗？明天抄完还给我。"

"啊，明天就要抄完？"高月翻了翻那本写满他字迹的法理学，

"我复印一下行不行啊？"

"不行，只能手抄。"

好吧，她是理解抄一遍肯定就记得更牢固这个道理啦，但她今晚又得熬夜了，还以为终于完成合同翻译可以放松一下，好好睡一觉呢。

最近双专业先期末考试，她终于体会到戴鹰形容的法学院的孩子们考试前站在走廊上看书的艰辛了。

现代都市版"凿壁偷光"啊！

不过仔细一想她还是挺高兴的："你之前不是都不肯借我这本'葵花宝典'吗？现在怎么突然愿意破例了？"

"因为实在不想再看到那么离谱的试卷答案了。"

"啊？"

"昨天我被学院老师叫去办公室，帮忙批改你们法学双专业刚考完的中国法制史期末试卷。"他停了一下，然后问她，"古代婚姻制度中的'七出三不去'那个题，问'三不去'是哪三不去，你填的什么？"

高月属于考完试就犹如有一块橡皮擦将脑海中的知识点全部抹去的那种人……现在问她考完了的内容，尤其还是这种死记硬背的，她的思绪简直一片空白。

她使劲儿想了想："我……不太记得了，你看见我填了什么吗？"

"嗯，你不想知道其他人填了些什么吗？"

高月想啊想啊，肯定有人比她离谱吧？

"有人填，赌场不去、青楼不去、衙门不去。"

这位兄弟，你是立志做个好人吧？

"还有人填，打不去、骂不去、杀不去。"

这……大概是个妻管严？

"还有，就是少年丧父、中年丧偶、老年丧子。"

高月脑海中有闪电划过，她终于想起她的答案是什么了——这就是她的答案！

"那……正确答案应该是什么？"高月硬着头皮问。

"有所娶无所归、与更三年丧、前贫贱后富贵。这是古代男性不得休妻的情形，是古代婚姻制度最重要的标准之一。"他蹙眉道，"你连这都不知道，法制史课到底听了些什么？"

她真的是没听进去什么。学历史，哪怕是法制史，总要有点阅读量才能支撑起知识体系，人家老师倒是推荐了不少书目，然而她实在没时间借来好好看，老师上课讲的那些内容自然就是左耳朵进右耳朵出了。

"我写的好歹还是跟婚姻家庭有点关系的嘛，不算太离谱。谁让古时候的男人那么过分呢？哦，冠冕堂皇的休妻理由就可以有七个，叫七出，连妻子生病、多嘴、没生儿子都可以被赶出去；不得休妻的情形就只有三个，多不公平啊！我是同情古代的女性，根本就想不通这样的制度是谁制定出来的，潜意识里就抗拒，一抗拒就不理解，不理解当然背不出来了。"

啊，这一激动，她居然把"七出"里的几条给说出来了，果然爱情的力量是伟大的——唐劲风站在她对面，都像人肉电池一样能隔空给她充电！

"我发现你挺适合做律师的。"他睨着她道，"这诡辩的功夫，一般人不是你的对手。"

"过奖了，嘿嘿。"高月谄媚地笑了笑，"那我的法制史到底是过了还是没过？"

"木已成舟了，还问干什么？不如想想怎么复习法理学。"唐劲风才不告诉她呢，还面无表情地伸手去抽她手里的那本法理学书，"根据法律的滞后性来看，我这笔记里的一些案例想必也有不合时宜让你觉得排斥的地方，你还是别抄了。"

"不不不，那不一样！"高月连忙像小狗护食一样把书紧紧抱在怀里，"法制史我之所以考得不理想，就是因为没有打通任督二脉，法理学有了你这本'葵花宝典'就不一样了。我保证，绝对不会闹法制史那样的笑话了！"

"闹笑话也不要紧，你不要告诉别人借了我的笔记复习就行，不然可能会让别人对我的学业水平产生怀疑。"

高月想起小时候看《西游记》，孙悟空出师时菩提祖师说"将来你闯出什么祸端的时候，不要把为师的名号说出来"，大概就是这种感觉了。

她不说借,说是买的也行。

鉴于上回他们俩之间的对话,达成了他这份笔记无价的共识,高月决定换个方式,不再赤裸裸地给他钱,而是委婉一点,给他添置点别的需要的东西,比如冬天穿的衣服。

其实唐劲风的衣品很好,颜色、款式、搭配都很舒服,眼光绝对超越一般男生无数倍。而且他本身身材好,简直就是个行走的衣服架子,高月甚至觉得他这么有杀伤力的颜值和身段,不去做模特实在可惜了。

但他再怎么会穿,衣服也是要折旧的,尤其是冬天的衣服,洗多了就不暖和了。她看他下雪时都只穿那件洗得发白的大衣,里面的羽绒服也没有一点厚度,真怕他感冒。

寝室里的几个人都在商量考完最后一门课要去哪里逛,高月想了想道:"不如去逛街买衣服?"

"好啊好啊!"胡悦第一个表示赞同,"我还要买口红,你们帮我参谋参谋。"

林舒眉道:"你都有那么多口红了,还买?"

外语系其他人的书架上是一排莎士比亚的书,而她的是一排口红。

"过年要走亲戚,说不定还要相亲,买点新的色号尝试一下嘛!"

她话音刚落,高月和林舒眉的目光唰地一下全聚到她身上了。

她感到莫名其妙,还愣了愣,看到旁边的顾想想才反应过来,尴尬地笑道:"啊,对不起,你看我这嘴……想想,我不是故意的。"

"没关系的,你们去吧,不用管我了。"

顾想想一向是温顺可爱的元气少女,很少这么无精打采,这回是失恋了。本来她说好圣诞节带来给寝室姐妹"见家长"的男朋友,在期末阶段劈腿其他女生,两人分手了。

期末分手的打击是巨大的,顾想想躲在寝室里悄悄哭了一场之后,意志就有点消沉,无心复习。她本来成绩就不太好,这回怕是要挂科了。

高月拉她起来:"难得考完试轻松一下,你怎么能不去?不就失恋嘛,恋爱的酸臭味是因为两情相悦产生的发酵反应,现在都不爱了,你就把他当成一块用过的培养基,剁碎了扔垃圾桶里,有什么好惦记的!

走了,先去血拼,然后吃饭唱歌,我请客!"

于是三个人一起拉着顾想想雄赳赳气昂昂地上了高月的车,没想到刚开到学校门口就遇到戴鹰。他凑上来,胳膊往驾驶座的窗户上一搭:"哟,你们这是要去哪儿啊?"

"逛街,怎么,你要一起吗?"

"好啊,反正我也没什么事,去买双新球鞋,寒假训练的时候穿。"

胡悦从后排探头过来:"队长,你们过年还要训练?"

"有什么办法?总共就一两个月的时间,开学就得打正式比赛了,这是我最后一回带校队参赛,争取大四之前把这队长的位置让出去,怎么也得打进决赛吧?不然退休也没面子。过年那几天会休息,而且用不着你们啦啦队,放心吧!"

胡悦撇了撇嘴,她倒还希望能陪他们一块儿训练呢!

戴鹰看车上还有位子,没再多说就拉开车门坐了上去。他人高马大,腿又长,一人就占了一大块空间,把娇小的顾想想挤得跟胡悦紧贴到了一起,然后他拍了拍高月的椅背:"开车吧,我跟你们一起去逛逛,顺便给你们拎包。"

不得不说,他实在很了解高月。她不讨厌逛街,但讨厌逛到最后两手挂满大包小包的东西,一不小心还能拎掉一个,等回到家累得晕头转向,都不记得自己到底买了啥,又掉了啥。

何况她们今天有四个女生,买起东西来估计还挺壮观的,她们又都没有男朋友,有这么个壮劳力跟着也不错,而且她说好了要撮合胡悦跟戴鹰的,这也是个不错的机会。

当然,她还有另外一层私心,就是戴鹰跟唐劲风的身量差不多,等会儿买衣服的时候她可以请他帮忙试一试。

高月把车开到了城中最有名的服装批发市场,这里什么服装都有,品类齐全,价格又不贵,不仅云集了全国各地赶来进货的时装零售商,也是本地人很喜欢的血拼胜地。

戴鹰看到大门入口处赶集一样的人潮,忍不住咋舌道:"我说高小月,你怎么把车开这儿来了?"

高月看着后视镜白了他一眼:"少说废话,下车!"

089

她要是单独跟他去逛,当然可以去恒隆之类最高端的商场,可现在是集体行动,不考虑她室友的购买力吗?

而且这里好看实用的东西多着呢,戴鹰根本不懂得从沙砾中淘金的乐趣。

戴鹰多少也反应过来了,下了车才小声说:"那我的球鞋怎么办啊?你单独给我买?"

"旁边不到一公里处就有个奥特莱斯,阿迪达斯、耐克工厂店随便挑,先随便穿一穿。"

戴鹰有些生气,小月月太不拿他当回事了!

不过老话说得好,来都来了……他怎么也要给女士面子,尤其在高月面前,绝对不能甩脸子,不能有包袱,她要是看出来,就不带他玩了。

唉,从小就是这样,谁让他摊上了这样的发小呢!

几个人逛了半天,只有顾想想没买什么东西,连高月都挑了一套新的棉睡衣。她们全寝的人的睡衣都在这儿买的,冬天穿保暖又舒服。

"有男式的吗?给我拿一套看看。"

唐劲风在寝室肯定也没有厚衣服穿,她给他买一套吧。

戴鹰在旁边说:"你还给我买啊?以前我姐给我买了好多套,全在家里堆着呢,我又不穿这玩意儿。"

不过你给我买的,我可以勉为其难地穿一下。

高月把店员拿来的男款睡衣递给他:"别废话了,帮忙试试看合不合身。"

戴鹰美滋滋地脱了外面那件冲锋衣,展露出年轻健硕的好身体,套上了那套睡衣,将扣子一扣,秒变隔壁胡同的二傻子。

高月哈哈笑道:"不行不行,你穿上怎么像头熊似的?"

"能怨我吗?这颜色就是熊的颜色啊,又这么厚。"

"厚才保暖啊,冬天在家、在寝室穿着最舒服了。"高月还是很满意的,对店员说,"麻烦你给我换一个颜色吧,有深蓝色吗?带星星的那种。"

"像你刚才给自己挑的那套就有。"

"那正好啊,麻烦拿来我看看。"暗暗跟唐劲风穿情侣款,这样的小心机,可遇不可求。

戴鹰对她的意图完全无知无觉,以为她是买给他的,都没抢着帮她付钱,等她结了账后就抢过衣服抱在怀里:"我自己拿!"

胡悦正好也挑了一套,图案是粉色的小熊,跟她自己买的那套是情侣款,她将衣服递到戴鹰手里:"队长,这套你也拿着,是我送你的!"

戴鹰有点飘飘然了——原来他真的这么受欢迎。

高月让胡悦和林舒眉她们陪顾想想在卖饰品的区域逛一会儿,顾想想最喜欢这些亮闪闪的小东西。她自己又跑去卖男装的楼层,拿下了羽绒服、羊毛衫和围巾。

戴鹰非得跟着她,而且一门心思地认定这些东西都是买给他的。

"其实你不用买这些给我,我又不缺衣服穿,等会儿给我买双球鞋就行了。"

"谁说是买给你的了?我这是买给唐劲风的。"高月无情地敲碎了他的美梦,"再说大少爷你连阿玛尼的副牌都看不上,会穿这些杂牌?"

她其实都想好了,大牌她当然不是买不起,但是唐劲风也不是不识货的人,那么贵重的礼物无论如何他是不会收的,说不定一怒之下会将其捐给山区。为了不在将来某一天看到山区哪位大爷裹着她买的阿玛尼……她还是放低水准,送点实用又看不出牌子的衣服好了。

笑容凝固,戴鹰的五官都要拧到一块儿去了:"你这是给唐劲风买的?那你还让我试穿?"

"你们的身材差不多,帮个忙嘛!你要喜欢哪一件,我再买一套送给你?"

戴鹰气得鼻子都要冒烟了:"不用了,丢不起那人!"

好好的,他怎么还生气了呢?

行吧行吧,等会儿她就去奥特莱斯把他想要的球鞋给买了吧。

几个人又杀去奥特莱斯,一路上戴鹰都板着个脸不说话,像个闹别

091

扭的孩子似的,跟唐劲风那种气场超强的高冷范儿不同。车里一点都没有被他的低气压笼罩,几个女生逛兴奋了就开始叽叽喳喳地聊天,聊天气、衣服、口红。

鉴于有戴鹰这个男生在,她们就矜持一点没聊男人了。

顾想想也从失恋的打击中缓过点劲儿来,跃跃欲试地要去买一支新口红,正跟胡悦一起试色呢,突然就两眼泪汪汪地呆在那儿了。

"怎么了,想想?你别吓我啊!"

顾想想摇了摇头,然后往高月身后躲了躲。

几个人顺着她的视线看过去,看到对面一家品牌店里有个年轻男生搭着一个女孩的肩膀,正有说有笑地挑选化妆品。虽然她们不认得那男的,但看顾想想的反应就猜到了——这怕是那个劈腿后跟她分手的渣男吧?

这么巧,对方考完试也来逛街讨新女友欢心呢?

好巧不巧,对面的两人也看到了他们,尤其那女生看到了顾想想,挺了挺胸脯,挽着渣男的胳膊就朝他们这边走了过来。

这是要示威啊!

高月急中生智,暗暗往戴鹰腰上一掐:"帮个忙,你假装一下想想的男朋友,气死他们。"

戴鹰的脸歪得更厉害了:"我才不要,我还在生气!"

高月手上加了力度,戴鹰疼得直吸冷气:"好好好,我装我装,别掐了,再掐就掐青了!"

真是天理何在,他喜欢的姑娘不仅喜欢别人,让他帮忙试穿衣服,还要他假装别人的男朋友!

但戴鹰从小为了躲他那个严厉老爸的棍棒,也是花了不少心思琢磨演技的,这种临场发挥的事简直是小意思。

他把顾想想往自己跟前一揽,抽了张干净的化妆棉抹掉她嘴上的唇膏:"啧,这颜色太俗了,不适合你,咱们换个更干净的颜色。"

顾想想还没反应过来,他又对旁边的两人说:"喂,劳驾两位让一让,你们挡着镜子了。"

渣男和新女友十分尴尬,示威和取笑顾想想不成,反而让人家占了先机，丢了气势。

这世上最怕什么呢？最怕亲眼看见我曾经辜负的人过得比我好，那不等于打脸自己眼瞎吗？

渣男用力挤出个笑意："想想，这么巧啊，你们也来逛街？"

顾想想这会儿回过神来了，昂起下巴道："是啊，我陪'老公'来买双球鞋，他马上要代表校队打比赛了。他非要先给我买口红，我挑花了眼，也不知道哪个好看。"

这回不只是渣男，连高月她们都对顾想想肃然起敬——果然人是要靠逼迫的，到了这个份上，连顾想想这么有名的老实人都能脸不红气不喘地说出"老公"这么亲昵的字眼来！

她跟戴鹰还根本谈不上认识呢！

打发了渣男，顾想想便捂着脸求胡悦谅解："我真的……不是故意要那么说的，我对他没有非分之想，真的……"

胡悦非常淡定："你不用解释，刚才那种情况，换我也会那么说。多解恨啊！"

"就是。"林舒眉插话道，"你现在感觉舒坦一点没？"

顾想想摸了摸心口的位置，还别说，扬眉吐气了一回，看到渣男尴尬的表情，她心里舒服多了。

"走，拿下这几支口红，我们去吃饭唱歌，好好庆祝一下！"

几个人正豪情壮志地准备离开，高月却发现戴鹰不见了。

她找到隔壁区域的阿迪达斯工厂店，看到他正让店员把一双鞋子包起来，连忙走过去："哎，这鞋我来买，就当是谢谢你今天这么帮我们。"

戴鹰脸上少见地没有一丝笑意："不用了，我已经买好了。你跟你的室友去玩吧，我先走了。"

"别啊，晚上我们吃完饭还要唱歌，你跟我们一起去玩啊！"

"你又不是不知道我五音不全，就不凑这个热闹了。你们买的东西我给你们放车上，等会儿我打车回去。"

戴鹰这是真生气了。可高月猜不透是为什么，就因为她要送唐劲风衣服请他试穿？

她喜欢唐劲风又不是一两天的事了,他也不是不知道,干吗突然这么生气啊?

胡悦在门口看到戴鹰拎着东西头也不回地走了,再看看一脸茫然的高月,竟然没像平时那样上前去拦他。

晚上吃饭的时候,几个人都像有心事似的没怎么动筷子,只有林舒眉一个人吃得酣畅淋漓,还招呼她们:"你们怎么不吃啊?不吃等会儿哪有力气唱歌!"

"唱歌的地方还有自助餐。"高月心不在焉地回应,"饿不着的。"

可她没想到学校刚考完试,大家都出来放松玩乐,KTV最贵的黄金时段居然都要排队,更没想到会在这里碰见唐劲风。

他穿着服务员的制服,白色衬衫、黑色长裤和西装背心,耳朵上戴着一只耳麦对讲,在门口负责带客和维持秩序。

"咦,那不是唐劲风吗?我们今天可真是走桃花运啊,除了我,你们的心上人可都遇齐了。当然想想那个例外,那是前任。"林舒眉说。

渣男的颜值和素质也没办法跟戴鹰和唐劲风比。

"他是在这儿打工吧?"胡悦说,"之前参加模拟法庭的时候,我听他跟他们寝室那个周梧提起过,他好像同时打几份工呢。寒假有一个多月,他肯定不可能浪费这段时间啊!"

别人都想着怎么玩的时候,他已经在想怎么才能赚更多的钱了。

高月不自觉地想起车上那些为他买的衣服围巾,心疼归心疼,但一看到他,心情一下子就好起来了。

他无论在任何场合都显得卓尔不群,哪怕是在这种灯红酒绿的地方,穿一身没有任何辨识度的制服,都有种落魄贵族的英俊和不羁气质。

高月她们算来得早的,但前面也已经排了几拨人。她走到唐劲风面前,声音朗朗:"麻烦给我取个排队的号吧,我们四个人,什么房型都行。"

唐劲风抬眼看了看她和她身后的姐妹,递给她一个号码牌:"小包五号。"

她领了牌子就乖乖坐到旁边去等了。胡悦悄悄地说:"哎,你们这么熟,怎么不让他给咱们插个队啊?"

高月怎么说也算是他的"金主"啊，太浪费这种革命友谊了！

她正说着，排在她们前面的一个女人等得不耐烦了，扭腰走上前去问道："喂，还有几个号才轮到我们啊？"

唐劲风很有礼貌地回答道："还有两位，请再耐心等待一下。"

那女人不听，又纠缠了几句，突然拔高声音道："我是贵宾，我朋友也是贵宾，我们凭什么要排队？"

四周的目光一下子聚焦到唐劲风这边，多少带了点同情的意思，想看他怎么解决。要是他松口说不用排队，那后面等着讨价还价的人可就有机可乘了。

然而唐劲风只是特别笃定地说了一句："不好意思，我们这里就算是哈士奇也必须按规矩排队。"

噗！胡悦正喝水呢，听到这回答直接将水喷了出来。

高月递了张纸给她："你现在明白我为什么不让他给咱们插队了吧？"

她被他碾压的方式五花八门，多了去了。

不过高月打算让那个女人见识一下什么叫真正的贵宾。她走过去问唐劲风："你们的小包、中包没有空的了，那现在有空的是什么包间？合适的话，也可以给这位小姐先用起来啊！"

唐劲风不假思索地说："钻石套间。"

"多少钱一小时？"

唐劲风把手中的平板电脑立起来给她们看价格。

那女人倒吸了一口凉气。

高月笑笑，问那女人："你要吗？可以先进哦。"

"不要。"对方铁青着脸重新回到了座位上，安静地等普通小包去了。

"她不要我要。"高月朝唐劲风笑道，"就给我开一间钻石套间，让我和我的小伙伴们尽情享用吧！"

高月上回在这么大的包间唱歌，还是考上大学的那一年，顺带着请了要好的朋友、同学一起给她过十八岁生日，在这种灯光绚丽多变、杜比音效绝佳的大包间里唱了整晚的歌，尖叫到失声。

095

那时她以为长大了好了不起，谁知道人生的放纵不过到此为止，疯过了还是要按部就班地上学、生活、喜欢唐劲风。

顾想想和林舒眉是第一次进这种包间，还蛮好奇的，不过房间真的太大了，她们四个人在里头显得空荡荡的，实在没有气氛。

"要不我们再叫点其他人来吧？"胡悦提议。

林舒眉说："可以啊，不过叫谁？我们班总共没多少女生，考完试的人都回家了。"

男生……其实她们都不太熟啊！

高月有点后悔刚刚不该让戴鹰走，他人缘好，有他在至少可以叫篮球队和金融系的人过来一起玩。

"要不……叫上唐劲风他们寝室的人？"顾想想弱弱地说，"我记得我们还是联谊寝室。"

唐劲风的寝室是520，她们寝室是502，强行联谊可还行。

其实那都是高月为了追唐劲风，"霸王硬上弓"拗出来的一层关系，顾想想不说高月几乎都忘了。

"这是个好主意！"

高月雷厉风行，立马拿出电话打到他们寝室，正好是周梧接的。

她知道他们寝室的德行，一有电话就会被其他人按下免提，然后旁边的人故意弄出些儿童不宜的声音。

高月反其道而行之，不等那边的恶作剧开始，就捏着嗓子说："老周啊，我是小月月呀，你好久没来了。今天有没有时间带兄弟们过来唱唱歌呀？"

周梧在那头脸都涨成红番茄了，话也说不利索了："你、你……你在哪儿？"

"当然是在纯K啦！你连这儿都不记得了，是不是忘记人家了？好讨厌！"

周梧终于拨开周围那帮乌合之众，把电话接了起来："你、你、你……到底怎么回事？"

"叫上你们寝室的人到纯K钻石包间来唱歌啦！"高月这才恢复正常嗓音说话，"唐劲风在这里打工，你们寝室的人都知道吧？"

"哦,这个知道。"周梧适当地压低了声音道,"我们多少会在外面打点工勤工俭学,其他情况他们倒不是很清楚。"

高月知道老周跟她一样,在很小心地保护唐劲风的隐私和自尊。

"那你们过来吧,今儿我请客,不醉不归。"

周梧很快带着寝室的其他几人来到包间,唐劲风领他们进来的,这下两个寝室的人算是凑齐了。

"你们先玩,我还要工作,等会儿来找你们。"

唐劲风当然猜得到人是高月叫来的,但他对寝室的兄弟还是非常周到的,当着他们的面就不戳穿她的小伎俩了。

高月有点得意,招呼那几位室友坐:"说起来我们还是联谊寝室啊,但好像还不太熟悉,要不大家先自我介绍一下?"

周梧她是熟悉的,另外两位照理也应该是法学院的学生,但还多出来一个,看着面善,她却想不起来在哪里见过。

男生宿舍不也是顶多四人一间吗?怎么他们寝室有五个人呢?

周梧介绍道:"这个郑朝夕是你们生物系的学生,因为之前也住过我们寝室,所以跟我和小唐的关系都很好,现在他常在我们那儿打游戏。"

噢……难怪高月觉得看着眼熟,原来是生物系同系不同班的小伙伴。

高月想起来了:"你就是那个晕血让唐劲风替你上实验课的人吧?"

"嗯。"小郑不好意思地点头道,"上回听说他跟我们系一个叫'负红血'的人搭档,被喷了一头一脸的血,要换了是我可能已经当场去世了,真是多亏了他。我后来向很多人打听过,都说我们生物系没有叫'负红血'的人啊。你听说过吗?"

高月斩钉截铁道:"没有!"

想了想,她又问:"他帮你替课,一节课收你多少钱啊?"

小郑有点惊讶地说道:"收钱?他从来不收我的钱啊,就是游戏里我帮他多挂挂机而已。之前有个挺火的手游,我看他运气很好,就把我那号给他玩了……"

他话没说完,林舒眉走过来道:"你们不饿吗?走,去自助餐区拿点吃的。"

高月知道她是个路痴，尤其KTV里面这种迷宫一样的路线，她很容易走丢就回不来了，只好陪她一起去。

当然她也有私心，特意绕了一大圈，从服务台所在的前厅穿过，看唐劲风在干什么。

等位的客人还是那么多，看来他有的忙了，要让他放下手头的工作陪她娱乐怕是不容易。

"别看了，临渊羡鱼，不如退而结网。"林舒眉凉凉地说，"使唤不了他，你不会找他的老板吗？"

说得也是，高月发现林舒眉其实蛮有恋爱头脑的，鼓动她道："我说舒眉，你要不要考虑谈个男朋友啊？今天来的这几位当中有没有哪个你能看上的？你挑一个我帮你撮合撮合。"

"我要说我看上唐劲风了，你撮合吗？""他除外啦！"

林舒眉一边往盘子里堆水果，一边冷嗤道："就知道你没这么大方。你还是先把胡悦和戴鹰撮合成功再说吧，虽然我感觉这两人也不咋合适。还有想想，刚刚失恋，我觉得咱们要多看顾着她。"

"怎么说？"

"失恋时期最容易被人乘虚而入，她还那么心思单纯。"林舒眉边拿东西边吃，"至于我嘛，已经有主了，你就别瞎操心了。"

"你有主了？是谁啊，我怎么没听你说过？他长什么样？哪个系的？你们什么时候开始的？"

高月一手拿着自己的盘子，一手拿着林舒眉刚才专门拿来堆水果的盘子，紧追不舍地问。

"你这么多问题让我先回答哪个啊？反正他不是我们学校的学生，已经工作了，而且我跟他在一起并不是图跟他两情相悦。"

"那你图什么啊？"

"当然是图他家的万贯家财了！"

高月还要刨根问底，在转角处却差点撞到人。

对方顺势接过她手里的盘子，然后对旁边的人说了一句："这两位也是钻石包厢的客人。"

原来是唐劲风，他旁边的人应该就是今天的领班了，头发用摩丝梳得油光水亮的年轻男人脸上立马堆满谄媚的笑:"高小姐是吧?你们不用自己出来拿水果的,我刚才送了个大果盘到包厢去,还需要什么你跟我们说一声就行了,给你们送过去。"

"真的跟你们说一声就行?"

"当然,我们有专门的服务员服务钻石包厢。"

"你是说拼命劝我开酒的那种吗?我可不想使唤他们。"

"哈哈哈,那你叫我好了,我姓张……"

"不用了,你把他留下吧!"高月朝旁边的唐劲风抬了抬下巴,"我感觉他应该蛮能干的。"

唐劲风脸色如常,好像早就料到她有这么一招,所以没有挣扎就端着盘子跟她回到了钻石包厢。

周梧不太擅长跟女孩子相处,其他几个兄弟显然也不擅长,包厢内气氛挺拘谨的。一见唐劲风来了,几人简直有种胜利会师的感觉,冲过来握住他的双手把他往点歌台拉:"你可来了,有什么歌要唱的,我帮你点!"

"我不唱,你们唱吧,我来点。"

他坐了下来,娴熟地翻阅着点歌台。

舞台上此时只有胡悦一个人坐在高脚凳上微眯着眼唱:"可惜不是你,陪我到最后,曾一起走却走失那路口……"

刚失恋的顾想想哪里经得住这种情歌的洗礼,红着眼睛灌酒,不知不觉已经喝了不少。

高月有点明白林舒眉说要多看顾着顾想想是什么意思了。

她挤到唐劲风身边:"点首欢快点的歌吧!"

"你会唱什么?"

"不要点《嘻唰唰》和《穷开心》就行。"

她成年派对那一次,戴鹰专门点了这两首给她唱,害她在一群人面前兴奋得像个二百五似的,女主角光环都没了。

"不如来首对唱啊!"她提议道,"《往后余生》你会唱吗?咱们一起唱啊!"

"你觉得这首歌欢快吗?"

高月想了想道:"不欢快,不过蛮正能量的,让人憧憬最好的爱情。你会唱吗?"

"不会。"

高月才不管呢,直接点了那首歌:"不会我教你。"

周梧刚吼完一首《死了都要爱》,气氛被调动起来了。几个男生纷纷跑过来挑歌,看到高月点的这首,其中一个说:"这首我也想点,我陪你唱好了。"

唐劲风让了个位子给他,让他坐在自己跟高月中间,然后递了一罐啤酒给他:"你最喜欢的奶啤。"

"谢谢!"

啊,兄弟情谊好,还有美女在侧,干杯!

两罐啤酒下肚,男生不得不起身去厕所。他刚关上包房的门,唐劲风就不动声色地把《往后余生》切到了最前面,然后把麦克风递给高月:"你点的歌。"

《往后余生》的对唱版是女声先来,高月没多想,接过麦克风就唱——

在没风的地方找太阳,在你冷的地方做暖阳。

她的声音有点御姐范,比较亮,音准也可以,唱得算不错。

唐劲风安静地坐在离她不远的角落,眼睛里漾开的涟漪在光影变幻中自然没有人能看清。

周梧却硬是抢过一个麦克风塞到他手里,示意他唱。

别以为我没看见,把人支走不就是要自己上?上不了台我给你递把梯子总行吧?老大哥只能帮你到这儿了。

唐劲风这次倒不矫情,仿佛只是顺势接过麦克风帮唱——

往后余生,风雪是你,平淡是你,清贫也是你。

略微低沉而有磁性的声音透过麦克风传出来的时候,包厢内安静了一秒,连高月都愣住了。

我的天啊,你不是说你不会唱的吗?有人这么谦虚的吗?

从小跟戴鹰这样的人一起长大,高月还以为大部分男生是五音不全的呢,哪里想到唐劲风唱歌声音这么有层次感,音准也这么好。

他小时候进过少年宫？

高月愣在那里，女声部分错过了一句还不自知，唐劲风转过来看了她一眼。

别掉戏，继续唱。

高月的斗志完全被激发了，不能输啊，她得拿出专业选手的态度才配得上他！

她站了起来，每唱一句都努力想要把每一个音咬准。

然而余光瞥向旁边，她发现唐劲风依然坐在那里，除了和声时会微微转身偏向她，其他时候只是看着屏幕，垂眸低唱。

有一位她喜欢的歌手曾说，当你把千千万万听你唱歌的观众只当成一个人，你只面对面唱给他听，这首歌就会特别动人。

她现在感动成这样，唐劲风这首歌一定是默默唱给某个人听的。

她姑且当那个人是她好了。

想带你去看晴空万里
想大声告诉你我为你着迷
往事匆匆
你总会被感动
往后的余生
我只要你
……

整首歌唱完，包厢里响起掌声、呐喊声、沙锤和摇铃的声响，高月被拉回现实，淡笑着装模作样地向大家鞠躬。唐劲风却不动如山，只是默默地放下了手中的麦克风。

上厕所回来的室友嗷嗷叫道："啊……已经唱完了？"

"没事，我又帮你点了一遍。"唐劲风道，嘴角的弧度在他低头喝水的刹那才隐约浮现。

唱歌很开心，除了……顾想想喝多了。

高月和林舒眉已经尽量看着她,劝她少喝了,但是没有借酒浇愁怎么能算失恋?她们其实也很理解啦,可是为了那样一个渣男喝到吐实在不值得,多伤身体!

高月从洗手间出来,顾想想还在里面吐得昏天暗地,高月打算给她买瓶水。

"拿这个给她。"唐劲风站在门外递给她一瓶饮料,"功能性饮料补充一点电解质,否则脱水了会很麻烦。"

虽然唐劲风关照的不是她,但高月心头还是一暖:"谢谢你啊!"

"最好还是送她去一趟医院,现在时间不早了,你们带着她满身酒气地回寝室不好,也不安全。"

夜里万一顾想想再呕吐,会有窒息的危险,到时她们几个女孩子未必能妥善处理。

高月点头,结了账下楼去取车,唐劲风和周梧已经帮忙把顾想想扶下来了。

"老周你们先回去,我陪她们去一趟医院。"

周梧扶了扶眼镜:"要不要紧啊?会不会耽误你打工?要不我陪她们去?"

"没关系,今天的时间已经差不多了,我跟经理打过招呼,可以下班了。"

"哦哦,那行,我们先回去了,有什么需要给我打电话。"

唐劲风点头,然后对高月她们道:"你们也回去一个人,现在学期还没正式结束,万一有人夜里查寝,你们寝室不能一个人都没有。"

他说得有道理,高月从车窗探出头来道:"胡悦,你先回去吧,我跟舒眉送想想去医院。"

反正这里离学校很近,胡悦打个车就回去了。

两人各自安排好一切,没想到还挺有默契。

医院也不是太远,只是他们都没想到夜间急诊居然有这么多人。

顾想想意识不清地靠在林舒眉怀里,酒气熏天就不说了,稍微一睁眼,又想到伤心事开始哇哇大哭。

"真没想到想想你的酒品这么差!"林舒眉咬牙,把人往高月怀里一推，说道，"这么等下去不是办法，你陪着她，我马上回来。"

急诊室里人来人往，高月从来没想到看起来窈窕的顾想想居然这么重！

想想啊想想，你真的要少吃点零食了！

有拉着病患的床车唰地一下从身边掠过，唐劲风侧身帮她们挡了一下，顺势要将顾想想拉过去："我来扶着她，你去那边坐一会儿。"

"不要，男女授受不亲，我扶着她就好了！"

开什么玩笑，他的怀抱连她都还没有靠过，怎么能让其他人给占了？那是属于她的！

唐劲风只得给她找了个位子，勉强坐得下她们两个女生，他挡在外侧，不让来往的人干扰到她们。

林舒眉很快就回来了，但不是一个人，身后还跟着一个穿白大褂的年轻医生。

咦，这医生明眸皓齿，斯文英俊，不错嘛！

林舒眉语焉不详地介绍："这是……嗯，他来……"

高月都没搞明白她在说什么。

那位医生过来弯下腰简单地看了看顾想想，蹙眉问道："她喝了多少酒？"

"大概三瓶啤酒，还混了点鸡尾酒。"

"她几岁，体重多少？"

"十九岁，体重……九十四斤吧？"

年轻医生点了点头，示意他们把人扶起来跟他走。

高月悄悄问林舒眉："你从哪儿找来这么个极品啊？你家亲戚？"

"嗯，算是吧，毕竟是将来要做我老公的人。"

啊？

高月被惊得措手不及，忽然想起林舒眉之前说已经有主了……难道说的就是他？

林舒眉说对方比她们大，已经工作了，原来是在这儿当医生！

高月瞬间对这位年轻大夫产生了巨大的好奇，追着去看他胸口的名牌，看他叫什么名字。

103

唐劲风拉住她:"里面是诊室,闲杂人等免进。"

"我不是闲杂人等,我就想看看这医生叫什么名字……"

"他叫陆潜。"他为她解答道,"你能不能稍微克制一下自己,花痴都已经写在脸上了。"

花痴?不不不,她觉得有必要解释一下:"我花痴你一个就够了,哪还有心思花痴其他人?"想了想她又觉得不对,"咦,你这是在吃醋?"

唐劲风呵呵了一声:"我只喝过酒,从来不吃醋。"

"你若在吃醋,不妨也过来喝杯酒,醋可以解酒,酒也可以解醋。"高月摇头晃脑地用古龙的名句来逗他,"虽然从化学理论上来说,这种说法是站不住脚的,不过吃醋的确就跟借酒浇愁差不多啊,有什么不好意思承认的?"

唐劲风似乎对她的胡说八道已经习惯了,看那位陆医生跟林舒眉一起走出来,迎上去问:"她怎么样,需要输液吗?"

"嗯,酒喝杂了,又有呕吐的情况,还是输液观察一晚好一些。我开了处方,你们去给她缴费拿药吧。以后尽量少在外面喝这么多酒,尤其是年轻女孩子,伤身又不安全。"陆医生这几句话隐隐含有几分严厉之意。

一旁的林舒眉撇了撇嘴。

高月一把抢过她捏在手里的处方:"我去我去,你看着想想啊!"

她努力地想从处方上辨认这医生的名字是哪两个字,奈何医生的字实在是……非我等凡人能够辨认的,她还是放弃了。

都怪唐劲风正好挡在她前面,她都没看清楚人家林舒眉未婚夫的名字!

她缴完费回来,请护士给顾想想挂上了水,林舒眉打了个哈欠说:"我先回去了,明天早上来换你。"

"啊?你不在这儿待着吗?"高月压低声音道,"你的未来老公今天值班,你不留下来陪陪人家?"

"就是因为他值班我才要回去呢,免得他总看我不顺眼。"林舒眉朝唐劲风努了努嘴,"反正你又不是没人陪。"

那倒也是,多么难得的机会,可以一起过夜!

林舒眉看人跟高月一样准，都知道唐劲风不会扔下高月一个人待在医院里。

顾想想挂上点滴后又喝了两次水，睡得很踏实，看来晚上不会再出什么幺蛾子。

"真是对不住啊，今天又麻烦你了。"高月说，"会不会耽误你在KTV的工作？耽误多少时间，我折价算给你哦！"

唐劲风像是也累了，靠在长椅的椅背上，双眼紧闭道："你今天的包厢消费多少钱？"

"我算算啊……"她其实都没仔细看刷卡小票，大致算了一下时长费，还有那些买了存在他们那里的酒，嗯……大概五千块钱吧？

"那你就给我记着五千块，以后再一起结算。"

没问题啊！

两人并排坐着，高月百无聊赖，忽然想起马上就要零点了，今天还有免费的机会可以抽卡，于是赶紧打手机登上了游戏账号。

她忘了给手机静音，开头动画里的那段音乐把唐劲风给吵醒了。

或者他根本没睡，只是这会儿睁开眼蹙着眉看了她一眼。

高月哂笑，赶紧把声音给关了。

等等，今天唱歌的时候，那个郑朝夕是不是说过，唐劲风玩游戏运气很好来着？

她自从玩上这个游戏真的是不放过身边任何一个手气好的人，听说谁拧开冰红茶中了"再来一瓶"，她都要迫不及待地请人家帮她抽一张卡。

现在唐劲风就坐在身边，她不用一下怎么对得起自己？

唐劲风看她捧着手机笑眯眯地凑过来，还不等她开口就说："不行，我拒绝。"

喂，你们寝室的人怎么回事，都能未卜先知吗？

"你别误会。"高月谄媚地笑道，"我只是想让你帮我在游戏里抽一下卡，你就手指在屏幕上随便画个图案，或者用语音召唤随便说点什么就行了，很简单的。"

"你知道好运是会用光的吗？我现在帮你，这个月的好运额度可能就用完了。"

"不会的啦，再说你又不玩这个游戏，怕什么呢？"

烈女怕缠郎……大概是这么个理，总之唐劲风松口了，伸手道："拿过来。"

"嗯嗯，在这里随便画，或者按住这个图标说话……"

她难得用这种关爱小孩般的方式跟唐劲风说话，他却无师自通般拿过她的手机，按住语音召唤，说了句："笨蛋。"

他这是骂谁呢……高月腹诽还没结束，手机突然黑屏了，她以为死机了呢，心想不会这么倒霉吧？然后，她就看到一段行云流水的动画，新出的特别款人物就出现在屏幕上。

抽卡是玄学，这回她终于信了，顿时激动地拉住唐劲风的手："你太厉害了！求再给我抽一次！"

"你还有几张卡可以抽？"

"五十张。"

"嗯。"

他继续拿着她的手机，这回随手画了个图召唤，却不让她看他画了什么，仿佛怕她偷师。

十张卡连抽，出来两个最强人物，"双黄蛋"！

高月开心到抱着手机原地转圈，不敢大声欢呼，捂住嘴闷声笑问："你到底是怎么做到的？画了个什么呀？我从来没抽到过'双黄蛋'！"

唐劲风扬了扬眉，当然不能告诉她，其实他就画了个小小的月牙。

高月给他帮忙抽的那个新款特别人物起名笨蛋，以示纪念。

她后来趴在顾想想的床边睡着了，唐劲风说他就待在外面，大概就是在长凳上和衣眯了一晚。

早上顾想想醒了，又恢复了活泼可爱，得知自己昨天居然醉酒到来医院输液，感到很不好意思，并且发誓以后就算再怎么失恋也绝不再这么糟践自个儿了。

唐劲风不在外面的走廊上，高月以为他先回学校了。

林舒眉正好来接应好姐妹回寝室，说："我刚才在电梯里看到唐劲风，他摁了八楼的电梯，好像是肾内科。一大早的他去那里干什么，有家人住院？"

高月心里咯噔一下，只能说自己也不知道，胡乱搪塞过去，然后让林舒眉和顾想想先回学校，她去找唐劲风。

早晨的医院已经忙碌起来，因为不是探视的高峰时间，所以病人家属不多，高月一下子就发现了唐劲风的身影。

他正跟医生说话，看起来很熟稔的样子，只是离得太远，她听不清他们说了些什么，只看到中年女医生的脸上露出些惋惜的表情，最后女医生还在他的肩上轻轻拍了拍，像是在鼓励他。

你已经做得很好了，大概是这个意思吧。

因为昨晚没有休息好，唐劲风看起来有些疲惫，有些落拓，跟平时在学校里遇到任何困难都泰山崩于前而面不改色的样子完全不同。

高月觉得，那仿佛是人在不想屈服却又不得不屈服时才会有的神态。

他走向拐角处的一间病房，高月悄悄跟了过去，看到他在病房门口稍稍调整了一下情绪，然后才推门进去，叫了一声："妈。"

他的声音里带着笑意，表情如沐春风，辛酸和难处都藏在看不见的地方。

其实她早就猜到了，他妈妈在当年那场大火中被严重烧伤，抢救的过程中就有严重的肾功能衰竭这样的并发症。

虽然已经过去很多年了，但只怕身体机能的损伤还是有相当一部分是不可逆的。

唐劲风缺钱，其实主要不是因为他自己需要学费和生活费，而是因为他妈妈长期治疗的巨大开销。

高月没想到他妈妈就住在这家医院里，既然碰上了，不如听听他们到底面临着什么样的困境。

早晨病房里有病人和医生进出，门都敞开着，高月就站在门外，唐劲风从里面看不到她。

唐妈妈的呼吸道和声带想必也曾被高温灼伤，声音带着厚重的沙哑感，音调却很温柔："今天怎么这么早过来，没有考试？"

"基本考完了，马上就放寒假了。"

"嗯，你是不是又找了兼职打工去了？好歹休息两天啊，放假跟同学们出去玩一玩,别太累了。"

"我知道,我不累的。"他似乎捧起了母亲的手,"妈,你的指甲长了,我帮你剪一剪。"

门外的高月被他这种温柔的声音给打动了,眼眶竟然微微发热。

唐妈妈显然也很欣赏自己的儿子:"你这么乖,将来谁嫁给你做太太,一定很幸福的。"

高月点头,表示完全同意。

"妈,你想得太远了。"

"哪里远?你都二十岁了,终身大事总要放在心上的。都说学校里的感情最单纯,不像进入社会以后那么现实,你现在要有喜欢的姑娘就谈一谈朋友,也许人家不介意我们家里的事……"

"妈。"

"你不让我说,我也要说的。你爸爸这个情况,一辈子有案底,抹是抹不掉的。难道因为这样,你就不成家了吗?我现在身体又时好时坏,可能撑不了几年了,我一走你就是孤零零的一个人,我不放心啊!"

唐妈妈是那种特别温柔又特别坚定的人,虽然说到后面哽咽了,但心气始终在那儿撑着。她抬手摸了摸儿子的脸:"你听我的话,别太委屈自己了,别太累,知道吗?"

"嗯,我知道。"

"那你到底有没有喜欢的女孩子?"唐妈妈话锋一转,又变得调皮起来,"人家愿不愿意跟你好?"

短暂的沉默,居然让门外的高月隔着厚厚一堵墙都感觉到了唐劲风的羞涩。

"有,我有喜欢的人。"

嗡地一下,高月突然感觉他的声音被拉得好远,远得都不真实了。

他说什么?他有了喜欢的人?

其实高月不是没想过这样的可能性,可她一直都心气甚高,又有迷之自信,觉得就算他有喜欢的人或者还有其他人喜欢他,大不了她跟对方公平竞争。

可是亲口听他说出有喜欢的人,她才发现自己没有想象中的那么大方!

那人是谁?多大年纪?长得好看吗?是不是他们学校的学生?

她也心怀侥幸地希望那个人是她,可偏又觉得一定不可能是她。

因为她知道喜欢一个人的感觉,而唐劲风从没用刚才那种温柔羞涩的语气跟她说过话。

后来他们又说了些什么,她心不在焉的,没怎么听进去。直到最后临走的时候,唐妈妈问:"医生说那个药要换,一个月便宜很多,你就听医生的,别再多花钱了,啊?"

"我心里有数,妈,你别管了,好好休息,把身体养好了,下个月就可以回家过年了。"

马上就要过年了啊,日子过得真快。

等唐劲风走了,高月去医生办公室问了问唐妈妈的病情以及她说的"那个药"。

原来是她需要长期服用的一种进口药,因为医保出了新的限制,全部自费将会是笔不小的开销,医生建议他们用国产药替代。

当然相应的,效果也会打些折扣。

高月了解唐劲风,有最优方案可选,他是不会愿意迁就的。

就算进口药贵,不到万不得已,他仍然会继续给妈妈用进口药,因为那是最好的。

所以他才拼命做兼职挣钱,还让妈妈不要担心。

唉,刚刚才跌到谷底的心情,这时又仿佛习惯性地转成了对他的心疼。

高月啊高月,你也真是没救了。

终于考完了本专业、双专业的各个科目,学校正式开始放寒假。

高月怀着无比忐忑的心情上学校网站查了成绩,老天保佑,没有挂科。

连最可怕的双专业法理学和法制史都低空……不,贴地飞过。

听说法理学有人挂的,还不少,而双专业不能补考,挂科就只能彻底放弃双专业的学习了。

唐劲风那是什么神仙笔记啊，居然能帮她这种文科学渣把这么难的科目考过。

说起来，他的教科书还在她这里，当时说让她第二天就还的，她没来得及给，他也没急着要。

想起他当初说今后考研还要依靠这笔记，她感觉还是应该给他送回去，万一弄丢了多不好。

还有她给他买的那些衣服、围巾……自从在医院听到他说有了喜欢的人，她还是有些消沉，都没好意思把东西送出去。

反正要过年了，要不她一起给他送去吧？

就当这是新年礼物，大概也不会显得太突兀。

高月带上书和买的东西到了唐劲风住的地方，地址是戴鹰之前查到给她的。

自从当年唐家出事，唐劲风和母亲就卖掉了原本的大房子，搬到了祖父母留下的老公房去住，再没有搬过家。

他妈妈正在住院，唐劲风现在一个人住在这里。

老式小区斑驳的铁门连可视门铃都是坏的，高月只得跟在楼里的居民后面进入。

楼道即使在白天也是又黑又窄，楼梯和墙壁上刷满了一层又一层各种各样的小广告，被糊得面目全非。

高月踮着脚走到唐劲风家门口，感觉再用力一点都会把这楼给震塌似的。

她敲过门好一会儿，都没有人来开门。

楼道里黑暗阴冷，她跺了跺脚，纠结着是回去还是留下继续等。

这个时间唐劲风有可能在外面打工，但具体在哪里、什么时候回来她不知道，等也不知道要等到什么时候。

对门的邻居大概听到了敲门的声音，开门出来看了看，问她："小姑娘，你找谁啊？"

"我找唐劲风，他是住这儿吗？"

"是这儿，你再用点力敲。我看他昨天很晚才回来，平时我早上出去买菜回来他都会帮我把东西拎上来才出去的，今天没见人，不知道是不是睡着了。"阿婆平时大概也受了他很多照顾，很关爱地说，"你是小风的同学吧？他妈妈身体不好，他一个人撑着这个家很辛苦，不要生病了才好。"

她这么一说高月也有点担心了，又抬手用力敲门，边敲边叫："唐劲风，你在家吗？"

果然没一会儿，里面的那道门开了，唐劲风从门后露出半张脸，脸上带着掩饰不住的憔悴和苍白，看到高月他有些吃惊："你怎么来了？"

两人中间还隔着一道被锈蚀得看不出颜色的防盗门，高月举了举手中的书："我来把书还给你。"

"给我就行。"他示意她把书从防盗门的栏杆缝隙间递进去，"你可以走了。"

高月的手碰到他的指尖，是冰凉的，跟她上回在实验室摸到的温暖触感完全不同。她再看他的脸色……

"你生病了吗？"她紧追着问，"感冒还是怎么了，发烧吗？有没有量体温？"

唐劲风忍不住侧身捂嘴咳嗽了一下，瞥了她一眼，就砰的一声关上了门。

高月急了，又抬手使劲儿拍门，怕他不开，故意拔高了声音喊："老乡，开门啊老乡！"

唐劲风忍无可忍，终于又把门打开了："你到底想干吗？"

"送温暖啊老乡。"她嘻嘻笑着道，"你能不能让我先进去？等会儿又要惊动邻居了。"

对面的阿婆果然又探出头来，看到唐劲风，松了口气似的道："小风啊，你还好吧？"

"我没事阿婆，刚才睡着了，没听见敲门声。"

"嗯嗯，同学来了，快请人家进去坐一坐。"

高月乐呵呵地朝他笑。

啊，终于进来了！

屋里没有她想象中的脏乱现象，屋子收拾得非常干净整齐，只是家具、装潢都非常老旧了。

今天因为要来他家里，她特意打扮了一下，穿了双半高的新高跟鞋，这会儿踩在因为太老旧而有些悬空感的木地板上，她每走一步都歪歪扭扭的。

唐劲风转身进了趟房间，出来时脸上戴着口罩，又扔给她一个："把这个戴上。"

所以他果然是感冒了吧？

高月伸手在他的额头上探了探，他躲开了，她却还是摸到了烫手的高温。

"你在发高烧，吃药了吗？"

唐劲风摇头："我刚起来。"

昨天他回来得太晚，躺下去觉得浑身酸痛，以为只是做兼职太累，没想到昏昏沉沉一觉睡到快中午。他无数次挣扎着想要起来，可身体完全不听使唤。

虽然挺意外她会找到这里来，但他还是要感谢她敲门硬把他拉起来，不然就要错过大事了。

高月看他套上衣服要出门，连忙拦住他："你发着烧呢，要上哪儿去？"

"我有事要出去一趟，咳咳……"

他咳嗽得厉害，眼睛里也布满血丝，全身烫得像一块火炭，而手掌微凉证明体温可能还会上升。

高月怎么能放心让他这样出去？

"你要去打工是吗？哪一家？我给你请假！不行就不做了，他们给你多少钱，我给双倍！"

她也知道这时候提这种事不合适，可她实在想不出还有什么方法能阻止他！

唐劲风呼吸粗重，靠在墙边几乎用尽力气才说出口："我不是去打工，我要去山城监狱。"

高月愣了一下，很快反应过来——他要去探视他的父亲？

也是啊，快过年了，不管怎么说，那也是他的至亲，再怎么恨，再怎么怨，他也不可能完全对其不闻不问。

"我送你去。"她也坚决起来，"我的车就停在楼下，开车过去很方便的。不然你这个样子，转几趟车过去，到那儿天都要黑了。"

探视也有时间限制吧？错过又要等下次了。他平时休假的时间很少，几乎全被各种兼职给占满了，恐怕年前很难再抽出时间。

何况不管他多久去一趟，一定是下了很大的决心吧？

如果是平时，唐劲风肯定不会答应让她送的，但是今天他确实已经连脚步都有些虚浮了。

山城监狱离市区有差不多三十公里路，即使开车也需要四十分钟左右的时间。

"你累就靠着睡一会儿，别强撑着，门边有水，你多少喝一点。"

"你专心开车，我没事。"

他上下眼皮有些打架，强打起精神窝在副驾驶座上，无论听什么都像有回声，眼前的所有东西都飘忽不定，只有她的声音和表情始终清晰。

他不知不觉竟然产生幻觉似的，觉得两个人离得太远了，想再靠近一些，再近一些。

"到了。"

在山城监狱停下车的时候，高月回头看了看唐劲风，突然从包里翻出一个化妆包，摘下他的口罩说："别动啊，我给你化个妆，你的脸色太难看了。"

他本能地伸手去挡："我是男人化什么妆，你……"

他到底是发着高烧，连肉搏都不是她的对手，粉扑就直接摁在了他的脸上。

"男人也是可以化妆的，不要有偏见嘛！你看那些流量明星，谁出镜不化妆啊？你天生丽质，比他们好多了，这不是有特殊情况嘛！你看看，是不是比刚才好多了？"

她给他扑了气垫和腮红，又理了理头发，得意地让他从后视镜里观察她的劳动成果。

病容确实暂时被遮掩住了，一般人应该看不出来。

高墙内守卫森严，跟外界仿佛是两个世界。

高月以前只在电视新闻里看到她爸老高慰问和主持工作到过这种地方，她自己是从来没有来过的，更没想过会跟这里的人产生什么交集。

直到她遇见唐劲风。

她有些拘谨，更多的是好奇。

她其实挺想跟他一起进去的，但在探视登记处被拦下来了，被告知只有直系亲属才能探视。

"我是直系亲属啊！"高月张口就来，"这是他儿子，我是他儿媳，我们今年刚结婚，出来得急，忘带结婚证了。"

狱警不苟言笑道："接见信上没有你的名字，我们不能让你进去。"

不让进就不让进吧，她朝唐劲风摆了摆手："我在这里等你好了，你跟你爸爸多聊一会儿。"

也不要聊太久了，你还是个病人呢！

唐劲风有些犹豫："你一个人，不要紧吗？"

"不要紧啊，这有什么？"她瞥一眼处处荷枪实弹的哨岗道，"我感觉这儿比大马路上还安全呢！"

他还站着没动，她从背后推他："去吧去吧，你爸等着你呢！"

高墙电网那头没有人等着他，倒是这边还有人始终抱着希望，等待里面服刑的人员有朝一日能光明正大地从门内走出来。

唐劲风隔着一扇玻璃窗坐下，拿起电话听筒，玻璃那头是同样拿着电话听筒，满脸褶皱的沧桑都掩饰不了笑意的父亲唐正杰。

唐劲风脸上看不出任何表情，他只是机械地问："带给你的东西收到了吗？"

"狱警还在检查，等会儿就给我了。我也不缺什么东西，你别总给我带，你们自己留着钱花就行。"

"不是我要给你带。"唐劲风顿了顿道，"是妈。她说快过年了，总要有点过年的样子。"

提起发妻，唐正杰总是难掩羞愧之色："你妈妈她……最近身体怎么样？有没有按时吃药？"

"有。"她不仅吃药，还住院了。可是这些事，他并不想说给对面的人听，说了也不能改变什么。

"好、好……"唐正杰总算又放松下来，"你学校的事怎么样？学习还好吗？跟同学相处得好不好？有没有女朋友？"

唐劲风蹙眉道："这些都不是你要操心的事。"

唐正杰笑了笑："我就随口问问，你妈应该也挺关心这些事的。要是有了合心意的女孩子，记得带回去给她看看，她看人的眼光很准的。"

"不一定吧？"唐劲风冷笑道，"不也有看走眼的时候，不然怎么会被烧得面目全非，一年有半年时间躺在医院里？"

"小风……"

"探视时间到了，我该走了。"

唐劲风撑着身体站起来，感觉头晕目眩，背上竟然出了冷汗，湿乎乎的，冷得他几乎忍不住打寒战。

"小风！"唐正杰最后叫住他道，"你要多注意身体啊！就算年纪轻，也不要太累了。你忙不过来的时候，会面日不来也没关系的。"

唐劲风没理他，挂上通话的听筒，就匆匆往外走去。

高月从来没见过脸色那么差的唐劲风，脸色苍白如纸，冷汗淋漓，整个人摇摇欲坠。

她上前扶他的时候，他才身体一松，斜靠在她怀里，几乎把全部重量压在了她的肩上，滚烫的呼吸贴着她的脖颈，他在她耳边说："我们走……"

这就要走了？探视结束了吗？这才没过几分钟啊！

她隔着衣服也感觉到他身体的热度，赶紧扶他上车："哦哦，好，走了走了。"

路上她本来还想问问他跟他爸爸聊得怎么样，可是看到他筋疲力尽的模样，她就不忍心开口了。

"要不我送你去医院吧？"

"不去。"

"可你发着高烧呢，万一拖严重了就不好了呀！"

他还是坚持道："直接去我家。"

高月没办法："那你等一会儿啊，我去买点药。"

她停好车，飞快地跑进旁边的药店，买了一大袋子药回来，退烧的、止咳的，还有退热贴和冰袋。

"你想吃什么吗？"他总不能空腹吃药啊！

唐劲风摇了摇头。

高月决定回去给他熬粥。

小说和电视剧里都是这么写的，要给生病的人熬粥的！

可粥怎么熬啊？她不会……

她安顿好唐劲风到房间里躺下，然后就火速拿出手机给顾想想发消息——

"想想，江湖救急！"

顾想想发了个问号过来。

高月："怎么熬粥？用什么锅？米放多少？还要什么别的料吗？要熬得像美食节目里那么黏稠和丰盛！"

顾想想："好端端的，为什么要自己熬粥呀？"

高月："那谁谁，病了，我想……"

顾想想懂了，病人嘛，白粥或者皮蛋瘦肉粥就可以了。她打开网页复制粘贴了一大段详细的备料和煮粥过程，又怕高大小姐连火都不会开，认真地写了一大段"指南"，最后还是犹豫了。

顾想想："月儿，我给你指条明路……你直接叫外卖得了。"

现在想吃什么没有啊，皮蛋粥、牛肉粥、滑鸡粥、及第粥……还可以配上各式荤素小菜，不比她动手强多了？

高月："不行，好不容易有一次这样在他面前表现的机会，我不能放过。"

顾想想："做你擅长的事那叫表现，做你完全不会的事……搞不好变成丢人现眼。"

但高月心意已决，今天一定要让唐劲风吃上她做的爱心粥。

顾想想无奈道："这样说不清楚，咱们开视频吧，我手把手地教你。"

感恩科技进步，让高月这样十指不沾阳春水的人都有了面对面跟高手学厨艺的机会。

砰——唰——哗——乒乒——乒乒！

"哎？这个……怎么搞……啊！妈呀！"

唐劲风没睡多久，就从混沌中惊醒，仿佛又回到跟高月做实验时的场景，耳畔除了各种奇怪的动静，还有刺鼻的油烟味。

他努力回了回神才想起这里是他家，怕她把这房子烧了，赶紧挣扎着起身，循着声音和味道走进厨房。

"你在干什么？"

丁零当啷！高月一紧张，手里的锅铲又掉在了地上，她随手将开着视频的手机塞进了围裙口袋："没什么，我就做个饭！你继续睡吧，好了我给你端过去。"

"你会做饭？"他探身往她身后的锅里瞭了瞭，"这黑漆漆的一锅是什么？"

别告诉他那是番茄炒蛋。

"番茄炒蛋呀！"

唐劲风忍着头疼道："你回去，我自己会做。"

"那怎么行？你现在是病人，不能劳累的。"

他看了看像刚打过一场世界大战的厨房："等你做好了，我要收拾这一大堆东西，只会更累。"

"不会的，我给你收拾好了再走。"

她说得特别诚恳，唐劲风觉得可能是自己生病的缘故，有些话最终也没能说出口。

"你去休息吧，休息吧，我搞得定。"

她又把他推进房间去，砰地一下关上门，然后回到厨房，看看满目狼藉，刚才的自信和坚持也化成一团烟消散了。

"月儿，你还在吗？喂？"顾想想的声音从围裙兜里飘出来，小心翼翼地，像个小精灵似的。

高月拿出手机，突然很沮丧地说道："想想啊，我是不是很失败？连个像样的菜都做不好，想给喜欢的人熬个粥吃都不行。"

"哎呀，人各有所长嘛，谁说女生一定要会做饭才是成功典范了？社会分工都这么详细了，你有钱，大可以买更好的东西给他！其实我觉得唐劲风也不介意的啦,他对你真的蛮宽容的,这回他的特等奖学金没了,他都没怪你。"

高月立刻竖起耳朵:"啥?"

什么叫特等奖学金没了?

"你不知道吗?"顾想想有点惊讶,"他这学期的绩点仍然是全法学院最高的,但个人综合评分只拿了个及格分,特等奖学金的公示里根本就没有他,最后他好像只象征性地拿了个三等奖学金。"

"为什么?"

"听说就是因为上次你'自杀'的乌龙,他被他们辅导员找去谈话,大概是说影响不好之类的。因为各个学院的特等奖学金是要交到学校评审的,还要公示,法学院领导就把他从名单里拿掉了。"

什么?!高月差点跳起来,看了看唐劲风紧闭的房门,忍了又忍才把自己的暴脾气给压下去。

这么大的事,他居然完全没有跟她提过,她也全被蒙在鼓里。

特等奖学金每人有五千元的奖励,拿够两年,还可以参评校友基金的奖学金,起码可以拿两万元。

三等奖学金每人只有区区五百块钱,像"刮刮乐"里最低的安慰奖,不缺钱的学生拿到买一堆零食、请同学吃顿烧烤就没了,可对唐劲风这样急等钱用的人来说,顶什么用呢?

她很气,不知是气自己,还是气那帮造谣传谣的人。

原来流言止于智者这话根本就是骗人的,因为大多数人根本就不是智者啊!

她也不在厨房捣鼓了,跟顾想想说拜拜之后立马叫了外卖,不只有粥,还有整罐的乌骨鸡汤、佛跳墙、红烧肉和凉拌的小菜。

等外卖的空当,她蹑手蹑脚地推开门去看唐劲风。

他的高热没退,人躺在床上睡得昏昏沉沉的。之前出门时穿的衣服都还穿在身上,房间里没有空调和地暖,他大概觉得冷,身体在被子底下微微蜷起。

高月拧了温热的帕子给他擦了擦脸和手,幸好刚才在药店买了退热贴及冰袋,这会儿把退热贴贴在他的额头上,把两个冰袋夹在他腋下,退热正好用。

物理降温还要用温水擦身,帕子擦到他的颈部,高月看到衬衫领口若隐若现的锁骨,使劲儿咽了咽口水。

人家说骨相美的男人才是真好看,原来是真的。她第一次知道男人的锁骨也能这么销魂!

所以裹在外面的这层层累赘,要不要脱?到底要不要脱?!

她的灵魂拷问还没有结束,唐劲风已经用力睁开了眼睛。

她赶紧心虚地缩回手,随手拿了一件她买来送他的衣服往自己身上比画:"怎么样,好看吗?都是给你买的!"

他眼里仍布满血丝,每次呼吸都好像很吃力,他却还要撑着坐起来。

她连忙放下手里的东西跑过去:"你要干什么?我帮你。"

"我把衣服脱掉。"

"对对对,发烧不能焐着,你快脱下来吧!"她帮他把外面的外套脱掉,把羊毛衫解开,看到衣服领口干净却被磨开的线,忍不住有些鼻酸,"你这些衣服旧了不保暖了,所以才会生病。我给你买的这些新衣服,你要记得穿。"

她把那套小熊的睡衣拿过来,硬是套在了他身上,还一颗一颗地给他系上了扣子。

他昏昏沉沉的,没有太多力气挣扎,只问:"你怎么还没走?"

"我等你退烧了再走。"她有她的固执,扶他坐了起来,"先把退热的药吃了。"

"口罩。"他提醒她。

"知道了,我都不怕被你传染了,你怕什么?"她把自己的口罩戴上,喂他喝药。

等到外卖来了,她又把汤舀出来,要喂他喝汤。

"我还没虚弱到这个程度,我自己来。"他看着黄澄澄的鸡汤,故意损她,"这是你自己熬的?我还不知道我家有这样的神器,这么快就能熬好一锅汤。"

高月把一盘黑乎乎的东西往他面前砰地一放,说道:"这才是我做

119

的，你要不要吃？"

尽管唐劲风病着，却一点也不影响他用看怪兽的眼神看她："怎么，你以为我会感动地拿过来吃吗？"

"你不吃我吃。"高月把盘子拨到跟前，闷头吃了一大口——
她到底是放了多少调料啊！

最郁闷的是，她还把糖当成了盐，菜竟然是甜的，甜到齁！

这甜味混合着焦苦味的不明混合物真是她有生以来吃过的最难吃的番茄炒蛋了。

唐劲风没让她再勉强吃第二口，伸手把盘子拿过去，毫不犹豫地将东西倒进了垃圾桶。

"煳了的东西不能吃，有患癌的风险。"

高月虽然心疼，但也的确承认，自己的厨艺真不是一般差，而是完全无法下咽。

"你会做饭吗？"她问。

"会。"他言简意赅道，"我十三岁的时候家里出事，爸爸坐牢，妈妈住院，家里所有的事都是我自己做。"

高月露出心疼的神色："那一定很辛苦。"

"习惯了也还好。我第一次烧菜，也跟你做得差不多。"

他这算是安慰她吗？她心头稍稍好过些了。

"剩下的东西我来收拾，你可以回去了。"

喝下去的退烧药和热鸡汤让他开始出汗，身体比刚才舒服些了。

高月却坚持道："我不走，我可以收拾的。"

这其实难不倒她，平时不也是谁做了实验谁收拾实验室嘛！

她就把剩下的汤和菜当作实验试剂，在饭盒里分门别类地放好，放进冰箱，垃圾整理到一起，打包扔出去就行。

全部收拾好后，她发现唐劲风又靠在沙发上睡着了。

奖学金的事，他果然没跟她提。

她给他的额头上重新换上了退热贴，摸了摸体温好像退下来一点，才给他盖上被子，悄悄走出门。

高月窝在自家别墅的沙发上，手里握着遥控器，眼睛直勾勾地看着电视墙，半天也没换一个台。

穆锦云把阿姨切好的整盘水果放到她面前，问："发什么呆呢？吃点水果，有你最爱的草莓和凤梨。"

高月没胃口，只看了一眼水果盘就把目光收回来，紧盯着老妈问："妈，你那儿有肾源吗？"

她没头没脑地问这么一句，穆锦云都没反应过来："电源我有，'甚源'是什么？"

高月在自己腰间掐了掐："肾脏啊，器官。"

穆锦云这才恍然大悟："噢，你说移植的肾源，我说呢！不过你问这个干什么？是哪个朋友家里遇到困难了吗？"

高月张了张嘴，最后摆了摆手道："算了算了，我就随口这么一问。"

她拈了个草莓扔进嘴里，跑着上了楼。

穆锦云看着她的背影，疑惑地蹙了蹙眉。

高月用保温桶拎了一罐子鸡汤到医院去，找到唐劲风妈妈住的病房，想了解一下具体的情况。

这是她第一次亲眼看到唐劲风的妈妈姜冬梅，之前在门口只听到对方的声音，没有看到模样。

没想到烧伤这么可怕，即使明显已经做过无数次植皮修复手术了，但姜冬梅的脸上、手臂上深浅不一的肤色和错位缝合的痕迹仍旧那么明显，仿佛还能一眼看到当初那些血淋淋的伤口，让人触目惊心。

水火无情，是真的无情。

姜冬梅看她站在那里发愣，笑着招了招手："你不是说你是小风的同学吗？还站着干什么，快过来坐呀！"

高月怔怔地走过去坐下，目光还黏在唐妈妈身上，脑海里想的竟然是模拟法庭时那些深深印刻在脑海里的案情、证据，整个人还没有从真实的震惊中回过神来。

等她意识到自己太失礼了，想要道歉，一张嘴却发现嗓子哽住了，眼泪珠子不自觉就滚了下来。

"是不是吓到你了？"

"不不不，对不起阿姨……我、我不是故意的。"

她手忙脚乱地擦着眼泪，半天翻不出纸巾来。

姜冬梅却笑了，抽出纸巾递给她，柔声说："没关系，你叫什么名字？"

"我叫高月，高山的高，月亮的月。"

"真是个好名字，你跟小风同班？是班长吗？他提过他们班的女班长很有本事、很能干。"

呜，高月觉得如果有张漫画能表现此时的场景，她一定是颗柠檬的形象坐在椅子上。

太酸了呀，她真的是柠檬精了——唐劲风居然在自己妈妈面前赞美那个沈佳瑜？

那天他说他有喜欢的人了，难道那个人就是沈佳瑜吗？

他有没有在他妈妈面前提过她呢？一句也好，哪怕夸她漂亮、夸她有钱也好啊！

姜冬梅看着这个漂亮时尚的小姑娘脸上的表情忽悲忽喜的，很可爱，又有点好笑，就随手拿了个橙子："我削点水果给你吃。"

"不用不用，阿姨您别忙，我就是来看看您，坐一会儿就走了。"她把鸡汤奉上，"医生说这个可以喝，唐劲风也说很好喝的。"

姜冬梅这下看出点门道来了，笑眯眯地说："是啊，我们小风从小就喜欢喝汤，可惜我现在老是住院，没法动手熬给他喝。"

高月红了脸道："那个……阿姨，您现在身体怎么样？医生怎么说？"

"唉，还是老样子，也不是一天两天了。"她直觉这姑娘知道他们家的事，也没刻意隐瞒什么，"我这是烧伤后的并发症引起的问题，现在只能吃药维持。"

"听说可以换肾？"

"嗯，但费用很高，肾源也很紧张，不知道能不能排到。"

高月本来脱口就想说她可以帮忙，但意识到这种事说出去就是给别人希望，万一做不到，又把这点希望摁灭，实在太残忍了。

她很谨慎地问："那么费用一共需要多少呢？"

姜冬梅看了看她："小风……他不想麻烦别人，捐款什么的，他不会接受的。他有他的倔强，我也尊重他。"

高月连连摆手道："阿姨您误会了，我不会去发起捐款的。"

她又不是真的沈佳瑜！沈佳瑜那样的人才会做这种事！

"那……"

"其实是这样的，阿姨。"高月很快想了套说辞，"唐劲风在学校的表现特别优秀，参加了很多活动，比如模拟法庭、辩论赛什么的，都是有赞助的，可以获得奖金。这些奖金累积起来，也有不少呢！"

"我听他提过。"姜冬梅很欣慰，"他以前很活跃的，什么都一学就会，少年宫的老师都夸他聪明有天赋。"

啊，唐劲风你小时候果然参加过少年宫！

"不过这些钱应该也是不够的。"唐妈妈话锋一转，变得有些忧郁起来，"其实没钱就算了，我不想让他把大好的青春耗在我的病上。"

"您别急，我还没说完呢。"高月继续一本正经道，"他是学法律的，之前就帮过我不少忙，我给他的钱他也不肯收，都存在我这里了，也有不少。我现在自己还有一笔钱，是爸妈留给我将来继续读书深造或者创业用的。我想拿它设个慈善基金，也需要懂法律的人帮我管理，唐劲风正好合适。反正都是要帮助有需要的人，我想，不如拿出来给您治病用。"

"那怎么行呢？这是你的钱啊。"

"设立了基金就不是我一个人的钱了，再说唐劲风本来也有钱存在我这里啊，都是他应得的，用在您身上正好。"

姜冬梅被她绕得有点晕，但也确定了自己一开始的猜测："小高啊，你喜欢我们家小风吧？"

高月顿时感觉全身的血都轰一下涌到了头上，不知道怎么回答才好，左顾右盼一阵才说："呃……阿姨，我先走了。他、他这几天可能有点事要回学校，送饭不及时。你有什么喜欢吃的东西告诉我，我会带过来。"

唐劲风生着病，肯定不愿意让妈妈看到自己满脸病容的样子，也怕传染给妈妈，那天就跟妈妈发消息说过这几天只能委屈她吃食堂的饭菜,被高月看见了,她才想正好可以来陪姜冬梅聊一聊。

不仅如此,她还软磨硬泡地让林舒眉帮忙联系上她那位当医生的未婚夫陆潜,详细了解了一下唐妈妈的病情需求和具体需要的治疗金额。

其实对她来说数额真的不多,她想过直接把钱转到医院的账上去,给唐妈妈继续治疗和准备手术。但她之前说的那些话也不全是编的,她自己手头上的现金作为零用钱、生活费平时都花光了,没什么结余。她爸妈也不是无止境地让她乱花钱的,有大的资金去向他们其实一清二楚,她不想让他们追查到唐劲风头上。

那不如用什么东西去换点钱好了。

她踮起脚看着自己衣帽间最上面那些闲置的包包,每一个几万元到几十万元不等,她却想不起来它们长什么样子了。

她拿一个去二手奢侈品店卖掉,应该就能凑够她要的钱了。

她搭了把凳子颤颤巍巍地爬上去,好不容易够着一个包,刚拿到手里,穆锦云女士就进来了。

"你爬这么高干吗呢?"

"不干吗不干吗。"高月镇定自若道,"我拿个包用用。"

"你还知道捯饬一下自个儿?要不要买点新衣服?化妆吗?要出门约会吗?"老妈连珠炮似的发问,"哪个男孩子?我见过吗?"

"没见过。"高月刚否认完就觉得着了妈妈的道,又连忙申明,"没有男孩子!"

"少蒙我,你是我生的,肚子里有什么弯弯绕我还能不知道?说吧,是不是上回在中餐厅跟你一起为杜博公司翻译合同的那个?"

高月万万没想到仅一面之缘,老妈居然就对唐劲风有印象。她还以为那天唐劲风没在老妈面前开过口,两人都没有正面接触,应该没什么存在感,老妈根本就没留意到他呢!

高月觉得冷汗都下来了,使劲儿扯了扯嘴角道:"妈,你说什么呢?那就是个普通同学,是我的上线!他揽下翻译合同的活儿,分包给我来做,我们除了金钱往来,真的没有其他关系了!"

穆锦云女士显然一个字也不信:"分包给你做翻译,然后呢?他给你钱吗?每个月三五万元的零花钱还不够你用,你用得着去做这样的兼职?"

"没做过兼职的大学生活是不完整的!我这不是为了体验生活嘛……"

"行了,这些话留着去蒙你爸吧!你什么德行我还不知道?我看那小伙子挺好的,有礼貌,有涵养,能做这么多合同翻译证明成绩肯定也不错,学有余力,最主要的是又高又帅,长得好。"

她总感觉自家女儿是个"颜控"呢……

高月的冷汗冒得更厉害了,她连连否认道:"真没有,妈,你别瞎猜了!其实我就是跟戴鹰出去一趟。他不是寒假还在学校训练嘛,怪辛苦的,我去慰问慰问他。"

对不住啊老友,只能拿你当挡箭牌了。

穆锦云却说:"大鹰?他不是跟腱拉伤在家休养吗?昨晚我跟他妈妈打牌时才听她说的。"

高月庆幸自己正好低头从凳子上下来,惊讶的表情没让她发觉,然后迅速随机应变道:"啊,原来你也听说了,我就是听说他伤了所以去看他呀!"

你个不省心的家伙,怎么还受伤了呢?

大赛在即,你的篮球比赛怎么办啊?

算了,晚点到他家里去看看他吧,上回两人闹了别扭之后,还没碰过面呢!

高月把包包拿到二手店去寄卖,要拿到钱可能还需要一点时间。

她又买了好吃的港式点心和老火汤到医院去看姜冬梅,没想到在病房遇到了唐劲风。

他的烧退了,看起来精神好了很多,又变成那个看起来俊朗又无所不能的唐劲风了。

只不过他脸上没什么笑容,尤其看到她之后,更是从里到外透出冷淡的气息。

他妈妈倒还是那样温和,拍拍身旁的椅子道:"高月来了,快过来坐。小风跟我说了,他学校的事情这两天就处理完了,可以给我送饭过来，你就别带东西来了，太破费了。"

他这回挺上道啊，完全理解了她的苦心，连撒个谎也跟她配合默契。

高月很满意地朝唐劲风投去一个眼波，他却完全当作没看到。

还是姜冬梅提醒他："还愣着干什么，没看到人家女孩子手里拎着东西吗？还不去接一下。"

他这才起身过去，把她手里的东西拿过来放在床头的桌子上，然后说："妈，我还有点学校的事情跟她商量，去一会儿就来。"

"哎，去吧去吧。"

他起身拉着高月头也不回地出了病房，一直走到走廊尽头的露台上，楼下就是医院的花园。

咦，这是要干什么？难道他已经知道了她的计划，要跟她说什么感谢的话？

啊，这真是……

只不过他这力气可有点大啊，都箍得她手腕隐隐作痛了。

"哎，唐劲风，我人在这儿呢，跑不了，你先放开我好不好？"

他终于丢开她的手。

高月揉了揉手腕子，凑到他跟前去看他的脸色："你的病好了吗？退烧了没什么不舒服吧？有没有按时吃药啊？"

他的神色还是那么冷淡，甚至比刚才看起来还要拒人于千里之外。

"你到医院来干什么？"他问。

高月不明所以："来干什么……当然是来看看阿姨啊！你这几天生病了，我知道你肯定顾不上照顾阿姨，就代你过来看看她嘛！"

"你怎么知道她住在这里？"

呃，这个，她要不要告诉他那天在医院偶然跟在他身后所以发现的呢？他会不会觉得她是个跟踪狂？

"我知道你查过我。"他一字一顿地说，"所以我家里的事并没打算瞒你，也瞒不住。但我没想到你会做到这种地步，竟然跑到医院来骚扰我的家人！你知道我妈妈经历过什么吗？你怎么消遣我都没关系，可你竟然拿她来满足你的优越感？"

高月都愣了:"什么?我没有!"

"你当然认为没有,所以才像平时一样满嘴跑火车,东拉西扯地说一些不着边际的话让她误会,用钱来给她希望!反正在你眼里,钱就是万能的,有钱没什么买不到。"

"本来就是啊,那你们现在不就是缺钱吗?"高月感到有些委屈,"我知道你不想换掉你妈妈的进口药,还知道她换肾要很多钱,以后还要终身服用抗排异的药,开销很大,所以我才提出来要借钱给你啊!"

"我要说几次你才明白?不需要,我不需要你这样的同情!"

"我不是同情你!"高月也怒了,朝他喊道,"我是喜欢你,不懂吗?我喜欢你,所以想帮你分担一些难处,不想看你每天那么辛苦,拼得人都病倒了还不肯休息!你以为你妈妈看你这么累就不心疼吗?"

"那也是我们家的事,跟你无关。"

"那奖学金的事呢,总跟我有关了吧?我知道这回你没拿到特等奖学金,就因为我那什么为你自杀的传言!我心里过意不去,现在去学校解释也太迟了,就想弥补一下,这都不行吗?"

"不需要,奖学金的事不是你想的那样,拿不到特等奖学金是因为我替小郑去上课被学院知道了。而且这也是我的事,我自己会处理。"

高月才不信他,眼睛都红了:"你非要把你我的我的分那么清楚吗?是因为你有喜欢的人了,所以才不肯接受我吗?"

唐劲风心口一震:"谁告诉你我有喜欢的人?我妈妈?"

"你甭管!你就回答我,你是不是有喜欢的人了?"她心里的酸泡泡都要冒到眼睛里来了,非要问个明白不可。

唐劲风别过脸道:"跟这个也没关系。"

怎么没关系?一定有关系!

他一定是怕自己喜欢的人知道了会介意,心里过不去那道坎,才非要跟她撇清关系。

"你到底喜欢谁?沈佳瑜吗?她到底哪里好了,整天凶巴巴的,没点人情味……"高月越说越觉得难受,靠最后一点勇气撑着心底的侥幸,"你就没有一点点喜欢我吗?我都追了你这么久了,顽石都能焐热了,你就不能喜欢我一下吗?"

"不能。"唐劲风回答的声音很轻,却清清楚楚地传到了她的耳朵里。

高月怔住了,拉住他的胳膊道:"刚才那个不算,你看着我的眼睛,再说一遍……说你到底喜不喜欢我。"

寒风刺骨,仿佛能从她的身体穿过,冻得她连最后那点侥幸都没了。

唐劲风沉默了一阵,终于抬起眼来:"你回去吧,以后别来了,也别再让我发现你纠缠我的家人。"

高月回到家大哭了一场。

哪个女生告白失败成她这样,只怕都是要哭的。

发泄完她也不知道该找谁诉苦。顾想想、林舒眉她们放假都回老家了,高月是独生女,家里几个表兄弟都是爷们儿,唯一的小表妹又还太小,肯定没法理解这些。

何况她也不能让家里人知道她有喜欢的人啊。

现实世界没人能分担她的苦闷,她只能在虚拟世界找安慰了。

至少游戏的世界还是老样子,只要你努力就会有回报。

她没日没夜地玩了几天,把两个新人物升到了满级,其中包括唐劲风那天随手一画给她召唤来的那个限定款。

哼,以为他抽的她就不会用吗?

她不仅要用,还把人物的名字从"笨蛋"改成了"唐二傻",只要一出场就看到它头顶大大的"唐二傻"三个字,然后一拳打垮对面。

还是很爽的,靠这个新宠她的积分居然上了四段,得到了游戏公会诸位大佬的一致表扬。

随后她就收到了会长的切磋邀请。

估计他是听说她变强了,要看看到底强在哪里。

其实她并不想跟会长切磋……要知道他可是拥有最强道具的大佬,她跑不过他,人物练得再强力有什么用,被他卷一卷就灰飞烟灭了。

会长看她阵容上齐了,并不急于开战,而是问她:"'唐二傻'是谁"?

高月："就是你们法学院的唐劲风呀！"

会长："呃……"

高月："这个新款是他帮我抽的，他手气好，也就这一点可取之处了。除此之外，他就是个'大猪蹄子'！"

高月："你怎么不说话了会长？是不是因为他是你们法学院的，我这么说让你不高兴了？别啊，我这是私人恩怨！我阵容换好了，打吗会长？"

会长："打。"

果然，叽里呱啦，噼里啪啦，只看到满场狂风怒号……她这边还没来得及出手，就渣都不剩了。

这叫切磋吗？这明明只有切啊！

太凶残了！

高月发了一堆昏厥和抱大腿的表情图像过去，会长选择无视，只是问她："他怎么得罪你了？"

谁，唐劲风吗？

高月没想到会长这么热心，大概是因为唐劲风是他学弟吧，怕在外坏了法学院的名声。

她可算遇上能够倾诉的人了，本来想把自己尽力想要帮忙却好心被当驴肝肺的事一股脑儿说出来，写了很多，最后却还是一个字一个字地删掉，只说："他不喜欢我。"

如果这也算罪过的话，换了别人早被她在心里判死刑一百遍了。可现在她还是舍不得，就因为对方是唐劲风。

爱上一个人，果然就像突然有了软肋，也突然有了铠甲。

"我挺伤心的。"高月继续打字，"哭了好几次，我也不想再继续喜欢他了。"

会长一开始没说话，看到她说哭，才说："谁说他不喜欢你？"

高月："他亲口说的，还能有假吗？"

会长："呃……"

高月："不要因为你们都是男人，你就向着他啊会长！你也会变成'大猪蹄子'的！"

她觉得这种苦闷一定要经历过爱情的人才会明白，于是问他："会长，你有喜欢的人吗？"

那头半天没回应，她以为他又像往常一样下线了，他却发过来一句："有。"

高月："哇，那她也喜欢你吗？"

会长："嗯，她很黏人。"

高月："她打游戏吗？"

会长："打，不过比较笨，打得不好，需要人带。"

那就是你带呗？话虽如此，可她明明隔着手机屏幕都能感觉到粉红泡泡了。

没想到会长这么甜。

对这么好的感情和那个幸运的女生，高月有说不出的羡慕，忍不住向他取经："听说女生太主动的话，男生就不会珍惜，是真的吗？"

那边又半晌没动静，大概是在斟酌，或是在一个字一个字地慢慢输入。

她又去刷了几局道具副本回来，才看到他回复说："每个人处理感情的方式不一样，但我要是不喜欢一个人，从一开始就不会理会她。"

不管是她像个牛皮糖一样在校园里随处可见地黏人，还是无数次自作主张地要给人塞钱，要无视，一早他就可以无视到底了，再绝情的话也早说完了。

高月愣了一下，再想说话，就发现他的头像变灰，这回是真的下线了。

会长最近似乎只是见缝插针地玩一玩游戏，大多数时候都不见人。

可能年关将至，大家都忙吧，像她这样的闲人实在不多了。

她外公外婆家过年照例是要全家团聚的，别看她爸爸老高如今在外面位高权重、威风八面，在穆家人眼里也不过是老穆家的姑爷，父母又早早就不在了，自从跟穆锦云结了婚，几乎年年是回北京老穆家过年的。

今年高月因为惦记唐劲风的事一早说了不想回去，正好老高要下基层慰问，也走不开，难得一次没有回北京。

过年七天，她都蔫蔫地窝在家里打游戏。初三爸妈在家里约了牌局，戴鹰妈妈是永远少不了的，所以戴鹰也跟着来了。

他一进她的房间，看到她那个四仰八叉的颓废劲儿就来气，一瘸一拐地蹦跶过来，劈手就夺走了她手里的游戏机。

"你干什么呀，还给我！"

这是她刚买的游戏机，上手一天半，还没玩过瘾呢！

戴鹰拄着个拐杖，一条腿几乎不能落地，却居高临下地看着她："你什么毛病？你妈说你好几天没出过门了。"

"你什么毛病？赌气大半个月了也不联系，一来就在人家家里大呼小叫地教训人，你是我谁啊？"

她生气最好看了，柳眉倒竖，杏眼圆瞪，生机勃勃的。可戴鹰也最怵她生气，巴巴地挨着她坐下："我哪儿赌气了，我那不是训练去了吗？为了给A大争光，每天累得像条狗似的，最后还受了伤，你都不关心我一下。"

不是不关心，是那天她跟唐劲风吵了一架之后，把所有事都抛诸脑后了。

她瞥了他的伤腿一眼，伸手捏了捏："伤哪儿了？严不严重啊？"

"别乱摸！"他啧了一声，"我这是跟腱断裂，知道跟腱在哪儿吗？"

"哪儿啊？这儿，还是这儿？"

高月毕竟不是医学生，只能凭着感觉瞎猜，手也没闲着，指指这儿，捏捏那儿，还像他们小时候那样，听说谁磕了碰了，总要好奇地去确定一下。

戴鹰本来只是觉得痒酥酥的，可是低头看到她的脸凑得那么近，感觉忽然就不对了。

他窘得脸红成大番茄，一把抓过旁边的一个抱枕，使劲儿推她："跟腱在小腿下边，你少趁机揩我的油！"

"我才懒得揩你的油呢，我下午要出门去见小哥哥了！"

"穆皖南来了，还是穆晋北？"她那一堆表哥表弟他都认识，还有哪个小哥哥是他不知道的？

"什么呀，是我在网上刚认识的。声音超级好听，技术又好，带我上分……反正超优秀！"

戴鹰顿时紧张起来："不是吧，高小月，你这么大个人了，还网恋啊？"

"不行吗？"她挺了挺胸脯，"我还没跟网友见过面呢，说不定就遇到真爱了呢！我就不信自己嫁不出去！"

戴鹰气得牙痒痒："你害不害臊啊，才二十岁，就这么恨嫁。还跟网友去奔现，是不是瞎了啊你？"

有他这么优质的大帅哥在身边都选择视而不见，高小月，你是不是真的瞎啊？

"哼，你就是嫉妒我，不服气你也找个人谈恋爱去！"

"我就是找人恋爱也不会在网上找！何况你不是喜欢唐劲风吗？你不管他了？"

他都不喜欢我了，我干吗管他，我不要面子的啊！

可是当着戴鹰的面她不好这么讲，只能气鼓鼓地说："我移情别恋了，不行吗？"

移情别恋去恋网友吗？那她还不如继续喜欢唐劲风呢！

戴鹰感觉兹事体大，怕她一个人跑出去被人骗了还帮人数钱，就跟她说："你去哪儿见网友，我陪你一块儿去！"

高月瞥一眼他受伤的脚："你行不行啊？你这样像个残疾人似的还要跟着我，会让我很有负罪感啊！"

而且哪有成双成对去见网友的，他这不是诚心坏她姻缘嘛！

"少废话，你不想让你爸妈知道你这些光辉事迹，就乖乖让我跟着。"

行吧，跟就跟。高月精心打扮了一番，开车去了市中心商区。

她事先戴鹰说好，不准直接坐在她旁边暴露身份，一开始要离得远远的，密切关注，万一发现对方真的有什么猥琐举动才能出来帮她。

戴鹰都答应了，可他没想到见面的地点居然约在麦当劳。

"别啰唆了。"她知道他想吐槽什么，解释道，"我把自己的年龄说小了几岁，约在这种地方见面才比较符合我十七岁少女的人设。"

你还有人设呢？

戴鹰翻了个白眼给她："你吃什么，我去买。"

"不用了,你腿脚不方便,去坐着吧,我买了端过来。"

他心里美滋滋的,小月月还是挺会疼人的呢!

高月买了可乐、麦乐鸡和薯条给他,外加一个红豆派,反正这家伙吃什么都得大份的才能吃饱。

戴鹰看她自己没买,就问:"你不吃?"

"我等人家小哥哥来了再一起点,比较有礼貌。"

"喊!"他冷哼一声,挥手赶人,"走走走,坐你位子上去,别打扰我吃东西。"

高月乖巧地坐回旁边的空位上,时不时抬头看向门口,心情其实挺复杂的。

要是此时此刻从门口走进来的人是唐劲风该多好啊!

她还觉得游戏里遇到的这位小哥声音有点像他……

然而天不遂人愿,十之八九。一个目测体重一百多斤的小胖墩走到她桌边,问:"你是'24桥明月夜'吗?"

"嗯……"

小胖墩点了一个儿童套餐,而高月只想要杯可乐,其实她这会儿连可乐也喝不下。

"你也点儿童套餐吧,里面的超级马里奥可以给我,我马上就收齐了。"

于是她面前就放了两份儿童餐,鸡块和沙拉都给了小胖墩,她还是只喝饮料。

当然,都是她付的钱。

"你几年级了?"她双手托着腮问。

"三年级,马上就要升高年级了,你呢?"

高月想说我也是,动了动嘴巴,没发出声音来。

她扭头看向戴鹰,他刚才笑得滑到桌子下面去,不小心打翻了可乐,正起身连连给过来拖地的工作人员道歉。

高月闭了闭眼,只好叹口气,继续听对面的小朋友边吃边大聊特聊游戏。

"你跟我姐姐一样大,不过她好看多了,比我想象的还好看哦！"小胖墩终于吃完了，把嘴一抹，问道，"要不要去我家玩？我也有游戏机，我们可以一起玩皮卡丘。"

戴鹰终于处理好了他那杯打翻的可乐，一瘸一拐地走过来，一屁股在高月旁边坐下，朝对面打了个招呼："嘿！"

小胖墩迟疑了一下道："我妈让我不要理麦当劳里乞讨的残疾人，说你们都是骗人的！"

高月忍不住哈哈哈笑起来，终于有种报仇雪恨的感觉。

她把自己的香芋派也推给了小胖墩，说："他是我朋友，脚受伤了，不是骗子。"

"哦。"

戴鹰露出森森白牙，笑了笑说："小子，我不仅是她朋友，还是她的保镖，你要约她去哪里，都得经过我的同意。"

"那我想约她去我家。"小朋友还是很有礼貌的，"叔叔，我可以请姐姐去我家吗？"

"是哥哥。"戴鹰皮笑肉不笑道。

小胖墩满是疑惑地仔细瞅了瞅高月："叔叔，我可以请哥哥去我家吗？"

然后……这顿饭就在莫名其妙的气氛中结束了。

戴鹰最后加了一个儿童套餐打包，才把小胖墩送走。

高月把脸颊贴在桌面上，一动不动。

戴鹰看她一脸生无可恋的样子，好气又好笑："怎么样，网友奔现好玩吗？"

"这是意外……"

"什么意外啊，现在二次元已经被小学生占领了，你还不信！"

"谁说的，我玩的游戏里我们公会群的会长就是我们学校的。"

"那你怎么不跟他奔现啊？"

"人家有喜欢的人了！再说他也是法学院的……"

她再也不想碰法学院的人了，吵架都吵不过，总是被碾压，真是心塞。

戴鹰不笑她了，问："说吧，到底是怎么回事？唐劲风怎么你了？"

没想到他跟会长一样了解她，从她的喜怒哀乐就猜出是跟唐劲风有关了。

可是她打死也不肯在戴鹰面前承认唐劲风不喜欢她这回事，嘴硬道："都说跟他无关了。只是我改变策略了，不愿意在一棵树上吊死，决定广撒网，不行吗？"

"噢，是吗？原来你俩没事。那你帮我跟他说说，替我上场打打比赛呗！"

高月惊讶地问道："这回省内的大学联赛你不打了？"

"伤筋动骨一百天，听过没？"戴鹰无奈地拍了拍自己的腿，"我这起码三个月没法正常活动，上下楼梯都成问题了，还怎么打比赛啊？"

"你们校队没有替补吗？"

戴鹰瞥她一眼："我要这么可替代，还当什么队长啊？A大全校这么多人，篮球比我打得好的可没几个，更不是人人都可以当队长的。"

虽然他不想承认，但唐劲风确实是一个。

"你以前不是说校队有你没他吗？这么快就改口了？"

"我这不是退出了嘛，算不上食言啊！"他叹了口气，"其实不瞒你说，现在校队几个主力队员都大三大四了，重心在找实习、找工作上，新招的队员还不堪大任。这时候我一歇菜，没人顶上，到时候怕是连隔壁师范的校队都打不过，更别想着进决赛了。"

高月搅着杯子里剩下的半杯麦旋风："那你就来找我啊？"

"这不是看你跟他有点交情嘛！"

"找外援行不行啊？我那几个表哥表弟也会打球，让他们来给你撑场面？"

"这又不是花拳绣腿上去摆个样子就能赢的，得训练、磨合啊！你那几个表兄弟都在北京待着呢，小的还在上高中，大的……听我妈说穆皖南都在张罗结婚的事了吧，他还打得动球？"

高月撇了撇嘴："你这话可别让他听见啊，他最忌讳人家说他老了！"

"总之你就说行不行吧？你要是觉得为难就算了，我再想别的办法。"

还能有什么办法？他要能找到其他可替代的队员，也用不着下决心来跟她说要找唐劲风了。

他不想A大篮球队在他手里折戟沉沙，也在物色下一任队长的人选，而唐劲风一度是最好的选择。

要是早两周，她或许还是能帮上他的，大不了像辩论队那样故技重施一回。可现在她跟唐劲风刚吵完架，他甚至都说出让她永远别再去找他这种话了，她还能怎么办呢？

她想了个折中的方案，用了一瓶海蓝之谜的面霜把胡悦给叫出来陪她一起完成。

重赏之下必有勇夫，加上这又是为了戴鹰，胡悦当然欣然前往。

两个女生从早到晚守在学校的篮球场上，A大的体育场是对外开放的，每逢周末、寒暑假都有很多本校和校外的学生来打球。

高手在民间，人外有人，山外有山，怎么着也能让她们发现一两个球打得好又有大局观，可以代替戴鹰的人吧？

男人嘛，抹不开面子开不了口，打球的时候去跟陌生人搭个讪搞不好还得先打一场，最后人家还不一定肯帮你。

女生不一样啊，在雄性荷尔蒙爆棚的运动场上前搭讪，先是一通恭维吹晕对方，很少有人能够拒绝的，其他事再慢慢商量就好。

传说中的以柔克刚就是这样了。尤其胡悦，常年做啦啦队队员，一眼就能看出哪些打球的人具备专业素养和潜力，又特别能跟他们搭上话，这种时候就是最好的帮手了。

高月已经制订了整套战略战术，打算"迎男而上"，帮"身残志坚"的戴鹰找到合适的替补人选。

她跟胡悦先在场边的看台上观察，五块篮球场地，有时还分成若干个半场，每场都有不同的人来来往往，她们在高处看得挺清楚。胡悦发现有打得好的人选就指给她看，她们就重点观察对方。

她车上有一箱脉动和一箱崭新的毛巾，都是用来搭讪的时候聊表心意的。在人家中场休息和打完球准备离开的时候凑上去，基本一撩一个准！

只是她万万没想到唐劲风也会来打球，胡悦指给她看的时候，她还

136

以为是自己眼花看错了。

他来的时候太阳还没下山,正是篮球场最热闹的时候,没有空出来的场地给他自己玩,于是他加入了其中一块场地的队伍,队伍里面似乎有他认识的人,他热了热身就开始和他们三对三打对抗。

他打球真好看,身姿矫捷,身体素质和技术都过硬,没有什么多余的动作,用戴鹰他们的话来说就是很厉害但不脏。

那群人大概也听说过他三分投得准,所以罚分和三分线外远投都交给他,他也总是不负众望,换来场上一片叫好声。

高月不知不觉看得入神,胡悦抬手在她眼前晃了晃:"喂,看呆啦?你不是说他不打球了,才想出这么个舍近求远的方法来找外援?现在看来他还是打球的啊,还打得挺好的呢!"

高月愤愤道:"哼,反正我就是不想去求他。"

哟,这是吵架闹别扭了吧?

胡悦瞥了一眼场上的唐劲风,他显然也看到她们了,不拿球的时候已经不动声色地看了她们几次,可惜都是在高月注意力分散到别处的时候,两人的眼神没搭上线。

胡悦觉得好笑,用肩膀碰了碰高月说:"哎,那边那一组人快要走了,穿橙色衣服的高个子还没搭上话呢,要去问问看吗?"

高月的脑子都被唐劲风给占据了,这简直像某种病,真是要不得。

她甩甩脑袋,想把他从脑海里清除出去,猛地站起来道:"好啊,正事要紧,我去拿饮料。"

唐劲风隔着一段距离,就这么看着高月抱着一堆运动饮料从球场边横穿过去。

春节刚过,天气还完全没有回暖的迹象,她居然穿着那么短的裙子……

唐劲风皱着眉头看她跟室友两个人跑向最边上那个场地的陌生人,手里的饮料和毛巾都递了过去,寒暄两句之后就有说有笑起来。

跟他一起打球的隔壁学校的男生顺着他的视线看过去,说:"这两个女生是你们学校的吧?这两天每天都来,见帅哥就搭讪,说是给你们校队找外援。你们学校篮球队要靠女生来找外援？篮球队队长怎么自己不上阵啊？"

旁边一个了解情况的人说："他们的篮球队队长受伤了，怕是自己动不了，派娘子军出来了。"

戴鹰？他受伤了？

"我看这都是借口，要找个能代替上场的队员还用得着这么大费周章吗？小唐你是A大的吧，你打球打得这么好，校队的人没理由不知道吧，干吗不直接来找你？"

是啊，他也很想知道她为什么不来找他。

可能，是因为那天他对她说的那些话吧。

他让她再也不要到医院去，那样疾言厉色，一定狠狠伤了她的心，她自动转换成不要再去找他的意思。

"哎，不管怎么说，这招还真管用。你看这两个女生挺有料的，尤其那个长头发、高个子的，没怎么化妆就挺好看了，还有那腿……啧啧！她再软软糯糯地说话，大部分人不是就吃这一套嘛！"

唐劲风的眉头皱得更深了，不远处的高月一双长腿裹在黑色的打底裤里，确实又长又纤细，腿形笔直好看，站在一堆皮糙肉厚的男生面前显得非常招摇。

她本人似乎浑然不觉，仰起头跟面前的陌生男生说话，语笑嫣然，说笑间还体贴地递上运动饮料和毛巾给人家擦汗。

都说如今一个女生想恋爱的时候就连饮料瓶的瓶盖都拧不开了。她恰恰相反，能一把就将瓶盖拧开，恨不得直接喂对方喝。

最后她还拿出手机，大约是打开了微信的二维码让人家加她好友。

她这确实怎么看都不像在找外援，而像是在钓金龟婿。

那天吵过一架之后，唐劲风很长一段时间无论如何都记不起具体跟她说了些什么，只有那双泪汪汪的眼睛一直在他眼前晃，晃得他两个晚上都没怎么睡着觉。

后来连他妈妈都发现了不对劲儿，问他是不是跟高月吵架了。

其实那天他们在医院露台的对话，他妈妈也跟过去听到了一部分，主要也是太清楚他的脾性，怕他为难人家女孩子。

138

当妈的也觉得自家儿子过分，小姑娘一片好心，而且已经相当克制了，没做什么出格的举动，就是小心维护着他们母子那点卑微的自尊。可他倒好，不分青红皂白把人家批了一顿，还说什么再也不准来之类的话。

她也几乎笃定儿子口中所说的"喜欢的人"是谁。

可她没办法让他去向人家道歉，因为这孩子从小就极有主见，家里出事之后就更是如此，她不能干涉，只能等他冷静下来之后自己想明白。

冷静归冷静，他胸口仍然闷得难受，不管是做翻译、看书、玩游戏，还是打工，都无法全力集中精神，这才想着出来打球透一透气。

他没想到会在这儿碰到她，而她似乎已经决定要放下这段所谓的感情，转移目标了。

果然爱情就像龙卷风，来得快去得也快，她立马就要实现第二春了呢！

"小唐，还打不打？"

跟他一起打球的男生就读于一条马路之隔的C大理工学院，跟他是在学校附近打工的时候认识的，因为他们学校没有像样的运动场才总是跑到A大来打球。

假如A大参加大学篮球联赛，根据就近分区抽签的原则，第一个对手很有可能就是C大或者是另一边的师范大学。

"打。"

唐劲风将球抛向他们，然后转身上前抢断上篮。

这次不是随便玩玩，他认真起来，每一次贴身拼抢都滴水不漏，非常严密，却又凶狠，对方球员根本防不住他。

球到了他手里，高月她们似乎已经"撩"完刚才那一拨人，正好从他上篮的篮球架后面走过。

胡悦说："中间第二场地那个穿红衣服的好像也不错，但个头是不是矮了点啊？"

"人不可貌相，戴鹰跟我说篮球赛上个子不高还能上场的队员肯定是有特别之处的，等会儿去'撩'一下试试！"

139

似乎汗水落下来迷了眼,唐劲风这回跳投的球没有进。

高月抬头看了一眼,正好对上他的视线,却飞快地转开了,仿佛只是不经意间看到一个陌生人。

他重新转身护住球,再找机会上篮,这回球很漂亮地直入篮筐,高月却在看台边对着镜子描口红,压根没瞧见。

由于他拼得太凶太认真,理工院校的那几个男生很快体力就有点跟不上了,都停下来走到场边休息。

唐劲风两手撑着膝盖弯腰休息了一阵,到场边才发现自己带来的水已经喝光了。

不远处的高月正盯着手机,跟胡悦窃窃私语,脚边放着她刚拿来的几瓶没开封的运动饮料。

他一把捏瘪了手里的空瓶,重重地将其扔进了旁边的垃圾桶。

就这么一会儿工夫,他眼睁睁看着高月她们满场奔走,至少跟四五个陌生的男生搭讪聊天,还都加了微信。

果然男人都吃这一套,异性相吸的道理放之四海皆准。

但高月她们其实也不是每击必中的。

那些球打得好的男生,大多都是业余时间来玩玩,根本没想参加什么比赛,毕竟对社会人士来说没什么好处。大学生的话,他们有一些本就是其他大学校队的队员或者替补,当然不可能来给他们当外援。

有些正经老实人,了解情况后也就不说什么了。有些心思活络的人,不明确答应也不拒绝,故意吊着她们,趁机在微信上有一句没一句地聊天,高月都烦死了。

所以当胡悦发现最边上的场地来了几个熟面孔之后,就抬了抬下巴,提醒高月:"哎,你说那天加了你的微信聊个没完的是不是那个家伙?"

可不是!那张脸就是微信头像,那造型拗得……一看就是充满了不可思议的自恋,从对话中也能感觉出来。

"要再去问问看吗?"胡悦问。

尽管高月不情愿,这家伙明摆着醉翁之意不在酒,对她有点非分之想,但找了这么几天,他是最接近要求,也最有可能答应下来的人选了。

"试试看吧,今天是最后一次机会,行就行,不行就算了。"

抱定这样的决心,高月抱着饮料走向那块场地。

"嘿!"她朝对方笑笑,叫肖冰毅的那家伙果然跑到她跟前来。

"今天也来看我打球?"

"啊……对呀!"

"你考虑得怎么样?"

什么怎么样,这难道不应该是她的台词?

肖冰毅看她一脸蒙的样子感觉好可爱,抬手就脱掉了身上厚重的卫衣扔她头上罩住她:"好好给我加油吧,成了我的女朋友,我肯定帮你们校队打球的。"

高月眼前一黑,立刻就被烟味和汗酸味混杂的味道给罩住了,一股恶心反胃的感觉直冲脑门。

这个年纪的男生真不是每个都像唐劲风那么清爽好闻!

她一把将那衣服扯下来,头发都乱了,像只怒发冲冠的小狮子。那个姓肖的家伙还挺满足似的,朝着她用右手握拳捶了捶左胸口。

这种动作要是喜欢的人对她做,她估计能陶醉好几天,但不喜欢的人做,她就怎么都只觉得造作恶心。

她没有兴趣陪他打球,上前几步叫住他:"是这样的,我不能做你的女朋友,但你常到A大来打球,能不能看在这个分上帮帮忙?打完比赛可以有奖金的,还有你参加训练需要的球鞋、衣服、场地我都可以提供。"

她用惯了这个模式跟唐劲风讨价还价,以为在其他人面前也可以通行无阻。

没想到对方摸了摸下巴道:"钱你可以给多少,十万元,二十万元?"

高月也不含糊:"十万元,打进决赛给二十万元。"

肖冰毅这下可以确定了,这是个货真价实的富家女。她加了他的微信后朋友圈没有屏蔽,他从照片中她手里拎着的包、开的车和跟长辈在高尔夫会所的合影都推断出她可能是个富二代,她这会儿的豪爽正好证实了他的推测。

他虽然只是高职的学生,但也很清楚,他们这种业余的大学篮球联赛又没有什么赞助商,即使夺冠也不可能有这么大额的奖金。

唯一的解释,就是这妞自己掏的腰包。

他笑了笑,很暧昧地凑过去,还想拉她的手:"我不要钱啊,我只想要你当我的女朋友。"

开玩笑,有这么一座大金矿在,十万元、二十万元算什么啊!

高月挡开他的手,也笑了笑,不过这次是冷笑:"我觉得你可能要不起。"

请你打个比赛而已,买卖不成仁义在,怎么癞蛤蟆还惦记上天鹅肉了!

她拒绝的意思不是已经说得很明白了吗,这么动手动脚的,真以为她好欺负?

她拿出手机,打开微信让他看了看,然后当面把他给拉黑了。

肖冰毅周围的几个人一见这姑娘这么有性格,开始起哄。他面子上挂不住,叫了她两声她都没再答应,头也不回地往场边走去。

唐劲风远远地看到高月拿出手机来,对方的脸色就变了。

他有了不好的预感,双腿就像有自己的意识一样朝他们那边走去。

果然,高月刚扭头走开,对方就不依不饶地上前纠缠,被她摆脱之后,一步三回头地往场地中间走去,拿了球又马上折回来,看似要远投三分球,球却朝着高月的背影砸了过去。

"小心!"

球砸过来的时候唐劲风离她已经只有一步之遥了,但还是来不及伸手去挡,只能背过身任球砸在自己身上。

高月感觉到了背后有东西逼近自己,还没来得及回头,人已经被另一个怀抱给抱住了,熟悉的气息一下子就四面八方地围拢过来,将她牢牢裹住。

天哪,就是这种感觉!就是这个味道!她不用睁眼也知道身后的人是唐劲风!

然后她听到他闷哼了一声,回头就见一个篮球从他身上弹开,骨碌碌滚远。

她吓了一跳:"你没事吧?砸到哪儿啦?"

她比他还紧张,连忙去看他的背后,却被他推到墙边。

他怕身后的肖冰毅再伤害她。

她火大极了,越过他怒目瞪了肖冰毅一眼,想也没想就拿起手里一瓶新的脉动狠狠地朝肖冰毅扔了过去。

好险,一个蓝色瓶子蕴藏着巨大势能,像个炸弹一样飞过来,肖冰毅都吓傻了,靠着本能才堪堪避过。大概也被她充满杀气的眼神和气势吓到了,肖冰毅站在那里一时目瞪口呆。

周围打球的毕竟还是A大本校的学生居多,见状都围了过来。肖冰毅可能怕惹麻烦,赶快趁乱带着同伴悄悄溜了。

高月抓着唐劲风都快哭了:"你没事吧?晕不晕啊?会不会脑震荡?"

球砸在他后颈的位置,被砸的那一瞬间是晕了一下,不过还好,也没有脑震荡那么夸张。

他看到她那双眼睛又在眼前晃,心情像过山车一样,一下扬高,一下又直落下去。

他咬着牙问:"你是笨蛋吗?球来了不会躲?"

"我怎么知道球来了?我的后脑勺又没长眼!"

"那种人什么德行你看不出来吗?好端端的,干吗去招惹?"

"我这不是为了帮戴鹰的忙嘛!他跟腱拉伤没法打比赛了,得找人替他的位置,一时半会儿很难找,所以我才帮他的。他从小也一直帮我,现在有了困难,难得开一次口,我不得帮到底吗?"

说到底还不是因为你,你要是能答应上场,我哪还用这么费劲地去找别人啊!

可在唐劲风听来,她做这一切都是为了戴鹰,倒像是自己自作多情了。

"你每天到这儿来就是为了给他找合适的队员?"

"是啊,不行吗?我哪想到在学校里也会碰上这样不讲道理的人嘛!"

他气得没话说,揉了揉后颈:"行,那你慢慢找,我不打扰你了。"

"哎,你等一下!"

她快步跟上他,他不说话,在前面走得飞快,她也不说话,闷闷地跟在后面，像个小尾巴坠在他身后。

胡悦在场地的另一端，刚才看到那个篮球飞过来的时候都快吓死了，幸好唐劲风及时出现，英雄救美。

她看两人之间的氛围挺好的，很识时务地撤了，这会儿拿了饮料和毛巾过来给高月，示意她赶紧狗腿一下以示感谢。

高月果然一下拧开饮料递给他，又拿毛巾给他擦汗，一副大义凛然一定要喂他喝的样子。

唐劲风想起她刚才对那些陌生男人也是这个套路，根本懒得伸手去接饮料。

高月看他收拾了东西要走，终于绷不住了，展开双臂拦住他道："你要去哪儿啊？我送你。"

"纯歌KTV，我晚上打工的时间要到了。"

"啊？过年你也不休息吗？那你妈妈呢，你不用陪她吗？"

说完她又想起他上回说不准牵涉他家人的警告，悻悻地闭了嘴。

他胸口那种闷痛难受的感觉又来了，他低头看看她头顶的发旋，正想开口说点什么，远处一个身影七歪八扭地"蹦跶"过来，隔着老远就喊："高月，你没事吧？！"

"大鹰？你怎么在学校啊？"她讶异地问，再一看他身后还有个娇小的身影，"想想？你怎么也来了？"

顾想想家在近郊，离学校其实挺远的。这还没开学报到呢，她怎么会跑到学校来？

她支支吾吾说不清楚，戴鹰已经气急败坏。

"你还知道这也是我的学校啊？我以为你当我死了呢！"他一手拄着拐杖，一手拉着她上上下下地打量，"我就在体育馆里盯着那群小子练球，听人说你在篮球场这边被人拿球砸了，吓得魂飞魄散！没事吧你？你要磕了碰了，我再断一条腿也不够赔给你爸妈的！"

"哎呀我没事，你别瞎嚷嚷！"她拍开他的爪子，看了一眼身边的唐劲风，没好气地说，"球砸他身上了，没砸到我。"

戴鹰看见唐劲风就火大，一把推开他："你究竟清高什么？非得让她低声下气地求你才成吗？"

唐劲风睨着他道："我看在你有伤的分上不还手，你最好不要得寸进尺。"

"我就得寸进尺怎么了？"戴鹰指着高月道，"你知道她从小在福窝里长大吗？我们都把她捧在手心里生怕她受一丁点委屈，你倒好，整天没个好脸色给她。不就请你替我上场打比赛吗？你要不忺，用得着端那么大的架子吗？"

"好了，你别说了。"高月连忙拉戴鹰的衣角，小声劝解，"这事我回头再跟你说，走吧走吧。"

唐劲风盯着她拉住戴鹰的手，讥嘲道："自己本事不够才受伤上不了场，要找人替你，怎么不自己来说？让一个女生出卖色相，满场为你撒娇去拉人，这就是你疼人的方式？你捧在手心里的是什么，霍比特人吗？"

"你说什么呢？"

戴鹰怒不可遏，拐杖也不要了，上前一把揪住唐劲风的衣襟就要动手。

唐劲风也毫不手软地拧住他的胳膊，眼看两人就要扭打在一起。

"住手！"

"你们别打了！"

高月和顾想想一边拉住一个，费了九牛二虎之力才把两个人分开。

高月气得往他们中间一站："你们都别吵了！是我不好，行了吗？我没那金刚钻，就不该揽这瓷器活儿！"她朝戴鹰道，"我请不动唐劲风替你上场，他又不喜欢我，早就发话让我永远别去纠缠他啦！我就是好面子嘛，不想让你看我的笑话。"

她又转向唐劲风，黑白分明的眼里居然有了泪光："没想到，你居然是这么看我的……你放心，我以后再也不来烦你了！"

她说完就转身朝运动场外跑去。

"高小月，你给我等一下！"戴鹰急得大喊，又使劲儿瞪了唐劲风一眼，才愤愤不平地拄着拐杖追上去。

顾想想也急得直跺脚："你太过分了，月儿做这些事又不是为了自己，她要是个会打篮球的男生早就自己上场了，还用得着求人吗？你就算不喜欢她,也不能这么伤她的心啊!"

"我没有不喜欢她。"

有些话,他根本不是那么说的。

"你说什么?"

他自言自语似的声音太轻,顾想想以为自己听错了。

他却抿紧嘴不肯再说,转身从另一个方向离开。

第四章

桃花运要来了

开学前最后一个周末，高月跟着父母到高尔夫俱乐部打球。

为人父母的凑在一起，话题怎么也绕不开孩子。

看着她长大的几个叔叔伯伯好些已经二婚甚至三婚了，子女不止一个，有些孩子小的才刚上小学，父母个个感慨现在的孩子学业负担重，也难教。

父亲高忠民呵呵直乐，他就一个宝贝女儿，没有这样的烦恼，于是在饭桌上当着几个老友的面夸她："我家这个公主啊，从小娇生惯养的，想干什么就让她干什么，只要她高兴就好。没想到她自己挺有想法的，考上了A大最好的生物系，现在还辅修了法学的双专业，跟以前吊儿郎当的样子完全不一样了。"

大家纷纷附和"女大十八变，老高你好福气"之类的话。

"所以你们也别太发愁了，儿孙自有儿孙福，说不定哪天孩子就开窍了。"

要搁平时，高月早就一脸小女儿模样地向老爸撒娇了，今天她却格外沉默，不管别人说她什么，她最多就是笑一笑，话都不多说一句。

打球的时候,她也只是安静地坐在车子里出神。

穆锦云抬手挡着阳光走过来:"难得跟我们一起出来,不去陪你爸挥挥杆?"

高月摇头。

穆锦云在她身旁的位子上坐下:"怎么了,是不是要开学了,犯假期综合征了?"

她一早留意到女儿这些天情绪反常,但孩子毕竟大了,不是什么事都会跟他们讲,问了也没用,不如等她自己消化。

高月看了看她,表情有些迷茫:"妈,你当初是怎么看上我爸的?"

咦,这是从何说起?难不成她是在生她老爸的气,还是今天饭桌上的话题引得她不高兴了?

不应该啊,老高一向是以这个女儿为傲的,今天在外人面前也一直是表扬她,没说什么惹大小姐不高兴的话吧?

穆锦云清了清喉咙:"喀……这么老套的故事你从小听到大,还没听腻啊?"

"没听腻,想听。"高月抱着她的胳膊撒娇,"妈妈你快说。"

"哎,有什么好说的呀!还不就是我响应号召,上山下乡成了知识青年,为了吃饱饭就成天跟着地主家的傻儿子……不,就是你爸。他家里其实是贫下中农,不折不扣的泥腿子,可那时候他家有粮食啊,还负责给队上杀猪。肚子里有了点油水,就有了爱情,然后就有了你。"

高月:"哦……"

"我本来一心一意要回北京的,这样子想回也回不去了,嫁鸡随鸡,就帮着一起杀猪,然后进供销社,后来自己下海做生意,好在你爸读过书也还算争气……后面的事你不都知道了吗!"

"那你怎么追我爸的呀?你都没说!"这是跳过了多少步骤啊,怎么就到有了她了?

"我没追你爸,明明是他追的我。"

"你刚还说是你跟着他!"

穆锦云笑了笑:"这就是女孩子的优势了。追到手了,今后还不就随你怎么说?我要说是他追的我,有人敢说不是吗?!"

那倒是，高月忍不住为自家老妈的这套理论点一百个赞。

"怎么啦，你是喜欢哪个男生追不到手吗？要我给你支着儿吗？"

"不是，没有！"理智尚存，高月坚决否认。

"那是怎么了？是不是跟大鹰吵架了？我听他妈说，本来今天他也打算跟他爸来打球的，一听你要来，就不敢跟来了。"

高月支吾道："算是吧。"

"哎呀，你们年轻人真是有意思。"穆锦云撑着下巴，"大鹰对你真的挺好的，你们一毕业就结婚我们也没意见！"

我有意见好吗？！高月一想到穿着结婚礼服跟戴鹰并肩站在一起的场景，就觉得有种过家家的既视感，忍不住在脑海里拼命把这个画面抹掉。

没想到第二天戴鹰一大早就出现在她家门口，手里还捧着一袋子蜂蜜小蛋糕："我们家阿姨做的蛋糕，给你当早点吃。"

高月咬了一口就狐疑地问："这是你家阿姨做的？"

这吃起来怎么那么像顾想想做给她们寝室姐妹吃的蛋糕？

"啊……对啊，我家阿姨会做的东西多着呢！"戴鹰强掩下心虚搪塞道。

"那今天学校报到，你怎么跑这儿来了？"

"我就是来约你一起去报到啊！"他觍着脸蹦跶到她的车子旁边，"我搭一下顺风车。"

"呵呵，你家司机驱车十公里送你到我这儿来搭顺风车吗？"

戴鹰傻笑。

她也懒得计较，摔上车门："上来吧，自己悠着点。"

他大概是腿脚不方便，十分自觉且难得地坐到了车后排，车子开动了，才小心翼翼地凑上前来："那天的事……你还在生气？"

"没有。"

有什么好气的，她又不是生他的气，她是气自个儿。

"你看你们女生就是感情丰富，忒敏感。其实你就跟我直说你跟唐劲风闹掰了，劝不动他来接替我又能怎么着呢？我怎么可能笑话你，我高兴都来不及！"

149

"对啊,你就幸灾乐祸呗!"

"这个词不是这么用的吧……"戴鹰挠挠头,怕又哪句话说得不对惹姑奶奶不高兴,话锋一转道,"过程一波三折不要紧,最后不还是成功了嘛,这叫好事多磨。"

高月莫名其妙地问道:"什么成功了?"

"唐劲风啊,他已经跟队训练好几天了,不是你又发了狠话叫他来的吗?"

啥?!

高月一晃神差点闯了红灯,一脚刹车才猛地停住,戴鹰在后排没系安全带,撞到前排椅背差点扭到脖子。

唐劲风去篮球队跟队训练了?

这感觉似曾相识啊,上回她请他参加辩论队的时候好像也是这样,他表面冷淡毫不热心,最后还是去辩论队报到了。

"不过是有条件的啊!"戴鹰揉了揉在前排椅背上的额头,还有一丝窃喜的意思,"你猜猜他开出的条件是什么?"

高月看他那个德行,就已经有了不好的预感。

唐劲风居然要求她参加啦啦队!

高月简直炸了,到学院报完到,就冲到校篮球队训练的室内体育馆去找唐劲风。

馆内一早有通风报信的人跟唐劲风说——外面有个女生,好像提着四十米长刀找他算账来了!

唐劲风只笑了笑,面不改色地跟几个刚混熟的校队队员说:"咱们继续练。"

戴鹰之前带的队伍太注重技战术和打配合,最基本的投篮命中率却不高,罚分都常常罚不中,唐劲风来了自然要让他们先从投球的准确率练起。

室内场馆有暖气,他今天只穿了一件宽大的篮球背心和运动裤,额前的几缕头发已经被汗水浸湿,脸上带着运动后的绯红,恰到好处地衬出他肤色的白皙,却又不显得女气。

他的肌肉是匀称而结实的，高月现在终于可以确定，他的确瘦，但之前她偶然碰到他的身体时的触感，应该是他的肌肉而不是骨头。

她不知不觉站在场边看了半天，"四十米长刀"的威武霸气早就不知飘到哪儿去了。

她真是对自己恨得牙痒——怎么就抗拒不了美男的诱惑呢？

唐劲风看她在那儿站了半天，才让大家解散休息，给她一个机会跟他说话。

她果然回过神来，噌噌跑过来："你干吗让我加入啦啦队，存心看我出丑吗？"

他不知道她是出了名的肢体动作不协调吗？从幼儿园排练舞蹈开始就不行，她总跟不上其他小朋友的节奏，或者动作跟大家总是反着来。

上台表演的时候，家长在底下看得都乐死了。因为她是老高家的女儿，跳得再糟老师也偏爱她，让她站最中间的位置，化妆也给她化得最浓最仔细。于是就看她化着小浓妆，眉心还点一颗红点，在舞台最中心、最前排跟所有小朋友反着来。人家往左她往右，人家往右她往左。

现在她才知道那位置叫"C位"，明星都在求的C位出道，而匆匆那年，她是C位出丑。

关键她还不能不跳，因为她是老高家的女儿啊，要露脸，要表现！

上完幼儿园她就发誓这辈子再也不跳舞了，啦啦操也不跳！

唐劲风看都没看她，始终只给她一个背影："你能叫我加入辩论队、篮球队，我为什么不能要求你加入啦啦队？"

"那不一样！"

"有什么不一样，不都是社团活动吗？"

高月词穷，憋了半天憋出一句："我给钱了！"

"那是上回辩论的时候，这回我不要钱。"他终于转过身，赏了她一个正脸，"我就要你加入啦啦队。"

高月望着他那张过分好看的脸，脑海里又出现了短暂的空白，很明显思路又被他给打断了。

"我不会跳舞。"她只好选择机械式坦白。

"这是啦啦操。"

"都一样啦,我肢体动作不协调!"她沮丧道,"这就跟有的人天生五音不全一样,我天生就不适合跳舞和跳操!你让我唱歌还行,钢琴我也会弹,要动起来就……"

真的不行。

"你看过真人秀吧?"她怕他不理解是什么状况,又举例给他解释,"就像前段时间很红的那个选秀节目,有的学员真的努力了,可一唱跳还是特别僵硬,跟其他人格格不入。你知道那种感觉吧?"

"知道,可是她很可爱。"

"啊?"

"就是你说的选秀节目里的那种学员,长得很可爱,努力本身也可爱。"

你这是在夸我吗?

高月感觉自己真是个人才,这么山路十八弯的迂回赞美居然都让她给听出来了!

她还有点不敢相信,不得不小心求证:"你到底为什么非让我加入啦啦队啊?"

为了让她体会一下什么叫强人所难吗?

咦,她这么一想好像还真说得通啊!每次都是她提要求,他被动接受,虽说有金钱这层关系在,但其实他还是被迫的啊!

寒假他肯定打工多赚了点钱,这回不要她给钱了,正好也给她提一个难以满足的条件逼她完成,让她感受一下。

越想越觉得是这样,那她可以直接拒绝吧?反正这回又不是她开口让他加入篮球队的,真要算就算在戴鹰跟他那天的冲突上吧,有本事他让戴鹰加入啦啦队啊!

唐劲风不答反问道:"你知道啦啦队是干什么的吗?"

"知道啊,不就是体育赛事中途活跃现场气氛的嘛!"

"那是NBA(美国职业篮球联赛)和CBA(中国男子篮球职业联赛)这样的职业联赛,他们的啦啦队也是职业性质的。我问的是我们学校的啦啦队是干什么的。"

"干什么的?"她跟着问,实在搞不懂,这有啥区别?

"给场上队员加油,也负责后勤的工作。"唐劲风慢悠悠地说,"原来你还没发现,她们每个人都有对应的负责目标,不仅在对方上场比赛的时候特别卖力地助威呐喊,中场休息的时候也会过去送水和毛巾。如果队员出现伤病的情况,啦啦队队员也会及时通知校医,帮忙处理。"

呃,高月还真没怎么注意,只知道胡悦是一心一意贴在戴鹰身上的,其他人就没了解过了。

"那你的意思是……"

"嗯,我是新队员,还没有跟我对应的啦啦队队员。"

原来你是担心这个!高月恍然大悟,在他的胳膊上重重拍了一下:"你太不了解自己了!只要你愿意上场,还怕没有人给你助威呐喊吗?'迷妹'分分钟就占据场边看台的半壁江山,到时候只怕你还嫌人多呢!"

唐劲风被她拍得呼吸一窒,不自觉地看了看胳膊上红掉的一块——这笨蛋是断掌吧,打人好痛啊……

他咬了咬牙:"你说的那是普通观众,我要的是啦啦队队员。"

"她们也可以加入啦啦队啊!如果你不信,我现在就回去上论坛发个招募帖,标题就写'法学院王牌唐劲风加入校篮球队,特招募啦啦队队员',保证报名的人马上就爆满了!"

她豪迈又热心的样子仿佛已经完全忘了两人之前闹了别扭还没和好呢,一心只想着怎么才能逃避这从幼儿园开始就缠绕着她的魔咒。

她不要跳舞,更不要跳操!

唐劲风不为所动:"你到底参不参加?"

"我不!"

他点了点头,拿出手机打开一张照片在她眼前晃了晃:"那这张照片想不想要?"

高月瞪大眼睛道:"这……这是你什么时候拍的?"

"平安夜,你在图书馆睡着了,记得吗?"他的语气带了一点戏谑和得意,"你看这口水……快流到桌子上了,嘴还噘这么高,像不像某种动物?"

153

像啊，像猪！

高月浑身起了一层鸡皮疙瘩。她也很自恋的，自拍就算不化妆也要修图修好久才发微博和朋友圈，最怕丑照流传出去，尤其是这种嘟着嘴，流着口水，睡得毫无形象可言的照片。

像校内论坛这种地方，传她狂追唐劲风、为爱割腕都没关系，但有丑照流传就绝对不行！

"照片还我！"

她出其不意地想去夺他手里的手机，他把手一抬，她就够不着了，越想去拿，他越像逗她玩似的左摇右晃不给她，让她像小白兔一样在那儿蹦上蹦下。

"参加啦啦队，我就给你。"

"唐劲风！"她终于想起来两人还有不愉快的疙瘩没解开，"你不就是想奴役我，看我出丑吗？你有本事叫你喜欢的人加入啦啦队，那不是更合你的心意？"

他眼皮都没抬地说道："她不会跳操。"

"那我也不会跳啊，你这人怎么这么'双标'？对喜欢的人就百般体贴，对不喜欢的人就恨不得当牛做马地驱使？"

咯咯，这话是不是说得太重了？

她气呼呼地一口气讲完，就见唐劲风脸色变得不太好看，抬手哗啦一下就把身上的篮球背心脱了下来，露出结实的体魄，小麦色的皮肤笼着一层汗水的光泽。

两人离得很近，高月舔了舔干涸的嘴唇，下意识地往后退了一步："你……你要干什么？"

他没理她，弯腰从背包里拿了一件干净的运动背心出来换上，看她还提着一口气在那儿站着，冷淡地说："我上回说的是让你不要再去打扰我的家人，还有我的确喜欢的人了，其他的话我没说过，你不要随意曲解我的意思。啦啦队你实在不想参加我不勉强你，我们还要练球，你回去吧。"

高月莫名其妙，啥啊？之前两人吵架时候说的话他为什么又强调一遍？

他不就是不喜欢她，然后让她不要再去找他吗？她哪里曲解他的意思了？

明明她是要去算账的，莫名其妙就被下了逐客令给赶走了。

高月慢慢晃荡回寝室，想了一路也没想明白是怎么回事，反而他刚才裸着的上半身总在她脑海里重现，甩都甩不开。

他肯定是在故意干扰她！

她好不容易走回宿舍，刚推开寝室门，一股异香扑鼻而来。

"哇，想想，你又带什么好吃的了？"

高月暂时忘了唐劲风带给她的烦恼，跑进去东摸摸西看看，从顾想想大方敞开的巨型饭盒里拿了一个鸡翅啃起来。

顾想想有一对特别会做美食的父母，自己也学了一手好厨艺，每逢开学都从家里带不少好吃的来，有蛋糕、饼干这样的点心，也有自己炒制的肉酱、秃黄油这种下饭菜。有时候她们寝室几个人下课晚了，从学校食堂打了饭回来，就围着电脑一边看剧一边拌着秃黄油吃饭，别提多享受了。

她这回带的量挺多，自制的牛肉酱、鸡骨酱就有几大瓶，蛋糕、饼干、鸡翅不计其数，旁边的桌子上还放了一个电饭锅一样的东西。

高月一边啃鸡翅一边好奇地问："这锅是干什么用的？"

"这是我从家里带来的空气炸锅，以后可以炸鸡翅和薯条给你们吃，从食堂买蒸饺回来还可以炸成煎饺的口感。"

高月惊得都有些合不拢嘴了："你就为了弄这些吃的，专门搞了个空气炸锅来啊？"

顾想想有点赧然道："嗯。"

啧，怎么想都不太对劲儿。

高月随手又翻了翻顾想想带来的那一大包好吃的，眼尖地发现了一盒熟悉的小蛋糕，拿了一个咬了一口，果然跟今天早上戴鹰给她的那个味道一模一样。

有问题了有问题了！

高月脑海里警铃大作，面上却还是佯装镇定地问："想想啊，我还没问你，那天在操场碰到你跟戴鹰……他是来督促篮球队练球，你是来

155

干什么的?"

"啊,我……"顾想想果然支支吾吾起来,"我是在家闲着没什么事做,过年也挺无聊的,就……到学校来转转,逛逛体育馆、图书馆啊。对,我想去图书馆借书的。"

"过年前后那十天,学校的图书馆闭馆了。"高月不得不戳穿她,"想想,你是专门到体育馆去的吧?去找戴鹰?"

顾想想的脸颊一下子涨得通红:"你、你看出来了?"

"我猜的。"高月叹了口气,其实是靠推理的啦!

上回寒假期间,顾想想大老远地跑到学校来,还跟戴鹰一同出现,没过几天戴鹰就吃着她做的蛋糕,还借花献佛说是他家阿姨做的。

骗鬼呢?

一回还可以说是巧合,两回三回就让人不得不怀疑是有心之举了,毕竟世界上哪有那么多巧合嘛!

她察觉了不要紧啊,顾想想是好姑娘,跟戴鹰在一起那绝对是戴鹰赚到了,她完全乐见其成。可她们寝室还有个胡悦啊,她早就喜欢戴鹰了,顾想想也知道的,现在这样……好像有种顾想想夺人所好的感觉啊!

"你们什么时候开始的?"

"我也不知道。"顾想想垂下头道,"那次我们一起去逛街,他帮我解了围,我就挺感激他的,看他脚受伤了就卤了些猪脚送给他吃,以形补形嘛!"

"哦……"

"我看他挺喜欢吃的,就又做了些别的东西。刚好他寒假都在学校盯着校队训练,我就带到学校来给他,就是你上回遇见的那一次。"

一顿好吃的就能被收服,高月倒完全相信这是戴鹰的风格。

"你喜欢他?"

顾想想的脸更红了:"我也不知道算不算,但是……我看他吃我亲手做的东西吃得很香,心里就高兴,一天看不见,就还挺想他的。"

高月仰起头叹了口气,傻瓜,这就是喜欢啊!

这都不叫喜欢,那什么叫喜欢?

"那戴鹰呢，他什么想法？"

"我也不清楚，他就夸我做的东西好吃，也会跟我聊天，讲很多你们小时候发生的趣事。昨天，那个，他……"

高月的一颗心跟着悬了起来："怎样？"

"过马路的时候牵、牵了我的手。"

这家伙！动作真快，效率真高，竟然以迅雷不及掩耳之势就摘走了她们502的一枝花！

"都牵手了，那你们就是在一起了呗？"

顾想想有些踟蹰："我不知道算不算，他又没说喜欢我。"

"不会吧，他肯定喜欢你啊，不然不会牵你的手。"

高月了解戴鹰，他绝对不是那种撩完不负责的渣男，只不过嘴上可能不会表达罢了。

现在顾想想最该操心的不是他，而是胡悦啊！

"那个……"高月斟酌了一下才问道，"这事胡悦知道了吗？"

顾想想摇头："我要主动跟她说吗？"

不要吧，那不是变成修罗场了吗？还是让她自己发现比较好，到时候再解释一下就好了，毕竟之前她只是喜欢戴鹰，没有正式跟他在一起，顾想想也不算横刀夺爱吧？

高月只是觉得自己这个媒人当得里外不是人，撮合胡悦跟戴鹰不成，却把顾想想跟他送作堆了。这算不算有心栽花花不开，无心插柳柳成荫呢？

"胡悦那儿，是不是不应该让你跟她说啊？让戴鹰跟她说，或者让她自己去发现？"天知道她也没谈过恋爱好吗？这么复杂的局面她搞不定啊！

"发现什么？"

说曹操，曹操到，高月的话音刚落胡悦就进来了，把偌大的背包和手里提着的袋子往桌上一甩，说道："妈呀，累死我了，幸亏我还带了瓶水。你们刚才说什么呢？"

顾想想吓得完全噤声，还是高月反应快："啊，没什么，说我加入啦啦队的事。"

噗！胡悦喷了口水出来，一边擦一边说："我没听错吧，你要加入啦啦队？"

"我也不想啊！"高月抓了抓头发，又想起了自己的烦心事，"是唐劲风整蛊我，他答应加入校队，上场帮戴鹰比赛，但这回他不要钱，就要我参加啦啦队。"

"啊？这是什么意思？他为什么让你参加啦啦队？"胡悦不解，"他不知道你肢体不协调，不擅长这个吗？"

连她这个半路加入的半吊子室友都知道，唐劲风不知道？

"我跟他说了，可是他坚持，大概是好不容易抓住个机会，趁机让我感受一下什么叫强人所难吧！"

"不是的。"顾想想说，"我觉得唐劲风不是那种人，会不会是你搞错了？"

"他也说我老曲解他话里的意思，还把上回对我说的那些狠话又重复了一遍！"

"他怎么说的？"顾想想强调，"你把他的原话讲一遍。"

高月回忆了一下说道："他就说'我上回说的是让你不要再去打扰我的家人，还有我的确有喜欢的人了，其他的话我没有说过'这样。"

"原来是这样啊……"顾想想若有所思道，"我猜的不一定对啊，不过那天你们在篮球场不欢而散以后，我指责他对你太过分了，不喜欢也不能说那些话，结果他好像说了一句'我没有不喜欢她'。"

高月愣了一下："什么意思？"

"当时我听得不是很清楚，以为自己听错了。不过你现在这么一说，我在想，是不是他之前跟你说的他有喜欢的人了，但没说是谁，也没说不喜欢你，对吧？"

嗯，好像是。

"那就是说……"

"那就是说其实他喜欢的人有可能就是你啊，只不过没明说罢了！"胡悦在一旁都听懂了，忍不住接话，"他只是不想让你去惊动他的家人，不是让你不要去找他；说有喜欢的人了，没说那个人不是你。哇，真不愧是法学院王牌，这逻辑牛，套路真不是一般深。"

当局者迷，高月仍旧是一副"我是谁，我在哪儿，我要干什么"的茫然神情："所以……什么意思？"

胡悦跟顾想想对视一眼，一边一个拍了拍高月的肩膀："意思就是，唐劲风可能也喜欢你，月儿你的桃花运要来了。"

"嗯，加入我们啦啦队，好为他加油助威，不会跳操可以学，我来帮你做特训。"

高月就这样糊里糊涂地加入了学校啦啦队。

啦啦队跳的是舞蹈啦啦操，对柔韧性和身体力量没有那么高要求，但需要有舞蹈基础，爵士舞、街舞和牛仔舞都要接触。

高月基本是两眼一黑，对舞种一概不清楚。胡悦作为啦啦队的副队长，又答应了要帮她做特训，当然要负责到底，一来就先把她领到了自己亲戚家开的舞蹈教室，让她跟班从爵士舞开始学，密集训练一周再说。

高月真的是零基础，于是不得不跟儿童班。起初老师不了解情况，上课时还很客气地跟她说："家长请到外面等。"

高月欲哭无泪——她不是家长啊，她是学员！

上了两节课后，老师就摸清她的底子了，加上胡悦的交代，当然是重点指导，帮她加操加练。

她也是上了舞蹈班才有体会，现在的小朋友们接受能力超强，一节课下来个个比她学得快。

由于她肢体不协调，肩、腰、臀分开独立动作还好说，送胯、扭腰、身体呈波浪形扭动对她来说简直就是噩梦啊！

高月练了一周多，老师才勉强让她在小朋友们中间跳个C位。

老师大概也发现她朽木不可雕，教得很崩溃，只想赶紧送她走，而胡悦说高月要能跳C位了才算学成。

不管怎么说，现在她终于不是零基础了，是半瓶醋。

虽然离胡悦她们这种合格啦啦队员的距离还很远，可也是她快跳残了腿才换来的胜利成果啊！

那天室友们的分析让她突然对自己充满了信心，练操也特别积极。她想的是，等她练得小有所成了，就可以亲自去问问唐劲风，他到底是不是喜欢她。

不知是不是唐劲风加入校篮球队的蝴蝶效应,新学期申请加入啦啦队的女生一下子翻了好几番,法学院的沈佳瑜也来了,看到高月仍旧是一副高高在上不可一世的表情。

这可真是冤家路窄。高月对唐劲风在妈妈面前提过他们这位优秀的班长耿耿于怀,总觉得如果他真的喜欢别人,最有可能的就是沈佳瑜了。

而且那天他也说,他喜欢的人不会跳操,沈佳瑜看起来也的确是新手,完全对得上。

高月这么一想,心里又没底了。

现在说什么一个啦啦队队员对应一个场上篮球队员的说法显然站不住脚了,人一多,甚至不是每一个队员都能上场,需要竞争、轮替。这反而激发了高月的好胜心,现在让退出她也不会退的。

开玩笑,她那么努力才争取来的机会,怎么可能拱手让给其他人?

她们502寝室连顾想想都加入了啦啦队,反正又不求都要上场,她就是为了戴鹰才加入的。

胡悦以为她是来陪高月的,但高月心里明镜似的,因为就算腿伤没好,校篮球队的训练戴鹰也一场不落地去场边做监督,相当于半个教练,跟同样在体育馆内训练的啦啦队队员们也有接触。

反倒是上学期被胡悦拉来的林舒眉,这学期退出了。高月问起,她懒懒地解释说:"那种满场都是年轻荷尔蒙的运动不适合我这种已订婚的人,万一我喜欢上哪一个怎么办?还有啊,本是同根生,相煎何太急,我可不想围观修罗场,撤了撤了。"

聪明如她,原来也看出顾想想和胡悦跟戴鹰之间的三角债了。

高月一边挥汗如雨,一边在想这段尴尬的关系到底有没有好的办法来化解。

一分神她就又跳错了动作,不是同手同脚,就是人家的身体波浪统一向右,而她偏偏向左,一脚扫倒了旁边的沈佳瑜后,自己也一屁股坐到了地板上。

"你怎么回事啊?"沈佳瑜很火大,要不是因为队形已经排好了,她真不愿意跟高月站在一起。

队长拍了拍手,示意大家休息一会儿。

高月坐在地上不想说话也不想动,唉,真是好累。

休息的队员们没闲着,女生之间特有的窃窃私语飘进了高月的耳朵里——

"咦,那是唐劲风吗?"

"好像是啊,他刚加入校队的吧,今天是不是在外面训练?"

"哇,他在看这边!我们要不要跳一段表现一下啊?"

高月扭头看向门边。啦啦队今天在体育馆里间的小羽毛球馆训练,外面是室内篮球场,篮球队应该就在那儿练球。不知唐劲风是什么时候来的,大概也是训练途中休息没事干,就倚在门边看她们训练。

春寒料峭,他的篮球背心里穿了一件贴身的长袖运动衫,休息时肩上随手搭了一件卫衣外套,就这么抱手站在那里,肩宽腿长,英气俊朗,像漫画中走出来的人物一样。

啦啦队里至少一半以上的女生是他的拥趸,连已经是大四学姐的啦啦队队长也不能免俗,一看他来了,立刻召集大家集合,重放音乐把刚才没过的那一段重新跳一遍。

高月腰酸背痛,感觉腿都不是自己的了,还没休息好又被拉起来,一听那音乐就觉得要爆炸。

人家个个格外卖力,只有她,是想卖力也没的卖,跳着跳着又成了舞蹈老师说的"竹节怪",跳着跳着又开始同手同脚,跟不上节奏了。

啊,真是崩溃呀!

好不容易跳完一曲,高月再回头一看,哪里还有唐劲风的影子。

"他刚才是在笑吧?我好像看到了。"

"我也看见了!我看过他的模拟法庭,感觉他好严肃,还没见过他笑……真的超级好看啊!"

"那是因为他觉得滑稽吧?"沈佳瑜不冷不热地插了一句,"有些人在队伍里的动作那么不协调,从远处看整体肯定搞笑啊!到时候比赛上场就成笑话了,要是我们A大的主场,丢的还不是学校的脸?"

法学院的人真刻薄,可高月知道沈佳瑜说得没错,而且自己也没力气反驳。

等训练完了收队,她拖着残躯爬到了第三食堂的小卖部,豪气地甩出饭卡:"老板,给我来一杯超大杯奶茶,要多加爆爆珠!"

每天跳完操之后的一杯奶茶,是她最近的快乐源泉。

"奶茶打包还是现在喝?"

"现在喝现在喝,麻烦帮我打开。"

老板把插好吸管的奶茶放在柜台上,高月刚收好饭卡要去拿,身后突然伸出一只手就把她的奶茶给拿走了。

她诧异地回过头,发现居然是唐劲风!

"你……干吗?"

每个人都有不肯跟人分享的东西,她就不跟人分享奶茶,干吗要拿她的奶茶啊!

唐劲风淡淡地瞥她一眼:"听说你们啦啦队发正式表演的服装了?"

"是啊。"那又怎么样?

"你试穿过没有?我听说啦啦队上场是要穿露腰的热裤和T恤的,你天天喝这种高糖高热量的东西,未必穿得进去。"

就算她勉强穿得进,腰上甩着"游泳圈"也实在难看。

高月涨红了脸:"关你什么事,我身上瘦得很!我今天的运动量已经足够大了,犒劳一下自己怎么了?我就要喝奶茶,不喝我坚持不下去。"

唐劲风不为所动地看着她。

"你还给我啦!"

她伸长手去抢他手里的奶茶,他又用抬高手欺负"矮冬瓜"那招来对付她。看她跳了半天,整个人都要像八爪鱼一样扒他身上了,他干脆直接低头含住吸管,喝下一大口奶茶……

"嗯,今天的爆爆珠好像煮过头了。"唐劲风品了一下奶茶评价道。

那是她的奶茶啊!

还有爆爆珠!

高月很生气,转身就对小卖部的老板说:"老板,再给我来一杯,要多多加爆爆珠!"

"不好意思啊同学,奶茶今天卖光了,刚才给你的就是最后一杯了。"

晴天霹雳。她盼了一下午,就靠对这杯奶茶的期待支撑她跳完那见鬼的啦啦操,现在……"期待"被卖光了。

她觉得自己看不到明天的太阳了。

高月死死盯着他手里那杯奶茶几秒钟,扭头就走。

唐劲风跟上去,拉了她一下,看到她的眼眶都红了,不由得愣了愣。

就是现在!

没有人看到她是怎么做到的,总之她的动作非常迅猛,劈手就夺过他手里的奶茶,不管三七二十一咬住吸管一阵猛吸。

伴随着爆爆珠被吸走的咕噜声,透明杯子里的奶茶以肉眼可见的速度减少。

这简直可以称作报复性地喝奶茶。

爽!

高月喝完豪气地一抹嘴,挑衅地看向唐劲风,却发现他见了鬼似的瞪着她。

怎么了?

她拼命把嘴里的东西咽下去,看看他,又看看手里的奶茶,忽然意识到,他刚才好像也用的这根吸管……

两个人脸上瞬间都像被火光映红了似的,唐劲风更是连耳根都烧红了。

啊,她使劲儿把头往下埋了埋,想看看地上有没有洞可以让她钻进去。

高月跟唐劲风面对面坐在第三食堂里面,看他目光不善地一直盯着面前那杯奶茶,她很怕他又突然伸手来抢,很宝贝很小心地将奶茶护在手里往自己这边挪了挪。

她到底要不要去换根新的吸管?那样他会不会觉得她是嫌弃他?

其实不是啊,真不是,可她实在不好意思当着他的面再用那根吸管,又舍不得把最后一杯奶茶给扔掉。

喝还是不喝,这是一个问题。

她坐在那儿天人交战，唐劲风冷不丁地问："你在啦啦队排练得怎么样了？"

这还用得着问吗？她耸了耸肩膀："你刚才不是来看过了吗？"

"嗯，是啊。"他冷笑道，"我看到某人同手同脚，别人往东她往西，简直'鹤立鸡群'。"

"你以为我想啊？我早就说了我肢体协调障碍，跳不好嘛！"

"所以你就自暴自弃？"

"我哪里自暴自弃了，你不知道我这段时间多努力！"她说起来还挺委屈的，"我练舞练得腿都抬不起来了，膝盖上全是瘀青……她们还个个嫌我笨，嫌我拖后腿，可我真的尽力了啊！我都说我不会跳了，嗯……就指着每天训练完能喝一杯奶茶了，还不让我喝。"

她的声音越来越小，要是他说的自暴自弃是指这个，那她就是自暴自弃。

唐劲风也不恼："你知不知道一杯奶茶等于五罐可乐的热量，三瓶红牛的咖啡因？"

是吗？她还真不知道，难怪她喝完奶茶总是感觉很兴奋！

"奶茶的奶里有反式脂肪酸，分解不了就变成肥肉堆积在身体里。"他话锋一转道，"你跳得不好，至少外形和队形上得跟大家保持一致吧？跳得不好，还甩着一身肥肉给我加油，那画面能看吗？"

高月被他噎得说不出话来，半晌才又重复自己的观点："我身上很瘦的，再说我也做运动消耗了。"

"一百克奶茶有二十七大卡的热量，要运动二十分钟才能消耗完，你这一杯至少两百五十克，今天的全部训练量加起来也消耗不完。还有晚饭呢，你不吃了？"

你个文科生，算账居然算得这么清楚，无时无刻不在碾压别人，到底几个意思？

而且他不说还好，一说她就饿了。

高月摸了摸肚子，又垂下头去，像个鹌鹑。

唐劲风看她这个样子，也低头看了看她的腿："你刚才说你的腿和膝盖受伤了？"

"啊？哦，也不是，就是练得太过了腿比较痛。膝盖是因为有跪地的动作，老师说青了是正常的。"

"怎么不戴护膝？"

"我现在戴了。"其实就算戴了也经不住她十遍百遍地重复一个动作，压也压青了。

唐劲风没吭声，从包里抖出一堆瓶瓶罐罐，示意她："拿去用。"

"这都什么啊？"高月随手拿起几个看了看，"红花油，云南白药，秘制跌打药酒……"

"都是别人送的，我用不上。你拿去，加毛巾热敷，可以缓解运动后的不舒服症状。"

这么多？高月咋舌："这都是女生送你的呀？"

唐劲风沉默了一下，然后说道："也有男的。"

"呃……"

"总之你有需要可以全部拿走，分给啦啦队其他人也可以。"

说起啦啦队高月就想到沈佳瑜那张脸，还是算了吧。

她挑了一瓶跌打酒，自言自语似的说："不知道戴鹰的伤能不能用这个……"

"不能。"唐劲风沉下脸道，"不做热身就上场拉伤跟腱，这属于脑子瘸，外伤药不能治。"

好犀利啊。

不知是不是室友们的话让她有了遐想，她现在总感觉在他跟前一提戴鹰或者其他男生，他的脸色就不大好看。

这是吃醋吧？东亚醋王什么的，是不是就这样？

也许只是她的错觉，可万一是真的呢？

万一他喜欢的人真的是她呢？

这个问题又在她的脑海里浮浮沉沉，像个粉红色的大泡泡，怎么摁也摁不下去。她硬着头皮问："那个，我能不能问你个问题？"

"不能。"他直截了当地拒绝道，"马上六点半了，你不是要上双专业课？你们这学期行政法课的老师每节课必点名。"

已经六点半了？高月跳起来就走。她去便利店买个饭团就得去上课,不然就真的要错过点名了!

奶茶……奶茶怎么办啊?

唐劲风像是看出她的挣扎,把奶茶从她面前抽走:"我帮你处理,一会儿我还要在这儿吃饭。"

她咬了咬牙,好吧,不管怎么说她还是喝到了一大口,今天不亏。

等她一步三回头地走出第三食堂的门,唐劲风才把奶茶拿过来,含住那根吸管抿了一口奶茶。

嗯,今天的爆爆珠真的煮过头了。

大学篮球联赛,A大的第一个对手果然是隔壁刚并入C大的理工学院。

因为跟他们的队员打过球,唐劲风对他们的路子和弱点比较熟悉,所以事先就跟教练和其他队员确定好了技战术,也做了充分演练,要拿下比赛应该不成问题。

啦啦队也迎来了她们的第一场实战。

高月扭了扭脖子和胳膊,低头看了看腰间露出的那一小截肉。

自从被唐劲风教育过之后,她就很在意自己会有赘肉,还好还好,咬牙戒了一段时间的奶茶,每天运动量又这么大,腰间的线条还是美美的。

戴鹰也到了,作为体育老师的助手、半个教练在场边观战,看高月她们蹦蹦跳跳地在旁边做准备活动,不忘过来打趣她:"你行不行啊?不行趁早说,现在换人还来得及。"

高月作势要踢他:"我训练那么辛苦的时候你怎么不来说这句话?现在临要上场了来灭我的威风,你是皮痒了吗?"

"我那不是怕你压力大嘛,你说你一个从小做广播体操都有心理障碍的人,现在要在大庭广众面前劲歌热舞,多么不容易啊!"

"知道我不容易还不给我加加油?净说风凉话。"

"我不就是来给你加油的吗!"

"哼,你多关心一下你的兄弟们才是真的,都准备好了吗?"

"问题应该不大吧。"戴鹰看了一眼不远处的唐劲风,他正带球做热身，似乎根本没有留意他们这个角落的动静。

其实A大今天作为主场，人气优势很明显，周围看台上坐满了人。

A大不愧是教育部直属985高校，财大气粗。新的体育场馆修好才一两年，又新又大又明亮，还有青春逼人的啦啦队，在这天气还将暖未暖的时候就衣着清凉，穿着整齐划一的露脐T恤和热裤，成为场馆里最耀眼的风景。

据说NBA有明确规定，禁止球员与啦啦队员发生恋情，但大学生毕竟不是职业球员，又是气血方刚的年纪，看到这样的风景就会情不自禁地被吸引。

开场前先来了一段热场舞。

唐劲风抱着球退到场边，看到高月跟着其他队员从场外跑进去，一脸强行镇定的样子，两手似乎都不知该怎么放才好，不由得勾起唇笑了笑。

因为今天到场观战的还有两个学校的领导，热场还挺关键的。这段舞一直是她们啦啦队最近重点排练的内容，高月也确实投入很多精力去练，动作虽然僵硬一些，但站在后排也就有惊无险地过去了。

只是她们转过身做俯身弯腰的动作时，唐劲风才意识到——这热裤是不是太短了？

高月直起身后有个猛转的动作，甩过头来的瞬间似乎还朝他这边笑了一下。

他的心脏加速跳动起来，唐劲风终于有了赛前要上场时的那种紧张感。

比赛开球，场馆里的欢呼声、叫好声此起彼伏，非常热闹。双方开始打得比较谨慎，比分一直处于交替上升的状态，没有看出哪一方有明显优势。

戴鹰性子急，这时候就有点沉不住气了，在场边拢着嘴向场上的队员喊着什么。

高月的所有注意力当然全部集中在唐劲风身上，刚才看他穿着校队的队服跟所有队员站在一起，她就觉得他简直帅呆了，比平时还要好看千百倍。

167

胡悦告诉她一个新词，说这叫"啦啦队效应"，就是一群人同时在你面前时，会因为所有不好的特征都被平均化而使得他比平时看起来更有吸引力。

也就是说今天在唐劲风眼里，她这个真正的啦啦队队员也比平时漂亮。

这样好的表现机会她怎么能放过？尤其她又是那种人越多越兴奋的发挥型选手，今天无论如何也要让唐劲风对这第一场比赛记忆犹新。

她没忘记他说过的，啦啦队除了要活跃现场气氛，还要负责给场上队员加油呐喊、倒水递毛巾，做好后勤工作。

她一早买好了几箱矿泉水、运动饮料和一般马拉松比赛才用的能量棒，让只准备了最普通的矿泉水的对方队友看西洋景似的来他们这边绕了好几圈。

作为中国好室友，胡悦也完全清楚高月的风格，眼看叫第一次暂停的时候，场上比分唐劲风他们落后两分，就用肩膀顶了顶她："哎，等会儿他们再叫暂停的时候，你跟婷婷和沈佳瑜她们几个拿上手花在场边来一段，给他们打打气！"

高月豪气干云道："自由发挥是吧，没问题！"

她所谓的自由发挥也是平时排练过的，就那么几种动作组合，甚至可以不要音乐。

她最喜欢这个，又没有队形和音乐舞曲的压力，只要踩准节奏就行了，而且还可以让唐劲风一眼就看到她啊！

所以当唐劲风他们结束短暂的暂停回到场上的时候，她跟他擦肩而过，还俏皮地朝他眨了眨眼睛。

唐劲风有了不祥的预感。

"嘿！嘿！嘿！"

踢腿，踢腿，高抬腿！五个啦啦队队员在场边彼此搂腰拉在一起站成一排，手里拿着亮闪闪的花球，踩着韵律节奏喊："加油！加油！加油！"

高月在最中间，很好，她又成了C位……

唐劲风正带球过人，朝着她的方向走过来，她的长腿一抬，雪白耀眼的一片风景出现在他眼前。

心神不定，他没能突破过去，球被阻截了。

"A大必胜！A大加油！"

高月看到他丢球后跳得更卖力了，腿也抬得更高了，身体本来就难协调，这么一摇摆，身上某些柔软的曲线跟着摇来晃去，他想不注意她都难。

唐劲风三分线外跳起来投篮，本来这个角度投进应该是没问题的，结果球又砸在篮筐上了。

"嘿！嘿！嘿！"

她还在场边踢着腿"嘿"个没完，唐劲风低着头跑过篮球架下，她像得到鼓舞似的，悄悄地探头朝他喊道："加油啊，加油加油！"

她这一喊，节奏就跟不上旁边的人了，沈佳瑜嫌弃地放开她，示意她们分开来跳，结果高月又变成同手同脚的"竹节怪"了。

唐劲风抬头望了望体育馆的天花板。

连戴鹰都察觉到他状态异常，正好上半场他们还有暂停没有用，就跟裁判要了暂停，把他叫到场边，问："怎么回事啊？"

唐劲风朝场边高月所在的位置一仰下巴，咬牙道："叫她别跳了，干扰严重。"

戴鹰还有点莫名其妙："她站的位置是为了干扰对方的啊……"

唐劲风把擦汗的毛巾随手一扔，说道："总之叫她别跳了，不然没法打球。"

好吧，他这会儿是A大场上的灵魂人物，他发挥不好这场比赛就要输了，所以他说什么就是什么吧！

戴鹰只好硬着头皮走过去："哎，我说高小月，你休息会儿，别跳了，中场休息的时候暖个场就行！"

"啊？"高月正跳到兴起处，突然被叫停，还有点茫然，随即一看场上的比分，A大领先了，欢天喜地道，"莫非我干扰对方成功了？"

戴鹰只想呵呵，忍不住告诉她真相："你是干扰到比赛了，不过干扰的是唐劲风，要不然他刚才的三分早就进了，我们都能领先十分了！"

169

不会吧？她看向场内的队员，正好对上唐劲风有点警告意味的眼神——你可千万别再跳了！

好吧，居然是真的，她果然不适合跳操啊，都"出挑"到影响他正常比赛了。

没有了她的热舞干扰，唐劲风果然状态神勇，连投两个三分球，上半场结束就把领先优势扩大到了十二分。

中场休息他从场上下来时，高月拿着水和毛巾冲过去给他："累不累呀？你们打得好好哦！"

"我……"

他才开口说了一个字，她又把一个能量饮料直接塞他嘴里："你吸这个吸这个，补充能量最好了！"

她看起来比他们打球的队员还兴奋，唐劲风感觉她简直恨不得上手帮他把那能量饮料全挤他嘴里。

他一口把饮料吸完，将包装扔进垃圾桶，擦了擦头上的汗，然后顺势打量着她道："现在中场休息了，你们啦啦队不用上场跳操？"

"胡悦她们换其他人上了，让我休息一下。再说你不是说我干扰你比赛吗？"她眯了眯眼凑过去，笑着试探他道，"莫非你是为我的美色倾倒，所以不能专心打球？"

"没有。"

"是吗？那你觉得我今天表现得怎么样，开场舞，还有'嘿嘿嘿'那个。"

"我是说'美色'，你没有。"他一听她"嘿嘿嘿"就头疼，"等会儿你在场边站着就行，千万别再跳了。"

她不服，使劲儿挺了挺胸："喂，你是不是近视了，我这样都不算美色吗？还有腰，我都快练出马甲线了，没有你说的'游泳圈'……哎，你等一下，别走哇！"

他突然头也不回地往休息室走去，却还是在门口被沈佳瑜和其他几个女生给堵住，她们手里都拿着饮料、毛巾之类的东西。

沈佳瑜难得笑得这么和煦："劲风，你打得太好了，简直是我们法学院的骄傲！这是我们学院的组织部部长、后勤部部长和新的学生会干事，都是来给你应援的。你有什么需要就跟我们说，别客气。"

高月看得来气，哼，他的官方应援是她好吗？那是他钦点、内定的，你们跑来凑什么热闹！

她生气归生气，人已经被她们这一帮子法学院的娘子军给挤到了最外围，再挤就上看台了，也是没办法。

"谢谢。"唐劲风特别有礼貌地回应道，但是并没有接她们递过来的东西，"我先去休息一下，其他的等打完比赛再说吧！"

下半场比赛就没什么悬念了，由于C大理工学院的队员体能下降得很厉害，无法靠进攻造成压力，A大校队打得比上半场从容很多，平时重点练习的投球命中率大幅上升。

尤其是唐劲风，充分发挥出他"三分王"的优势，连续投进三个三分，有如神助，几乎把对手的最后一点士气也给打没了。

A大大比分赢下比赛，而且赢得干净漂亮，没有什么严重的犯规和肢体冲突，比赛的气氛也特别友好。

连戴鹰都高兴地扔开拐杖上场跟队员们拥抱，特别真诚地对唐劲风说："我就知道能赢下来，要不是被高小月干扰了，开始那一段我们还能打得更顺手。"

唐劲风不置可否，回头看了看："她人呢？"

其实比赛结束，啦啦队还有一场舞要跳，队长中途换了人，就让高月别上了，反正她也跳得特吃力。她就专心等着给唐劲风递饮料和毛巾，毕竟官方应援要有始有终啊！

然而谁能想到比赛后场面那么混乱，他身边全是人，本校的、外校的，分不清谁是谁，她只知道自己都快被这里三层外三层的人给挤出地球了。

没办法，她只好坐在场边等，等到所有人都慢慢散了，他也去了趟休息室换好衣服出来了，她还坐在看台上，两手撑在膝盖上托着腮，看着还有些失落。

今天跳操跳到一半被叫停，后面又都不能上，肯定伤到了她的自尊心吧？

毕竟这的确是她非常不擅长的事，跟她胡编瞎扯想法子，"强人所难"地让他加入辩论队和篮球队还不一样。

唐劲风背着包走过去,到了她面前看她闭着眼、噘着嘴,才发觉她那表情不是因为失落,是因为快要睡着了!

他蹙起眉头,用脚尖踢了踢她的鞋子。

托着下巴的一只胳膊滑开了,她才猛地惊醒,看到唐劲风就站在旁边看着她,一脸"睡什么睡"的神情。

她立刻下意识地去摸嘴角——她睡着了吗?不会又流口水了吧?

他不会又留了她的黑照吧?!

然而他似乎手机都没掏出来,只是特别轻描淡写地说:"不是说要应援吗?还没结束就睡着了,未免太不敬业了吧?"

高月莫名其妙道:"还没结束?人都走光了啊!"

他连衣服都换好了,她还能做什么,帮他洗澡吗?

唐劲风朝她勾了勾手指:"你跟我来。"

他把她带到篮球场中央,四下看了看,确实没人了,然后问她:"你啦啦队的花球呢?"

"哦,在呀!"她变魔术一样从身后把花球拿出来,敢情刚才是像尾巴一样别在后腰上了。

"嗯。"

唐劲风把肩上的运动背包往地上一扔,席地而坐,然后对她说:"好了,开始吧。"

高月丈二和尚摸不着头脑:"开始什么?"

"开始你的表演。你刚才的舞不是没跳完吗?中途还被叫停了,现在可以完整地跳一遍给我看。"

她并不想跳好吗?而且啦啦操本来就是活跃气氛用的,还是要看氛围的呀,现在……就他们两个人,比赛也结束了,没有音乐,她怎么跳啊?

他完全看得出她的心思:"没音乐是吗?你边唱边跳好了。"

还要载歌载舞了……高月直犯嘀咕,抖了抖手里的花球:"一定要跳吗?"

"你不是来给我加油应援的吗?练了这么久,舞都没跳完,我也没看到，怎么算？"

"我跳得不好……"

"我不嫌弃就行。"

高月眼睛一亮："真的，你不嫌弃？"

"嗯。"

那好，她清了清嗓子——

"嘿！嘿！嘿！"

踢腿，踢腿，高抬腿！

"看我呀，别低头，别遮眼！"她一边拿着花球跳，一边看唐劲风，"等我把这段跳完了，就跳比赛结束那一段。"

"你可以直接跳那个。"

"不行，你不是说没看到我给你们加油？来了啊……A大加油，A大必胜！唐劲风，你是最胖……不，最棒的！嘿！嘿！嘿！"

整个球场里响彻她中气十足的声音，腿仍然又长又白，泛着奶油一样的光泽，高抬腿的时候配合着手上的动作，好看又滑稽。

唐劲风一开始还绷着脸，到后面忍不住低头笑起来。

跳完了她也一身汗，正准备偷偷喝刚才暗藏的能量饮料，却没想到唐劲风递过来一杯奶茶。

她惊讶极了："你不是说喝这个不好吗？"

"偶尔为之，下不为例。"

她笑得眉眼弯弯："你请我的？"

"嗯。"

哇，一杯奶茶八块钱，对一般人来说不算什么，可是对唐劲风这种绝不乱花一分钱的人来说绝对算是很珍贵的了。

奶茶的热度透过手心直达心底，她突然就胆子大起来了："唐劲风，你是不是喜欢我啊？"

他喜欢她才请她喝奶茶，喜欢她才要她加入啦啦队帮他加油，喜欢她才非要看她肢体不协调地表演，喜欢她才等所有人都走了还陪她在这里说话！

然而唐劲风只是瞥了她一眼："你刚才听见了吗？"

"什么?"

"你脑子里大海的声音。"他似乎还带了点嫌弃的意味说道,"你这喜欢胡思乱想的毛病到底什么时候能改改?所有请你喝奶茶的男生都是喜欢你?"

"又没有其他男生请我喝过奶茶。"

"不是还有个戴鹰,你们不是从小玩到大的吗?"

"他?他不坑我给他买奶茶就不错了!我跟你说,他爸从小管他管得特别严,什么零食都不准吃,什么玩具都不让买,说玩物丧志,连他买个宠物狗都给他扔了。偏偏他爷爷奶奶又对他溺爱得很,给好多零花钱,他花不出去就存我这儿,要吃什么就让我给他买。他喜欢吃的东西有些特别贵,买不了几次,钱花光了我也不知道,最后还贴了自己的零花钱给他买,气死我了!"

"谁让你没一点财务管理的意识。"

"我那时还是小朋友啊,哪里懂这么复杂的东西!"

"现在就懂了?"

"现在也不懂。我打算以后嫁人了让老公帮我管钱。"她觍着脸凑过去,"所以说,你到底是不是喜欢我?要不要来帮我管钱?"

唐劲风伸手去拿她手里的奶茶:"你要这么想,那就还给我。"

她一扭身护住奶茶,学他上回那招生米煮成熟饭,抢着先低头喝了一口。

她以为这招能唬住他吗?唐劲风说:"既然你喝了奶茶,就要继续待在啦啦队了,我们下周还有比赛。"

"没问题,所以这奶茶是奖赏吗?"

"是奖赏,也是道歉。"

"道歉?"她回想了一下,"哦,你说上回喝我的奶茶的事啊?算啦,你也是为我好嘛,我早就不在意了。"

"不是那个。"他顿了顿才说,"寒假在操场上遇见你跟戴鹰那次,我不该说那些话。"

什么话?高月发现自己在他跟前像随时要犯老年痴呆的患者一样,刚发生的事就忘了,导致她常常要拼上奥斯卡级别的演技,结果最后还是鸡同鸭讲。

唐劲风那么优秀，各方面都是尽力做到最好的，显然也不是经常需要跟人道歉的人，被她这么一问就别开脸说："总之是我口不择言了，怎么都不该对女生说那样的话，尤其你的室友也在。大家都是为了学校荣誉，各有各的方法而已。"

高月又绞尽脑汁仔细想了想，好像有那么点印象了，他那时似乎是说了什么出卖色相、撒娇去拉外援之类的话。

好吧，她承认当时是挺生气的，甚至也想过从此以后都不要理他了。

可是后来……后来是从什么时候起她就不气了呢？

大概是从知道他闷声不响地加入校篮球队开始的吧。

然后他提出让她加入啦啦队，两个人斗智斗勇，她又全副心思放在啦啦队的训练上面，就连要气他这回事都给忘啦！

他一定是故意的吧？他是喜欢她的吧？他喜欢她才会在意她生不生气，默默地就达成了她的愿望，而且她不看着还不行，还得拉她在身边，像现在这样跟他肩并肩坐着，把他的关怀和道歉都照单全收。

如果他真是喜欢她的，那么那些口不择言的话也都有了解释——就是吃醋呀。他不喜欢看她那样招摇地去跟其他男生搭讪。

嗯，一定是这样子的！

高月心里像撑开了一把伞，又像迎风扬起的帆，涨得满满的。

泰戈尔那句诗是怎么说的？眼睛为你下着雨，心却为你打着伞。

他是陪她躲雨的人，也是陪她微笑的人。

唐劲风看她抿着嘴不说话，那天她眼含泪光地看着自己的样子又在脑海中浮现。他忽然忐忑起来，不知这种情况下应该再说点什么或者再做点什么。

他也实在没有哄女孩子的经验，搞不好雪上加霜，又说了什么不该说的，让她更难过。

"晚上我还有双专业的课，你走不走？"他问。

高月抬头看了看他，眼睛里像有揉碎的星星，忽然一指门边："哎，你们教练怎么来了？"

唐劲风果然扭过头去看。

此时不出手，更待何时？

高月飞快地倾身过去就要亲他的脸颊。

他正好转过头来："哪有……"

剩下的话还没说完，已经有花瓣一样柔软又带着香气的东西贴上来，蜻蜓点水似的，一下就从他的嘴角滑过去了。

他屏住了呼吸，心跳也停跳了一拍，那种陌生的悸动因为太美好、太强烈，竟然那么不真实。

高月反应过来的时候，才发现这一下没亲在唐劲风的脸上，而是直接碰到了他的嘴唇！

两个人都愣住了。

她们啦啦队今天为了场上的表演效果，个个都化了很浓的妆，她嘴上饱满的口红还没擦掉，这时模模糊糊的一个印子留在他唇边不说，连他的鼻尖也蹭到了口红。

他也愣愣地看着她，似乎还没意识到自己脸上被蹭了她的口红。

高月咬着唇笑了，说了一句"你脸上有口红"就站起来跑了，只留他一个人坐在那里，过了好半晌才抬起手抹了抹脸，指尖那一点浅浅的红，像极了她刚才害羞时脸上浮起的红霞。

赢下跟另一个邻居师范大学的比赛之后，A大校篮球队连赢两场，已经确定进入下一阶段的比赛了。

戴鹰与有荣焉，高兴得比赛一结束就呼朋唤友，招呼校队和啦啦队的所有成员聚餐庆功。

以往这种场合，唐劲风肯定是不去的，但这一回他是在戴鹰伤病退赛的情况下力挽狂澜的明星，跟队友们也都相处得很好，教练大概也提前跟他打了招呼……总之，他二话没说就去了聚餐的火锅店。

唐劲风都去了，啦啦队的姑娘们当然不能放过这么好的机会，个个摩拳擦掌，化妆打扮，力求以最完美的状态跟心仪的男神坐在一起吃饭。

反而是高月犹犹豫豫地，拿不定主意。

胡悦感到奇怪:"你这是什么情况?之前恨不得每天二十四小时能看到他,他不来训练,你也练得无精打采的。现在好不容易取得阶段性胜利了,你吃的那些苦也值了吧,一起去吃个饭庆祝庆祝怎么还矫情起来了?"

"我才不是矫情呢!"高月叹了口气,"你不懂。"

"我是不懂。"胡悦一边对着镜子画眼线,一边说,"我只知道你要是不出现,我们的'唐长老'今晚怕是要被其他的'妖怪'得手了。"

高月打了一个激灵:"怎么个意思啊?"

"哇,你没看那个沈佳瑜整个人都快要挂在唐劲风身上了吗?别告诉我你看不出她喜欢唐劲风啊!"

"这我倒是知道……"

"对啊,他俩本来就是一个班的,为什么沈佳瑜还要跑来啦啦队?就是为了争取更多跟他独处的机会啊!而且她现在学会化妆了,穿衣服的风格也变得更有女人味了,虽然这是我们啦啦队的功劳,但你没想过她是为了什么吗?还不是为了唐劲风。他们篮球队今天上午才打完比赛,体内荷尔蒙还没退呢,正是最兴奋的时候,再来一个,不,一堆仰慕者轮番夸赞,还不晕头转向?转身就找个喜欢的女生开房去了,这种例子可多呢!"

我的天,她不说高月还不知道这其中可以有这么多故事,原来学校对面的旅馆不是没有存在的道理的,客流量就是这么来的啊!

虽然她觉得唐劲风应该不是那么随便的人,可是一想到对方是沈佳瑜,是他在他妈妈面前夸赞过的女生,就不能淡定了。

何况她已经在他身上盖过戳了呀,他再去跟其他女生这样那样,会让她有种……自己好不容易养大的猪仔被人家圈走的感觉。

嗯,考虑再三,她还是去参加聚餐好了。

她就是有点难为情啊!自从那天偷亲他得手之后,他们还没有面对面单独相处过,甚至没怎么说过话。连今天第二场比赛的热场舞,他都躲在休息室里没有出来看她跳,最后也没像上回那样跟她单独留下说点悄悄话,请她喝奶茶什么的。

她忍不住乱猜,他是不是讨厌她了?也许他喜欢的人真不是她,那她亲那一下是不是会让他感觉被轻薄了？

她抓了抓头发，最后决定不化妆了，就将最简单的宽松白衬衫往牛仔裤里一扎，穿双小白鞋就出门吃饭去了。

其他人想靠妖艳博出位，她就反其道而行之吧。唐劲风又不是戴鹰，唐劲风应该喜欢比较简单素雅、素面朝天的女生。

不过说起来，戴鹰最近如果是在跟顾想想暗度陈仓的话，那证明他的口味也变了呢……

高月看了看浓妆艳抹地走在她身旁的胡悦，故意问了一句："舒眉又去上自习了，想想呢？今天从赛场回来以后好像就没看见她啊！"

"可能跟啦啦队的其他人在一起吧。她前两天带了自己做的酸奶代餐去，哇，简直不要太受欢迎啊，大家都缠着她请教做法，还有人要向她买呢！你看她最近瘦了些，就是靠代餐控制饮食的结果。"

"嗯，是瘦了，也漂亮了好多。"

"是啊，是不是谈恋爱了？"胡悦啧啧感慨，"咱们502虽然听起来像胶水，一点也不高级，没想到还真是个宝藏寝室，姐妹一个个身怀绝技，这么快就都要'脱单'了！你们都有主了，什么时候能轮到我啊？"

高月只得干笑两声，寄希望于等会儿聚餐的时候戴鹰千万把持住，别真弄成修罗场不好收拾。

高月和胡悦到那家日式火锅店的时候，火锅店门外已经大排长龙。

高月看了看表："不会吧，这还不到正式饭点呢，怎么这么多人啊？"

"平价自助火锅，新开的，好像还是网红店，最近搞活动，铺天盖地地宣传。幸亏队长订得早，不然估计都吃不上。"

戴鹰还真是会挑地方，哪儿人多往哪儿扎堆。

店里有寿喜烧的浓浓甜香味。戴鹰他们本来订了包厢，结果来了才发现包厢都是日式的，拉门一间间隔开，而最大的那间也坐不下他们那么多人。分开坐吧，又没有气氛，就干脆坐大堂里了，请服务员专门辟出一块区域来给他们。

篮球队的人早就来了，啦啦队的人也已经到得七七八八。唐劲风坐在最中间的位置，跟今天在赛场上那种遇神杀神、遇佛杀佛、锐不可当的感觉不同，他这会儿坐在这里仍然是全场核心，却特别安静沉稳，也丝毫不会跟周围的人显得格格不入。

他身边最近的位子已经被沈佳瑜霸占了，旁边是篮球队的另外一个队员。三个人相谈甚欢，聊到开心的地方，都笑起来。

当然沈佳瑜笑得最开心，手还趁机放在了唐劲风的腿上。

啊啊啊，你往哪儿摸呢？！

高月看着唐劲风干净的面孔，那天留下的一点口红印当然早就不见踪迹，但她满脑子想的都是——我盖了戳，我盖了戳！

沉住气，她不停地给自己做心理建设，然后尽可能地摆出个特别自然的表情走过去，拍了拍沈佳瑜的肩膀说：" 哎，外面有人找你。"

" 谁啊？" 沈佳瑜疑惑地拧眉。

" 好像是你们法学院的组织部部长，个子高高的，短头发的那个。"

幸好那天她们法学院娘子军一拥而上给唐劲风加油的时候，高月记了一下人，脸和人都对得上。

沈佳瑜果然信了，不情不愿地起身往外走去。

她一走，高月就一屁股坐在她刚才的位子上，看了看面前的半杯茶水，叫住服务员说：" 麻烦你，给我重新倒杯水！"

在座的女生都被她这个操作震得目瞪口呆，男生们都" 哦哦" 地起哄。

虽然之前他们也听过这位生物系的大小姐轰轰烈烈追唐劲风的事迹，但这回才真正见识到了。

唐劲风倒是淡定得很，不再像前几天被亲过之后那样有意无意地避开她了，大概是害羞劲儿过去了，或者也习惯了她的风格，既没有表示异议，也没有赶她走。

只不过感觉到她的膝盖在桌下有意无意地碰到他的腿，他很机警地往边上挪了挪。

他一动高月就跟着动，还不满地看他：为什么沈佳瑜可以摸，我就不可以？

唐劲风默默地用眼神对她说了八个字：见好就收，适可而止。

外面哪儿有什么人找啊！沈佳瑜白跑一趟，回来一看位子还被占了，气得够呛："你、你……"

高月得意地一仰下巴："嘿嘿，兵不厌诈。"

戴鹰打完电话从外面回来，看到高月后问："你怎么才来啊？"

而且她怎么又坐到唐劲风身边去了！他明明记得那位子刚才有人坐了啊，亏他还特意留了自己旁边的位子给她呢！

"我卸妆、换衣服弄太久了。"高月看了一圈，发现顾想想不在桌上，压低声音问他，"想想呢，怎么不在这里？"

"不知道啊，她也没说要来啊！"戴鹰还觉得挺奇怪的，那不是她的室友吗，怎么她反倒来问他？

该来的人都差不多到齐了，服务员过来统计人数，问怎么点单。

"我们分三种自助套餐，一百块每人的套餐普通肉类畅吃，一百三十八块的加精品肉和牛舌，一百六十八块的加海鲜。不过多人用餐的话，有人选了高一档的，其他人就不能选低一档的了。"

"你们的宣传单上写的，现在开业酬宾，两人同行就一人免单？"

"对，不包括付费的酒水。"

店内生意火爆的原因正是这个，门外大排长龙的也大多是周围的大学生们，大家就是冲着这个两人同行一人免单的优惠来的。最划算的就是一百块套餐的这一种，两人吃饱吃好绝对没问题。

聚餐是AA制，当然越实惠越好。但戴鹰知道高月喜欢吃海鲜，她吃饭点菜也从来不看价，有最好的当然点最好的那一档，于是豪气地一挥手道："都来一百六十八块的，今天我请！"

餐桌上又是一片嗷嗷声，都是为他叫好的。

他邀功似的看了看高月，没想到反而被她给鄙视了。

他委屈得很——他又是哪儿做得不合她的心意了？他想让她吃好点也有错？

高月知道这种感觉很难跟他说清楚。要说钱，她跟戴鹰一样不缺钱，但自从上了大学，或者说遇到唐劲风之后，她一直很小心地提醒自己，在众人面前尽量不要因为钱的事表现得这么高调。

她看了看唐劲风，还好他似乎并不在意这样的安排，不会觉得自己是校篮球队的大功臣，是赢下比赛的核心力量，就当仁不让地把自己看作主角,不能让任何人抢了风头。

他的泰然处之感染了高月。是啊,戴鹰这家伙要请客就让他请嘛,毕竟他仍然是校队名义上的队长,不能上场比赛,做点别的贡献也是应该的。

四张方桌拼成了一张大桌,火锅是四个一起端上来的,大家围炉而坐。高月正对着最清淡的昆布锅,而唐劲风坐的位置正好在两口锅之间,左边是昆布锅,另一边是麻辣味增汤,那才是她想吃的。

她嗜辣,尤其吃火锅,简直无辣不欢。

"要不要跟你换个位子?"唐劲风看出她对辣锅虎视眈眈,感觉隔着他还很碍事似的。

高月感激地点了点头。

唐劲风往右分别是叫大宁跟李何田的篮球队队友,等于原本正对着这口锅的是三个男生,高月一换就加入了他们的战局,坐在唐劲风和大宁中间,只等着上菜后涮锅。

然而她低估了篮球队的男生吃东西的凶猛程度,刚端上来的肉和海鲜,一下锅就没了,她根本来不及去捞!

肉还好说,毕竟量大,好歹她还能捞两片吃一吃。那个南美白对虾一盘就两只,他们一次点八份上来,每个锅里也放不了几只。

常常是虾放下去,她就趁机低头蘸点麻酱吃点肉,结果再一抬头,锅里的虾就被捞走了!

喂,虾皮都才刚煮红好不好?

旁边的大宁刚夹了一只煮好的对虾,吹凉了就往嘴里送。她眼巴巴地盯着,咂了咂嘴:"好吃吗?"

大宁一边往外吐虾壳,一边回答:"好吃啊,这虾真好吃!"

高月感觉腮帮子都酸了,挥挥手让服务员再加八份虾,结果上来之后重复了前一轮的命运。

她在心里哀号,发誓这辈子再也不要跟篮球队的男生一起吃火锅了!

"可以换过来了吗?我看你也吃不到什么。"

唐劲风的声音凉凉的,好像有点幸灾乐祸的意思。

也对，她不能在一口锅里困死，还是老老实实地吃昆布锅好了，大不了去调一份辣一点的蘸酱。

可她刚跟唐劲风换过来，碗里就突然多了只刚煮好的辣辣的大虾。

"给你，我不爱吃虾。"唐劲风的语气仍旧是淡淡的，好像他就是随手一捞，随手一给——朋友，你随意。

高月咽了一下口水，都没等吹凉之后用手剥，就学凶猛的篮球队队友那样，一口咬在了虾身上，清甜，麻辣，过瘾。

她吃完之后，盘子里又多了一只虾，然后是墨鱼仔、扇贝、鱼片，全都是唐劲风从辣锅里捞出来，然后神不知鬼不觉地放到她面前的。

"我不爱吃海鲜。"他如是说，"尤其是辣锅里的海鲜。"

高月正好从昆布锅里捞到一个扇贝："那你吃这个，这个不辣！"

"都说了我不爱吃海鲜。"

"哦哦，那吃肉，这个肉很好吃的。"

她把昆布锅里烫熟的牛肉舀给他，笑嘻嘻地看他吃掉。

两个人你来我往好像还挺自然的，一点也不像第一次坐在一起吃火锅。

戴鹰看得酸溜溜的：你要吃辣锅为啥不跟我说？多点两个辣锅不就好了？

他总觉得从寒假开始，这两个人的感情突飞猛进，跟他当初以为的水深火热完全不是一回事！

他这算不算捉了老鼠进米缸？当然他最懊悔的是自己不该受伤，要是不受伤就不会请唐劲风顶替他上场比赛，不比赛唐劲风也就没机会跟高月培养起这样的感情了。

然而就算他不想承认也没办法，如今他要交出校篮球队队长的职责，现在看来最合适的人选就是唐劲风，技术、体能各方面都没的说，又才大二，还可以带着球队打两届比赛，说不定可以捧个省内的大学冠军回来。

戴鹰还没想好要怎么跟唐劲风提这个事情，唐劲风竟然自己主动举起酒杯说："打完这场比赛，我可能就不打了。下阶段比赛时间是一个月之后，到时候戴鹰的伤应该好得差不多，可以上场了。这段时间跟大家的合作很愉快，希望以后也还可以一起打球。"

"不是，你等会儿。"戴鹰打断他道，"我还打算把队长的位子交给你呢，你怎么就说不打了？"

下个月才是他拉伤康复的下限好不好，他能正常走路就不错了，上场打球那还差得远了点。

"抱歉，是我自己的问题，跟当初我没法加入校队的原因一样。"唐劲风顿了一下，才又道，"我要勤工俭学，所以有很多工作要做，实在保证不了训练的时间。"

身旁的高月听到这话也噎了一下，一块虾肉都没嚼烂就直接滑到肚子里去了。

他从来不在外人面前提起在外打工的事，就是不想让人知道他家里有困难，现在怎么突然一点忌讳也没有地就这么说出来了呢？

而且不知是不是她的错觉，他刚才说这话的时候，好像有意无意地看了她一眼？

戴鹰当然不肯就这样算了。他这人就这样，要是唐劲风跟他争，上赶着要做这队长，他说不定不屑一顾。可现在人家说不做，他心里倒不痛快了——你是看不上还是怎么，校队队长的职务还辱没了你？

所以他软硬兼施地拉着唐劲风说个没完，等大家快吃到店家规定的翻台时间了，唐劲风终于答应继续打这次比赛，但对篮球队队长的位置还是敬谢不敏。

戴鹰还在跟他痛陈利弊，酒一喝多，话就显得特别多。

高月可烦死他了，还插在她跟唐劲风中间坐着，你们俩什么时候好到可以勾肩搭背一起喝酒的地步了？

她在桌下踢了戴鹰一脚："喂，去买单啦！"

服务员递上账单，戴鹰看也没看就掏出信用卡。

唐劲风伸手按下账单："等一下，这数字不太对。"

"对的吧，我们另外点了酒水饮料，比套餐价多一点正常！"

"不是。这账单没有按照两人同行一人免单的优惠来算。"唐劲风指着最后的数字，粗略算了一下之后问服务员，"这应该只打了八折？"

戴鹰这才仔细看了一眼,动用他在金融系淬炼了三年的大脑:"好像是不对啊,怎么回事?"

"哦,我们这个两人同行一人免单的优惠要预约才能用。"

"我们是预约的啊!"他们没预约的话能有这么多人的位子吗?

服务员也有点糊涂了,去把值班经理给找了来。经理说:"不好意思啊,是这样的,你们预约的时候说的是二十个人,都是一百块的套餐,所以两人同行的优惠就适用这一种。你们现在点的是一边六十八块的套餐,这个套餐没有预约,我们厨房都要临时准备,所以不能享受两人同行这个优惠,但是可以按照开业酬宾的普通八折价来给你们算。"

什么?戴鹰听得晕晕乎乎的,但也能感觉到这种算法实在不厚道。他懒得跟他们计较,反正也多不了几个钱,计较多了反倒让他显得小家子气,于是扬了扬手中的卡说:"算了算了,就这样吧,下次来再给点优惠。"

唐劲风却皱了皱眉头,问值班经理:"你们这种算法,对外面那些排队的人也适用吗?假如他们预约了其中一种套餐,来用餐的时候临时想换成另一种,就不享有优惠了?"

"是的,我们对所有人是一视同仁的。"

"可你们的宣传单上不是这么写的。"

唐劲风往桌上瞄了一眼,高月立刻默契地从胡悦那儿拿了一张可以当优惠券用的宣传单递到他手里。

"看见了吗?"唐劲风指给经理看,"这上面只写着'两人同行一人免单',下面小字写着'需提前预约才可享有',但是并没有写明预约时的套餐不可更改,否则不享有优惠。"

"不是不可更改……"

"字面上不是,可实际上就是这个意思。"

值班经理赔笑道:"我们预约的时候专门问要选哪种套餐是为了提前配菜,而且顾客上门也应该视作认可我们的规则。"

"不,顾客只是上门还不能视作合同成立,也就不存在认可规则的前提。何况这种规则的解释权在你们手里,既不在宣传语中明示,又不在订立合约之前口头解释清楚,买单的时候才提出这个说法,那就是霸王条款。《消费者权益保护法》中明文规定霸王条款无效，且商家优惠活动必须清楚列明活动规则，否则就要进行处罚。"

就像当初在模拟法庭上的表现一样，唐劲风逻辑清晰、条理分明的一番阐述自带法学院男神的光辉和气场，不卑不亢，有理有据，简直帅呆了。

高月一边在心里自豪地想"不愧是我盖了戳的男人"，一边也不像其他女生那样只顾花痴地盯着他看，而是拿出手机说："你们这个活动开始也不止一天了吧？我看到点评网上也有相似遭遇的人，我们校内论坛上也有，最后就不了了之。你们不想搞活动就不要搞啊，现在这么没诚意，还欺骗消费者，不怕被工商和消协调查吗？"

她这么一说，大堂经理果然妥协了："那这样吧，你们这么多人照顾我们的生意，今天不管你们点的什么套餐，都按照两人同行一人免单的优惠来算，你们回去多给我们店宣传宣传。"

高月说："那是另外一回事，别说得好像我们还占了你们的便宜一样。"

经理干笑，拿过账单要去重新打。

"等一下。"唐劲风叫住他，"这店里其他预约的客人呢？他们是不是也享有跟我们同样的优惠？还有外面排队的人，他们手里都拿着你们的优惠券，应该也都是提前预约过的，吃完以后结账是不是也会像刚才那样，明明应该免单的却只给打八折？"

"这个……"

"我看他们就是打算这么干的。"邻桌已经有人抗议，"我前天跟同学来吃就是这样被他们套路的，打电话时选的一百块的套餐，现场被他们忽悠加精品肉的更划算就改成了一百三十八块那一档，结果最后只能打八折不能免单。"

唐劲风笑了笑："看来你们这个套路演练得很熟练了，要是我们今天这样都没法维护自己的权益，那就真的只能打电话给工商和消协来管了。我一个人打可能起不了作用，但如果打的人多，可能还是能引起重视的吧？"

说完他拿出手机，周围的其他人也十分配合地把手机拿在了手里。

185

最后火锅店认栽，不仅按照免单的优惠给他们结账，还送了唐劲风两张免费招待券，表面是希望他口下留情，不要跟他们这些"法盲"计较，实际上就想赶紧把这尊较真的大佛送走。

高月挺开心的，对唐劲风道："还是你厉害，今天可给我们A大长脸了。"

长不长脸倒无所谓，唐劲风看了看手里的两张免费招待券，问她："你觉得这家火锅味道怎么样？"

"还可以啊，锅底好吃，调料有十几种，肉啊海鲜啊也蛮新鲜的，合我心意。"

"那你介不介意过两天再来吃一次？我请。"

这段时间，她在啦啦队的训练算是明知不可为而为之，很不容易，他想给她一个大一点的奖赏。

今天的庆功宴是戴鹰请的，他想单独请她吃一顿饭。

高月愣了一下，很快反应过来，歪着脑袋问她："你这是在邀请我吗？"

"反正优惠券有两张，不用白不用。"

"哦，只是不用白不用，那你怎么不请老周和小郑他们来吃啊？"

"哦，那我等会儿回去就问他们要不要吃。"

"啊，我开个玩笑，我吃我吃！"高月笑弯了眼睛，"不过我有个条件。"

"什么？"

她趁机在他腿上薅了一把，还拍土似的在疑似被沈佳瑜摸过的地方拍了拍："好了。"

以后就算是聊天聊高兴了也不要让人家随便占便宜啊，傻子！

沈佳瑜正好这时候走过来，对高月说："外面有人找你。"

"啊，你不是吧？吃一堑长一智也不是这么个长法啊，我刚用过这个法子，你觉得这招对我有用吗？"

沈佳瑜翻了个白眼给她："我才没你这么无聊，外面是真的有人找你，不信拉倒。"

出去买单的戴鹰也探身进来叫她："嘿，高小月，你快看谁来了！"

能有谁啊，只要别是她老爸来了就行。

她不舍地看了唐劲风一眼，他也正好看她："那……"

"钠镁铝硅磷，硫氯氩钾钙！"她生怕他要说出什么反悔的话来，连忙打岔，"说好请我吃饭的，哪天，几点？先说好了，我很忙的，还得腾出时间来呢！"

"周末吧，你要回家吗？"

"不回不回！"她连连摆手，反正周末回家也没什么特别的事，她现在在爸妈眼里又是热爱学习的好学生，周末待在学校学习才比较符合人设呀！

"嗯，那就周末。"他忽然带了几分郑重地说道，"不见不散。"

就这么愉快地说定了！

高月心花怒放，依依不舍地看唐劲风跟篮球队的其他人一起先回学校了，才一步一跳地跑出去，问戴鹰道："怎么回事啊，什么情况？"

戴鹰撇了撇嘴，低声说："还当我今天能逗一回英雄呢，结果买单都没买成。合着刚才都白忙活了，我们在那儿吵吵的时候，已经有人帮我们把单买好了。"

"什么意思？"高月满脑子问号，"是有哪个霸道总裁看上我们这桌的谁了吗？"

一般不都是吃饭喝咖啡的时候男人看到哪个姑娘特别顺眼才会顺手帮她把单买了吗？她以前也遇到过，不过都是跟朋友或者老妈单独出去的时候，像今天这么多人聚餐还有旁人来为他们买单那还真是挺稀奇的。

不过不得不说，她们整个A大的啦啦队在这儿，姑娘们的素质还是挺不错的，篮球队的小伙子们也不错啊，有戴鹰和唐劲风坐镇……

戴鹰说道："这霸道总裁你也认识，你瞅着这行事作风像你们家的谁？"

不会吧？高月脑海里还真蹦出个人来——

"穆皖南吗？怎么可能啊！他怎么可能到这儿来的？"

戴鹰抬手遥遥一指："你自己看吧！"

远处树荫底下停着一辆车，看不清是什么牌子，反正是辆黑色的车，车头位置站着两个年轻的男人，长身玉立，远远看去都是天潢贵胄般的人物，特别惹眼。

高月惊讶极了，跑到他们面前说："你们怎么来了啊？"

穆皖南和穆晋北是她大舅舅家的两兄弟，是老穆家他们这辈人里最大的两个孩子。

她从小在姥姥家跟他们抢玩具、打雪仗，没少在他们面前耍赖皮、哭鼻子。

长大之后，工作的工作，上学的上学，他们也就逢年过节的时候能见个面，高月没想到居然会在她大学附近见着他们两个。

穆晋北温和俊雅，还没开口说话就先笑："怎么感觉你挺不待见我们似的？你跟姑妈过年都没回北京，还不许我们来看看你？"

"这不是怕你们忙嘛！"她看了看旁边不言不语的穆皖南，"刚才我们聚餐那顿饭，是你们买的单？"

"嗯，看你们在那儿说得挺精彩的，觉得挺好，就顺手买了。"

穆皖南说着掏了烟出来，被她一把抢过去，看了看牌子："哟，不错啊，现在大舅的烟也归你了？你什么时候学会抽烟的？"

穆皖南没跟她计较，轻轻一抬下巴道："刚才跟你在一起的那小伙子呢？"

"戴鹰啊？刚才还在呢……你不认得他了？也是，你们好多年没见了吧？他现在比你还高了，今天我们这顿饭本来该他请的，是不是早知道你就不抢着买单了？"

她笑嘻嘻地说着，穆皖南却没笑。他本就性情稳重，像他父亲，小时候还好些，现在像有心事似的，整个人更显沉闷。

穆晋北在旁边插话说："不是戴鹰，他我们还能认不出来吗？是刚才在店里跟你站一起说话，舌战群儒那位。"

唐劲风？高月心里突然咯噔一下，没想到会在这种情况下被她家里的人注意到唐劲风的存在。

她清了清嗓子，故作镇定道："那是戴鹰他们篮球队的队员，跟我一届的，只是认识而已嘛，什么谁啊谁的……"

"要只是认识，你会为了他加入学校的啦啦队？跳得还挺起劲儿的，你出了名的四肢不协调，能练成这样，花了不少工夫吧？"

高月涨红了脸道："你、你们今儿去比赛现场看我了？"

穆晋北笑道："都豁出去跳操了，你还怕我们看？跳得不错啊高小月，爱情的力量真伟大，把你的四肢不调都给治好了。"

高月捏着拳头就去捶他，他忙往后躲："哎，别打别打，你这断掌打人可疼了。"

穆皖南拉开车门道："别闹了，上车吧，我们得去你家一趟，跟姑父、姑妈都说好了。"

"什么事啊？"高月问。

其实她心里挺紧张的，加入啦啦队给唐劲风加油的事都让他们知道了，万一他们到她爸妈面前一说，她妈本来就已经对唐劲风有了深刻印象，再不怀疑点什么感觉都对不起二老的智商。

她忐忑不安地上了车，又不死心地悄悄问穆晋北："二哥，到底什么事啊？"

要知道从小到大，她从不肯好好管南北兄弟俩叫哥，喊表哥表妹的又不是演古装剧，肉麻死了。

当然，有事相求的时候例外。

穆晋北好笑地瞥她一眼，轻声说："大哥要结婚了，我们是来给姑父、姑妈派帖子的。"

哦，这么说来，她好像听戴鹰提过一句，说她大舅妈已经在给大哥张罗结婚的事了，她自己平时不怎么回家，倒还没听爸妈提。

那穆皖南就是他们这些小辈中最早结婚的一个了。

高月一乐，忍不住朝开车的穆皖南开玩笑说："哟，哪家的姑娘这么倒霉，居然要嫁给你啊？"

穆皖南没吭声，穆晋北用食指压住嘴唇，朝高月轻轻摇头。

咦，有情况哦。

三个人一起回到她家里，原来她爸妈一早知道他们兄弟俩要来，沏了壶好茶，把人往茶室里请。

老高顺嘴问了她一句："今晚去哪儿了？玩到这么晚，让两个哥哥等你。"

189

她一仰下巴道:"没走远,就在学校附近跟同学聚餐呗,我又不知道他们要来。"

穆皖南给姑父敬了烟,两人一块儿点了,高月嫌呛,用手在鼻子前扇了扇:"我先上去换一件衣服,你们慢慢聊啊!"

她说完噔噔就上了楼。

穆锦云抬起头,好笑道:"这丫头,小时候看着男孩子似的跟你们打打闹闹、有说有笑的,长大了怎么感觉还生分了?"

穆晋北不抽烟,婉拒了高忠民递过来的一支烟,笑了笑道:"姑妈,女大不中留。"

"哟,这么说还真谈恋爱了?"

穆晋北就不说话了,只低头去抿杯子里的茶。

穆皖南拿出三个面上镏金的信封,恭恭敬敬地递过去:"姑父、姑妈,我要结婚了,盼着你们来喝杯喜酒,家里人小聚一回,这也是爷爷奶奶的意思。"

他好像特别强调这是家里长辈的意思,不是他的。

穆锦云知道这其中的过程有多曲折,穆皖南闹过、吵过、妥协过,最终还是消停了。她心里是高兴的,但抚着信封上的字,还是忍不住说了一句:"老大,别怪你妈,她也是为你好。"

是啊,"为你好"这三个字本身分量就太重,他几乎都要背不动了。

可他面上很平淡,只是说好,然后又拿出一沓资料:"这是您让我查的欧洲和美国几所大学的信息,需要申报的材料也在其中,月儿想出去随时可以去。"

他查的都是与她所学专业高度相关的最好的留学项目,他知道姑妈他们一直想把表妹送出国,是表妹自己不肯去,坚持先在国内读大学。

穆锦云拍拍那些资料,笑了笑道:"只怕她现在有了牵挂,更不愿意出去了。"

高忠民问:"怎么这么说?她真谈恋爱了?谁家的孩子?什么背景?"

穆锦云扭头看着丈夫端着茶杯、眉头紧蹙的样子,又机敏地朝楼上瞥了一眼:"瞎嚷嚷什么呀?哪儿就到谈婚论嫁要问人家的背景的时候了？大学里年轻孩子多，谈得来就处处看，肯定还不到那一步。"

穆皖南听到这儿又问了一句："真到了那一步，姑妈你们会同意吗？"

穆锦云笑得有点意味不明："看情况吧，到时候再说。"

穆皖南若有所思，没有吭声。

高月从楼上下来的时候，穆家兄弟俩已经准备走了。

穆锦云挽留，说家里的阿姨连房间都收拾好了，让他们在家住两天。

穆皖南却不肯，说已经订好酒店，明天还有些公事要谈，住酒店也方便些。

穆锦云是穆家的姑奶奶，在家是说一不二的地位，但现在知道孩子们大了有自己的主意，也不勉强，他们说住哪儿就住哪儿。只说后天周末，她跟老高必须请他们吃顿饭，穆家两兄弟也都说好。

高月却不乐意了，跳出来说："我周末有事啊，没法跟你们一起吃饭，能不能改成明天啊？"

"明天你爸在外地有个会，晚上都不一定能赶回来。"穆锦云说，"周末你有什么事啊？学校的事吗？不能向老师请个假？"

高月支支吾吾，还是穆皖南站出来说："算了，姑妈，我把帖子送到就该走了，您跟姑父忙，别为我耽误了你们的正事。马上不是还得见面吗？这次也别麻烦了，干脆就让月儿招待我们在她学校附近吃顿饭，顺便带我们参观一下A大，这么好的大学当年我想考还没考上呢。"

高月暗自撇了撇嘴，当初你有北京最好的大学供你挑都不去，能看得上我们学校？

而且好端端的，怎么让她来招待他们？

不过她还是挺感激穆皖南及时解围，不然她跟唐劲风约好的周末吃火锅就得泡汤了。

"你们想吃什么？我做东，随便挑。"

私下里，兄弟姊妹几个就比较随便了。高月从小到姥姥家做客居多，难得在自己家门口做一回东，特别大方。

她知道这几位爷从小娇养惯了，嘴也刁得很，一般的东西入不了他们的眼,肯定得吃点好的。

他们就算想包游艇出海去岛上吃生猛海鲜,她也愿意买单奉陪,只要别耽误她周末跟唐劲风约好的那一顿饭就行。

然而穆皖南居然说:"也没什么特别想吃的,我看你们那天吃饭那家店就不错,要不就在那儿将就一下。"

高月傻眼了:"你们要吃那个寿喜烧?"

"是啊,不行吗?"穆晋北又笑着接话道,"你约了人也不要紧的,我们正好给你把把关。"

苍天,出师未捷身先死,她这八字还没一撇,他们居然连行程都知道了。

"谁、谁说我约了人?"

"没约人你脸红什么?"穆皖南语气淡淡地说,"就你刚才在姑妈面前那表现,是个人都知道你谈恋爱了。"

"说什么呢?谁谈恋爱了?我们就随便吃顿饭,因为他有免费招待券!"

穆晋北已经大致明白他们是什么状况了,只是她自个儿好像还不明白,于是好心提醒她:"人家第一次主动约你出去吧,难不成你真以为他就是想跟你吃顿饭?"

那不然呢,还应该有什么?

穆晋北不顾自家大哥的冷眼,悄悄跟她说:"听我的,好好化个妆,挑一身漂亮衣服,前方有惊喜等着你。"

这么说……不会吧?难不成唐劲风请她吃饭,是想要表白吗?

高月的小心脏怦怦跳得厉害起来。

最近她跟唐劲风大概走得近,有些化学变化微妙到她都没有察觉,居然已经到要捅破这层窗户纸的地步了吗?

她有点晕乎乎的,像喝了酒似的,一整晚思来想去,辗转反侧,都没怎么睡好。第二天还是穆锦云把她从床上提溜起来,让自己的司机送她去的学校。

不行,高月想不明白,得回去问问寝室的姐妹们。虽然大家都是单身,但她们比较了解实际情况,得出的判断应该比穆晋北他们准确。

然而她就这么一晚上没在寝室住，居然就出了大事。

还没踏进寝室门，高月就听到女孩子尖锐的争吵声，其中一个声音一听就是胡悦，另一个带着哽咽在小声辩解的……应该就是顾想想了。

"你们吵什么，发生什么事了？"

她推门进去，果然看到胡悦急赤白脸的，顾想想肩上背着的书包没来得及卸下来，坐在最角落的椅子上，仿佛是被胡悦的攻势给挤到墙角去的。

平时都窝在床帘背后两耳不闻窗外事的林舒眉穿了双拖鞋站在两人中间，像是要劝架的样子，却又抱着胳膊没动，看到高月回来了，才朝她一摊手道："你可回来了，快劝劝吧，也只有你劝得了了。"

"到底怎么回事？"

"你问她！"胡悦朝顾想想一指，说道，"她昨天一整晚没回来，我跟舒眉还出去找了，后来她才打电话来说在朋友家里住就不回来了。结果今天早上你猜怎么着？我看到她跟戴鹰在一起，他喝儿喝多了打车回的自己家，他俩今天早上一块儿回的学校。你说她昨晚的朋友家是哪个朋友家？！"

高月也很震惊，扭头看向顾想想："想想，你跟戴鹰……"

"没错，我昨晚是跟他在一起，他喝多了，我照顾了他一晚，但是我们没发生其他的事！"

"那你怎么会在他家里？昨天比完赛你去哪儿了？"

"我……想找个地方做酸奶代餐，队长说他在学校附近有套公寓，平时也不常去住，就把钥匙给我了，让我要用可以随时去用。前天我就把材料都背过去了，本来想昨天做好分装完之后带去给啦啦队的姐妹们的，可我没想到他晚上会过去……"

噢，难怪他们昨天聚餐不见顾想想，原来那会儿她在戴鹰的公寓里做代餐。戴鹰这个糊涂蛋也不知道人家到他那儿去了，晚上喝多了只想着不能回寝室，就直接打车过去了。

那房子高月知道，其实是他那个爱子如命的老妈怕他在学校宿舍住不惯，特意在附近给他买的。很新的高端楼盘，配齐了全套家具，也就让他这几年随便住住，连婚房都算不上，他大概也根本没当回事。

193

现在惹出了这样大的误会，虽然不是他的本意，但正好也把顾想想跟胡悦之间的这层尴尬关系给挑明了。

顾想想坦诚道："我是喜欢队长，但我不知道该怎么跟你说，我们现在也还不是男女朋友……"

"现在说这些还有意义吗？我喜欢他跟高月喜欢唐劲风一样，不是谁都知道的吗？你们不帮我就算了，反倒从我这里挖墙脚？亏我还把你们当姐妹，把你们拉进啦啦队，合着是搬起石头砸自己的脚！"

胡悦怒气冲冲地回头看着高月："其实你也早就知道了吧？你跟戴鹰那么好，从小青梅竹马一起长大的，他有什么事瞒得过你呢？你当时说要帮我，我还觉得感激你，可是后来我才发现，他管我叫悦儿都只是因为他习惯了这么叫你，他喜欢你所以连带着喜欢这个名字！我也知道自己没希望，本来都认了，毕竟你们认识十几年了，我输也输得心服口服！可中途又跳进来一个顾想想是怎么回事？看我好欺负吗？"

她越说越生气，拉开书包开始收东西："行，反正我是中途搬进来的，不受待见，我走行了吧？此处不留人，自有留人处！"

她摔摔打打，动作太大，带翻了书架上的镜子，继而压倒了她展示战利品一样放在那儿的一整排口红，口红噼里啪啦地落在地上摔了个粉碎。

她一边捡口红，一边委屈地哭了起来，终于拎着书包头也不回地走了出去。

高月满脑子问号——她躺这么远也能中枪？说什么戴鹰喜欢她……这是什么校园年度奇葩新闻吗？

林舒眉已经扯了一堆面巾纸，走到顾想想身边去硬塞给她道："别哭了。不就是个男人吗？等你们明天都冷静下来，说不定又想通了。"

顾想想坐在椅子上，终于抱住她号啕大哭起来。

戴鹰的同学说他今天逃课在寝室睡觉，高月风风火火地就冲到男生寝室，硬是把戴鹰给拉了出来。

这傻蛋看见她还挺高兴的，把她的肩膀一搂，说道："是不是心疼我，来看看我宿醉后怎么样？我昨儿喝多了，走两步都天旋地转，早知道就搭你表哥他们的车了。"

"搭车也不能拯救你的渣！"她火大地挥开他的手，"你昨晚跟顾想想在一起吧？你知不知道她是我的室友，是我大学里最好的朋友？还有，胡悦现在也跟她住一个寝室，发生这种事，你不觉得尴尬吗？"

提到昨晚，戴鹰还真有点心虚，解释道："我没跟她怎么样啊，我就喝多了，谁知道回去一看她在我那房子里待着呢，她就、就顺带照顾了我一夜。"

"然后呢？你什么都没做吗？没有搂搂抱抱，没有趁机亲亲摸摸？"

戴鹰更窘迫了："月儿你听我说……"

"好，就算你醉了也是个正人君子，没对人家出手。那之前的小蛋糕呢？鸡翅膀呢？训练时候喝过的饮料、吃过的能量棒呢？都是她亲手递到你手里的吧？还有过马路，你都牵她的手了，还不打算跟人家在一起？"

戴鹰瞪大了眼睛："我什么时候牵她的手了？"

"就开学之前，她专程赶到学校来看你训练，给你送吃的那回！"

戴鹰想了一会儿才回忆起来："那是前面大路路口的红绿灯坏了，来来往往的车横冲直撞的，我看她在斑马线上慢慢走，怕有危险才拉她赶紧过去。天冷衣服穿得厚，我拉不住手腕可能就往下捏了点……我又不是故意的，这怎么就成牵手了？"

至于那些吃的喝的，他从高中打篮球开始就一直有女生这么给他送啊，他已经习惯接受了，总不可能每一个他都是打算开始一段恋情啊！

他承认他对顾想想是挺有好感的，因为她亲手做的东西特别好吃，他又是个吃人嘴软的，而且顾想想跟高月是室友，就算聊天也不愁没有话题，比其他女生跟他没话找话好多了。

就算接触得多了，他也没往男女关系的方面想，毕竟寒假之前他才帮顾想想解围，让她在渣男前任面前出了口恶气，总想着她不会那么快投入新的感情中去。

倒是他疏忽了，有句话说得好，要忘记前任最好的良药就是时间和新欢，要是忘不掉，那要么是时间不够长，要么是新欢不够好。

他倒是有自信，作为新欢的话他还是足够好的。

但高月可不这么想,她认定他就是一脚踏两船,既不肯对顾想想负责,又吊着胡悦的胃口,享受着齐人之福的美好幻觉。

她拉着他说道:"现在想想还在哭呢,你给我去跟她解释解释!还有胡悦那儿,你去跟她说清楚,说你到底要跟谁在一起,是个什么态度!"

戴鹰岿然不动,像个秤砣一样坠在那儿不走:"我不去。我干吗去跟她们解释啊?高小月你能不能讲点道理,她们是你的室友,难道我就不是你的发小了?"

"你要真一口气渣我两个室友,我今后就当从来没认识过你!"

"随你的便!"戴鹰一听这话就火了,挣开她的手道,"反正你从来没把我当回事,我对你的好你都视而不见惯了,我的解释你也一个字都听不进去!那你还来找我干什么?你不就仗着我喜欢你,不敢拿你怎么着吗?当不认识我?行啊,我巴不得你跟我没小时候那点交情呢,那样你说不定还能把我当个男人看!你让我去跟你那俩室友解释是吧?也行,我这就去告诉她们,我谁都不喜欢,我喜欢的人只有你们生物系的高月!"

他一口气吼完,嗓子哑了,眼睛红了,像被红布激怒了的公牛。

高月还从没见过这个样子的戴鹰,一时被他这番话吼得晕头转向,脚底像生了根一样站在原地动弹不得。

戴鹰拎过他停在楼下的那辆山地自行车,长腿一跨,骑上就走了。

高月在男生宿舍门口站了几秒钟,再抬起头的时候,竟然看到了唐劲风。

他大概是跟室友们一起下楼准备去上课,看到她在就让其他人先走了,刚才她跟戴鹰的对话也不知他听到了多少。

戴鹰喜欢她这种可能性,在她妈妈提过两次乐见其成的意思之后,她也想到过,却没想到真的会从他嘴里得到证实,更没想到会被唐劲风听到。

她忽然紧张起来,害怕他误会什么,或者他也说出什么成全他们之类的话来。

她看他朝着自己走过来,竟然有种想要拔腿就跑的冲动,可脚又钉住了似的动不了。

"那个……嘿嘿，这么巧啊，去上课？"

她猜这会儿自己脸上的表情肯定特别不自然，连干笑都笑不出来，像要哭似的。

唐劲风仍然一脸云淡风轻的样子，仿佛没打算跟她多说一句话就要与她擦肩走过去。

她终于绷不住，拦住他使劲儿解释说："刚才不管你听到什么，都不是你想的那个意思。我、我跟戴鹰什么事都没有，他说那些话，我也很意外。"

这个百口莫辩的感觉，她忽然有点理解刚才戴鹰的处境了。

感情的事还真是，如人饮水冷暖自知，有时是当局者迷，有时是旁观者也未必清。

唐劲风看着她："你说完了？"

"啊，说完了。"

"你下午没课？"

"有。"

"那还不快去，在这儿戳着干什么？"

呃……就这样？

他看她半仰着脸，眼睛瞪得圆圆的，好像自己也不知道在等什么的样子，蠢萌蠢萌的，有点绷不住想笑，捂嘴轻咳一下蒙混了过去。

高月却以为他生气，哭丧着脸说："我们明晚的自助火锅……还作数吗？"

噢，原来她是在担心这个。

或许钱真的是个好东西，假如他有足够自己支配的钱，平时多请她吃饭喝奶茶，她就不会因为这种小事苦恼了。

"明天五点半吃饭，早不早？你要嫌早我们只能到店再排队，因为他们预约最晚只能到五点半。"

他说得特别平静，就像在说明天是个好天气一样自然。

高月却像长舒了一口气似的，拍着胸口说："我还以为……"

"以为什么？我会耍赖？免费的招待券，不用就浪费了，你觉得我

197

是浪费的人吗？"

他不知道该怎么想，她到底是对他没有信心，还是对她自己没有信心？

他很有抬手揉她脑袋的冲动，但最终还是克制住了，只是从她身边经过时又瞥她一眼道："明天别穿白T恤了，溅到油花不好看。"

但愿她听懂了……穿得郑重一些啊笨蛋，他有很重要的话想跟她讲。

尽管被人抢先一步，那也不能让他改变主意，这个机会注定是他的。

第五章
高原酒庄

临到吃饭那天，高月开车到市中心的潮牌店去换了身崭新的黑色T恤衫，黑色牛仔裤和黑色板鞋。

穆皖南看了忍不住嘲笑她："让你请我们吃顿饭而已，干吗穿得像要去扫墓？"

"呸呸呸，你才扫墓呢！"高月不满道，"我那天吃火锅大概把油溅身上了，被人家看见太难为情了，今儿特意提醒我别穿白衣服的，我就配身黑的呗！"

穆晋北笑道："我还真好奇了，是哪路神仙能让你这么听话啊？比你爸妈都管用。"

哼！高月一扭脸，忽而又萎靡下来："那什么，你们真要跟我一起去吃饭啊？"

"不是说好的吗？你吃你的，我们吃我们的，就当你请过客了，我们还能给你把把关。你不是说这是你喜欢的男生吗？都要开始谈恋爱了，总不能让你吃亏啊，让他知道你娘家有人撑腰，他才不敢欺负你。我们保证不告诉你爸妈，怎么，你还信不过我们？"

高月有点疑虑地看了看旁边的穆皖南一眼，她信得过二哥，信不过这位老大。

他是个什么性子就不说了，因为年纪差了几岁，高月总感觉他跟家里的大人们是一伙的。

这回来派结婚的帖子，他也像是有什么心事，透着股不对劲儿，她问他又不肯说，果然人越长大心思就越摸不透。

她喜欢的人是极好的，要颜值有颜值，要身高有身高，要内涵有内涵，并没有什么不能给人看的，除了他的家世。

如果唐劲风不是有个那样的家庭，哪怕只是个普通小康之家的孩子，她早就大大方方地跟亲友们说起，说不定连她爸妈都知道了。

可现在高月终归还是犹豫，不是觉得丢脸，而是怕外界的压力伤害到他。

不过只是吃顿饭，她让二哥他们瞧一瞧，应该也还好吧？毕竟这么短的时间，他们也不可能去查他的底细，甚至根本看不上他们这种校园里的恋情，觉得是过家家一样幼稚的感情吧？

她早早就到了火锅店门口，没想到唐劲风比她到得更早。

他让她不要穿白衣服，自己却穿了件白色衬衫，之前她没见他穿过，看着像是崭新的。

他打量了她一下，盯着她的破洞牛仔裤的膝盖处微微皱眉。

"嘿嘿，这个开口笑……是不是笑太大了？"

她觉得这一身衣服挺好看的啊，尤其是牛仔裤，怎么他们个个都好像不满似的……

"走吧，我们进去。"

两人一高一矮、一黑一白，像黑白无常似的走进火锅店。他们来得早，这个时间还不到吃饭的高峰，服务员比顾客多。大堂经理一看到他俩就如临大敌，简直是用脸上的表情跟他们打招呼——怎么老是你啊？！

唐劲风拿出手头的两张招待券朝他扬了扬："两个人的自助套餐，今天可以选什么价位？"

大堂经理敢说什么？当然是最高价位的套餐随便选啊！

高月问:"酒水饮料呢,要另外算吗?"

没关系,就算要另算,穆皖南他们也会暗中帮他们搞定,绝不会让唐劲风难堪,更不会让他出钱。

她觉得自己真是太不容易了,不过就想谈个恋爱,约会还要自带霸道总裁,为她买单、为她写诗、为她做不可能的事。

"没关系,就另算好了,你想喝什么?"

唐劲风这么大方,连大堂经理都看不下去了:"不不不,我们的免费招待券是所有消费都免费,包括酒水也不另收服务费。要是有任何隐形消费,都欢迎您打消协的电话投诉我们!"

经理终于有底气说这种冠冕堂皇的话了,好在唐劲风和高月都表示很满意,点完锅底和菜就等着开吃了。

高月暗暗观察了一下周围,并没有看到她的两位哥哥,不知道他们所谓的观察是藏在哪个角落里,心里还有点忐忑。

唐劲风一来就点了四份白对虾,在锅里烫熟了捞到她盘子里:"这回没人跟你抢了,多吃点。"

高月看着盘子里红红的大虾,感觉自己上回留下的印象实在太不好了,他会不会觉得自己特别能吃、特别难养啊?

她决定这回要表现得淑女一些,最起码不能直接下嘴大嚼特嚼,于是伸手拿虾准备优雅地剥了壳再往嘴里送,谁知一碰就赶紧丢开:"好烫!"

坐在对面的唐劲风看都没看她一眼,慢条斯理地剥着自己手里的虾。他的手指修长又灵活,不管是握笔、打球,还是剥虾,都那么好看,高月愣愣地盯着他的手看了一会儿,一块刚剥好的完整虾肉就放到了她面前。

"快吃,凉了就腥了。"

他、他、他……他帮她剥虾?!

唐劲风看她愣着不动,停下筷子道:"你怎么不吃?"

"你怎么不吃?"高月跟着重复。

"我不爱吃虾,尤其……"

"尤其是辣锅里煮的虾对吧?"她终于缓过劲儿来,内心被一种甜蜜的欢喜填满，"那你为什么还只点辣锅，好歹也点个鸳鸯锅啊？"

"日式火锅这么浅，还分两边煮，要煮到什么时候去？"他戳着锅子里的肉否认，"我晚上还要回去做翻译，最近刚接了新的任务。"

"哇，有新活儿啊？不要紧的，我帮你，很快就能做完的。"她的兴头上来了，"所以我们能不能喝一点酒呀？只喝一点点，高兴一下就好了，我保证不喝醉！"

唐劲风下意识地想拒绝这个提议，但看到她充满期待的样子，拒绝的话就怎么都说不出口了。

他难得请她吃饭，本来就是要尽兴而归的，何况他想说的话也没有想象中那么容易说出口，来点酒精刺激一下说不定是个好主意。

"你想喝什么？啤酒还是红酒？"

"红酒吧，先来一瓶！"

她叫来了服务员，端上来的红酒当然不会怎么上档次，也就是超市里面几十块钱一瓶的货色，喝一口又酸又涩，尝不出水果饱满的糖分发酵后的香气。

即便是这样，水晶杯里深红色的液体一晃一晃，也让两个人之间的气氛莫名就暧昧起来。高月胡吃海塞了一通，忍着酸涩喝了一大口酒，对唐劲风道："这酒还没上次我们生物实验室出品的那个好喝，对吧？我告诉你，我以后要酿自有品牌的酒，绝对比这个要好喝一百倍！"

唐劲风还是第一次听她明确地说起将来的打算："你以后打算酿酒？"

"有这个想法。你别看这些葡萄酒啊香槟啊，包括啤酒，都有什么新世界、旧世界产区之分，其实国内也有一些地方就处在最适宜酿酒的纬度地带。只要有好的工艺和追求好品质的人，一定可以酿造出不输给那些世界级大牌的好酒。"

"所以你才学发酵工程这个专业？"

"其实我也是学了之后才开始慢慢了解找到感觉，先定一个小目标嘛，赚它一个亿！"

唐劲风笑了笑，没说话。

"那你呢，你的目标是什么？"她一喝酒就有点上脸，脸颊白里透红,像小朋友扑多了大人的胭脂。

她只知道他提过想要考研,考研之后呢,他有什么样的打算?

"我想做律师,专门接刑事案件。"

尽管他知道这个愿望对他这样背景的人来说可能很奢侈,但如果倾听的人是她,说出来也无妨。

果然,高月眨着星星眼:"那日常工作岂不是就像模拟法庭上那样,多帅啊!"

"真正的工作枯燥和残酷多了。"他边说边打量她杯子里和酒瓶里剩下的酒,"你是不是又喝多了?"

"没有没有,我清醒得很!"她连连摆手,趴在桌上嬉笑着看他,"那个,唐劲风,你是不是有话要跟我说呀?"

她虽然有点迟钝,可是并不傻呀!

从他说要请她吃这顿饭开始,她就隐隐有种感觉,他对她有些不一样啦。而且他是个特别严谨又负责任的人,一定会把这种不一样明明白白地告诉她。

她等啊等,终于等到她人生中的高光时刻了。

她的男神马上要变成她的男人了,这是要表白的节奏啊!

以前为了面子,她总是坦然地说唐劲风跟她是赤裸裸的金钱关系,属于"你我本无缘,全靠我花钱"。然而花的钱多了,量变终于发生了质变!

所以呢,金钱关系要变成男女朋友关系了吗?他们的称呼是不是也要变一变?等他表白之后,她该叫他什么呢?连名带姓地叫太没有亲密感了,那像他家里长辈那样叫小风、劲风,还是……风哥?

他该叫她什么呢?月儿、小月、高小月、亲爱的、宝宝、猪猪……

她在那儿捧着脸幻想,眼睛就直勾勾地盯着唐劲风看。他被她看得有话也说不出口,只好一只接一只地给她剥虾,最后手指都刺痛了,才敲她的盘子:"喂,你到底还吃不吃?"

"吃吃吃!"高月回过神,塞了两只虾进嘴里,看他像是要从包里翻什么东西出来,连忙问,"你、你还有东西送给我吗?"

他脸一红,却不想让她瞧见,仍旧低着头装作翻找东西:"嗯。"

啊?这个高光时刻还要带礼物的吗?是不是类似于古代私订终身的时候交换信物的意思?

怎么办,她毫无准备呀!

而且他会送她什么?有点无法想象……她忽然紧张起来,一紧张就觉得尿急,伸手打住他道:"等、等一下,我去一下洗手间。"

她要顺便补个妆。

表白了表白了!她也不能吃得满脸满嘴油光就傻乎乎地接受呀,至少涂个口红、补补粉,力求将来跟子孙后代们说起来的时候都对这顿火锅……的表白印象深刻。

高月去了洗手间,唐劲风酝酿了半天的情绪又被打断了,手心里都握了一把汗,这时才又放松下来,把带来的那本书拿出来,捧在手里翻看。

这是一本全英文的原版《傲慢与偏见》,里面夹着一张小小的卡片,巨大的红色爱心框住两个小小的人,两人手牵着手。

俗是真的挺俗的,可是他竟然一眼就在书店结账柜台的架子上看中了它,跟书一起买单的时候,店员说说这是送给恋人的。

果然是很甜的感觉,像画在纸上的糖。

他在书上隐秘的位置用铅笔画出了一个个字母,隔着不同的页码,也完全没有规律,如果不仔细看可能都不会发现铅笔的痕迹。

他把这些标出了字母的页码、行数,都一笔一画写在了卡片背后,只要连起来,就能拼出一句话:All I ever wanted, is you.

我一直以来想要的,只有你。

无论她怎样迟钝,看到这句话大概也懂了。

他承认他有很多不好,他也有很多骄傲,甚至他在很多人眼里还是孩子般幼稚得不可救药,但唯有这句话是真心的,不知在脑海中循环了多少遍,他终于鼓起勇气来告诉她,不想让她再伤神和误解。

他小心翼翼地将卡片夹进书本里,却发现对面高月的位子上坐了一个陌生的男人。

"唐劲风是吧?我是高月的表哥,我叫穆皖南。"

唐劲风有些惊诧,这个名字他在高月跟戴鹰的交谈中偶尔听到过,没想到本人会突然出现在这里。

唐劲风不动声色地把手里的书放回去,很有礼貌地说:"你好。如果你是来找高月的,她刚好去了洗手间。"

"不,我来找你。"穆皖南瞥了一眼手边那瓶喝了一半的红酒,"她跟你在一起的时候,就喝这种层次的酒?"

男人之间的对话,有时一两句就足够。

唐劲风已经大致明白他要说什么了。

"看来高月没选错人,你很聪明,大概已经猜到我要说什么了,那我就开门见山简单一些。你跟她不合适,与其将来两个人都痛苦,不如早点结束。当然,如果你们还没正式开始,那就更好了。"

穆皖南说得很笃定。他看起来也不过二十多岁,不会比他们年长太多,但处事、谈吐已十分成熟老到。这番话,甚至今天这次会面,应该都是他早就谋划好的,不会是偶然。

唐劲风很镇定,至少面上很镇定地说:"我猜如果高月知道你这么说,可能会很生气。"

"她不会知道,我弟弟拖着她,等她回来的时候我们差不多已经说完了。而且我知道你不会把我们的对话告诉她。"

唐劲风笑了笑道:"你凭什么这么肯定?你并不认识我。"

"七年前,你父亲的工厂被一把火烧得精光,他失手杀死了自己的情妇,被判有期徒刑十年;你妈妈被火烧成重伤,至今还是医院的常客,等待换肾。我知道这些就足够了,其他的,都是高月的表现告诉我的。相信我,我知道喜欢一个人是什么样的。"

唐劲风到底年轻,果然变了脸色,但仍强迫自己保持冷静:"我家里的事,不会影响我的决定。"

"没错,但是会影响她的决定。"穆皖南将一份英文的文件递给他,"这是英国、法国、美国和荷兰发酵工程专业最好的大学简介,其中荷兰还跟你们A大有交流生计划。高月以前一直读的是国际学校,在参加高考之前其实就有出国的计划,她家里也早就做好了准备。你呢,你准备好了吗?"

唐劲风内心震动,文件上的每一个单词他几乎都认得,却像扭曲了

205

似的,怎么都看不进脑子里。

在这之前,他以为自己是准备好了的,甚至已经想好了直面他们之间的差距,即使因为跟她在一起,在校园这样一个不大的圈子里被人挖出家境窘迫的事实也没有关系。

可现在她表哥的一番话和递到他手里的东西,像有千斤重似的压在他心上。

"她迟早是要走的,就算不出国,她家里也会有其他安排,你应该明白我在说什么。"穆皖南顿了一下,又道,"她从小没受过委屈,我怕她受不了这个。"

婚姻不能自主,婚嫁要讲门当户对,她的婚姻可能会被安排,这唐劲风当然明白。

只是他不懂,为什么是由她表哥来跟他说这个?

其实从他决定要把心声吐露给高月知晓,就已经有心理准备去承受来自她家里的压力。目前来看她父母似乎还不知道他的存在,为什么穆皖南会来警告他?

穆皖南似乎看出他在想什么:"我是前车之鉴,不想看你们重蹈我的覆辙。"

他要结婚了,但娶的不是自己喜欢的人。

"我没有权力勉强你们什么,但我看到她为了陪你比赛、给你加油,连跳操这么不擅长的事都愿意做,就知道她可能更离谱的事也能为你做。到时候再要你们分开,那就是伤筋动骨的痛,可能会疼一辈子。"

唐劲风的心跳怦怦,飞快地加速,有一百种想要反驳的方式,最终却一个字也说不出来。

因为他知道穆皖南说得都对。

高月没有被穆晋北拖住太久,她刚才没看到他们兄弟俩出现在火锅店里就觉得很奇怪,这会儿其中一个突然冒出来,让她帮忙去旁边一个烟酒超市给姥爷挑一条当地产的烟带回去……这她哪儿懂啊?紧着贵的买吧,总错不了。

谁知回来就看到穆皖南跟唐劲风坐在一起,她恍惚了一下,整个人都不好了。

"你在这儿干吗?"她跑过去,恨不得把穆皖南从椅子上提起来,紧张地看看唐劲风剥好了放在她盘子里的虾,"你偷吃我的虾,还是偷吃我的肉了?"

她又小心翼翼地偷瞥唐劲风一眼——老天保佑,他没跟你胡说八道什么东西吧?

他以眼神示意她:没事,放心。

穆皖南站起来,笑了笑:"我们随便聊聊,你紧张什么?我改签了机票,今晚就要回北京,不能跟你们一起吃饭了。你吃完了早些回去,别叫你爸妈担心,嗯?"

高月在心里默默翻了个白眼。嗯什么嗯,他还真把自己当霸道总裁了?她可不吃那一套,觉得他比她爸妈还要啰唆,只想赶紧把人送走。

穆皖南往服务台去了,看着像是又要帮他们把单买了再走。

这人是有多喜欢帮人买单啊……高月连忙跑过去阻止——不用他买啦,今天是唐劲风请客啊!

就算是免费招待券,他请就得他请,这个意义是不一样的。

高月追着穆皖南跑开了,刚才陪她一块儿回来的穆晋北看了唐劲风一眼,忽然开口说:"不管我大哥跟你说了什么,等你到了可以掌握自己命运的时候,都是可以改变的。"

唐劲风怔了怔。

高月回来的时候,脸色绯红,不知是走得太急还是酒气上头,着急地对他说道:"刚才……我哥有没有跟你说什么不该说的话?"

要让她知道穆皖南坏她好事,她非把他大卸八块不可!

唐劲风摇摇头道:"没事,他只是好奇我为什么会请你吃饭,问问我们是什么关系。"

"那你怎么说的?"高月有点紧张。

"能怎么说?当然是金钱关系。你帮我做合同翻译,又答应加入啦啦队帮我们加油,所以我请你吃饭。"

"啊?"高月垮下肩膀,"就只是这样而已吗?"

"他还说你可能会出国留学。"

"哪儿啊？没有！"高月立刻敏感地否认道，"八字还没一撇的事，你别听他胡说八道。"

"你刚才说你以后要做自酿酒品牌，难道不是打算出国深造然后回国创业？"

高月低头不吭声了。这的确是最理想的状态，她也有初步的意向，可是影响最终决定的因素有很多啊。

假如她有了倾心相爱的恋人，而他又不打算出国，比如唐劲风，她也可以跟他一起留在国内。

"我也不是一定要出国的。"她闷闷地说，然后又燃起希望似的对他说道，"你让我不要去，我就肯定不去了！"

"我让不让你去不重要，以你的英文水平，雅思考官第一个不让你去。"他把那本《傲慢与偏见》递给她，"有空多读点英文原版书，对你有好处。"

啊？他要送给她的礼物就是这个吗？

高月接过书来，拿在手里翻来覆去地看了看，书是新书，看来真是他买来送给她的。

说好的定情信物呢？用英文书……是不是太不走寻常路了？

"那个，简·奥斯丁的小说我都看过了，能不能换一本啊？"

"你看的是英文原版？"

"不是。"

"嗯，那就重新看一遍。"

她抬眼看着他，还要开口，他已经抢在前头说："不能换别的，就是这本。"

好吧，高月苦着脸翻了翻书，全是字啊，连插图都没几张，这要全部看完，然后……然后怎样？写个观后感给他吗？

可这毕竟是他送她的第一份礼物啊，怎么说也是个好的开始，她要往好的方面想，然后是不是也得好好准备一份回礼呀？

不然这怎么能叫交换信物呢？

她坐在椅子上翻看着书本，唐劲风握着那张临时被他抽走的卡片，直觉感到手心的汗水应该都把上面的墨迹给洇开了,才悄然将其放进口袋里,问她:"你吃饱了吗?要不要回学校?"

"啊,饱了。"高月抬起头来,"要走了吗?"

他真的没其他话要跟她说了吗?

她还以为今天出来能听到表白呢,看来是她想多了,连礼物也是激励她的英文能更上一层楼用的,说到底他还是嫌她的英文底子差嘛。

回去的路上,唐劲风看她一路默默盯着自己的脚尖走路,整个人显得很失落,过马路的时候绿灯没亮就埋着头往前冲,被他一把给拉了回来。

这一拉他就没再松开,等到绿灯真的亮起,才拖着她快步往马路那头走去。

他只是抓住了她的手腕,但现在天气已经步入夏天,他们都穿着薄衫,没有像戴鹰说的那样被厚衣服阻隔而拉不住的情况,但他的手还是往下,几乎把她半握成拳头的手包在手心里。

高月亦步亦趋地跟在他身旁,心脏狂跳不止。

走到马路对面的校门口后,唐劲风就放开了她,可她身体里那血液沸腾的感觉,还是像刚跑了八百米一样。

"我就送你到这里,我还要去东区的图书馆。"他的脸也有些红,尽管有夜色打掩护,却还是能从声音里听出不自在,"书你记得看,认真一些。"

他还是抱有那么一丝侥幸心理,希望她能在书页里,哪怕只是偶然地发现他暂时还给不了的承诺和心意。

高月前一秒还觉得自己成了失恋少女,下一秒却因为突如其来的牵手和他特别好听温柔的一句话感觉自己是拥有魔镜的公主。

魔镜魔镜,谁是世界上最幸福的女生?

当然是高小月你啦!

高月简直开心得想要转圈,走到宿舍楼下才想起自己的寝室里那修罗场的现状,心情一秒跌到谷底。

她恨不得当一回鸵鸟,直接开车回家去住算了,就不用面对这么尴尬的处境了。

然而磨磨蹭蹭到寝室门口,她又闻到了扑鼻的香气,就是那种美食香。

谁这个时候了还在寝室里做吃的啊?顾想想应该没心情做。那是林舒眉吗?她也不会做吃的东西啊!

高月拿钥匙打开门,想象中凄风苦雨的场景完全没有出现,她们之前拿来打牌和吃小火锅的折叠桌被撑开摆在寝室中央,林舒眉正一手拿只鸡翅,一手端着个杯子喝酒呢!

旁边的地上放着空气炸锅,顾想想正把刚做好的煎饺从里面夹出来,香味就是这么来的。

"你们……这是在干吗?"

林舒眉看了她一眼,拖了把椅子到旁边拍了拍:"你要不要也来点?这是我家那边今天刚送过来的奶子酒,风味独特,其他地方不太喝得到。"

高月看了看顾想想,顾想想低头支吾道:"我看有酒……就做了点吃的。"

高月真是服了,说好的修罗场呢?这怎么还喝上了?

不过高月今晚对着唐劲风,净想象着表白之后杂七杂八的事,光吃他给剥好的虾了,都没顾得上好好吃其他东西,肚子里其实挺空的,也就不客气了,走过去夹起一个煎饺吹了吹就往嘴里送:"给我也倒一杯。"

林舒眉默默地给她倒上酒,其实她这个不知有心还是无心的喝酒提议挺好的,一醉解千愁,也省得到外头去发泄烦恼了。

奶子酒果然好喝,像带了酒精的可尔必思。高月之前喝过红酒,不敢多喝,闷了一口就问:"这酒是你们家自己酿的吗?很好喝,包装也不错!"

竟然有看起来量产的磨砂玻璃酒瓶,还像模像样地贴了标。

自家酿的酒会这样包装吗?难不成还拿来卖?

"酒是我家里的人酿的,不过出品的是陆潜他们家的酒庄。"林舒眉笑了一下,带点自嘲地说,"你还记得陆潜吧?那个医生,我的未婚夫。"

"记得,上次想想喝醉时帮过我们的那个医生!他家还有酒庄?"

"不止呢,有酒庄、农庄、房地产,各种各样赚钱的生意他家都有,数不胜数,不然我怎么说嫁他是图他家财万贯呢?"

顾想想上回在医院里意识不清,对陆潜没有印象,好奇地问高月:"陆医生长什么样呀,比我们大很多吗?"

"又高又帅,斯文俊秀,医术高明,一袋葡萄糖就把你从醉生梦死的边缘给抢救回来了,你说赞不赞?"

顾想想惊讶地张大了嘴:"那为什么舒眉还说是为了钱才嫁给他呀?"

她想象中陆医生必定是中年矮矬胖大叔,林舒眉才对他半点兴趣没有,只看中对方家里的钱。

"婚姻不就是财产制度,有几个人是真的为了爱情结婚的?"林舒眉懒懒地说,"喜欢一个人也没什么好的,不恋爱就不会像你们这样失恋了,省得麻烦。"

"失恋?"高月不明所以地问道。

"你还不知道?"林舒眉朝顾想想一抬下巴道,"你让她自己说。"

高月看向顾想想,顾想想就红了眼睛,好不容易憋回去的眼泪又开始往外冒:"这回的事是我没处理好。我明明知道胡悦喜欢戴鹰,还……我们寝室一直挺好的,我不想因为我一个人弄得大家都不开心。所以我今天去找戴鹰了,想跟他说……结果,他告诉我……呜呜——"

她话没说完又抽抽噎噎地哭上了。高月听得一知半解,不得不向林舒眉求助。

林舒眉言简意赅地解释道:"戴鹰告诉她,没想跟她好,一直拿她当妹妹,就这样。"

我的天,戴鹰真是好样的,又认下一个妹妹。

高月无奈地扶额,顾想想擦干了眼泪,抽噎着说:"是我会错了意,还把胡悦给气跑了,都是我不好……"

她正说着,寝室门砰的一声被踹开了,胡悦简直就像一道光,把正喝酒吃菜的几个人都给照亮……亮瞎了。

"你、你……你怎么回来了?"顾想想惊讶地问。

"这是我的寝室,我不能回来吗?"胡悦恶形恶状地说,眼睛却瞄着桌上的鸡翅、煎饺和炸薯条,使劲儿咽了下口水,"有我的份吗?"

顾想想立马拿了个干净的一次性饭碗,每样都给胡悦夹了一些,堆了满满一碗递过去,还小声地问:"有酒,你要吗?"

"要!"

这下可好,本来是一对一的失恋关怀,变成了四个人喝酒吃夜宵。

"你上哪儿去了?没吃饭啊?"高月问。

"我就出去走了一趟,走了三万步,腿都快走断了,也不知要去哪儿,就打了个车回来了。"

她回来时食堂都打烊了,吃什么饭?就算她要调换寝室,也要写申请等宿舍管理处审批。而且她动不动就要在寝室练啦啦操,不是哪个寝室都能像502这样接受她的。她不回这儿来,能去哪儿?

"那……你还想吃什么吗?我这儿还有下午刚买的吐司,要不我给你做个烤蛋吐司?"顾想想说。

胡悦啃着手里的鸡翅,磕巴都不打地说道:"嗯,来一个。"

高月跟林舒眉又对视了一眼——她们这样,算是和好了?

顾想想把蛋和吐司放进空气炸锅,背对着众人,眼泪就又悄悄地掉了下来。

九分钟后烤蛋吐司出锅,她用番茄酱挤啊挤,在上面写了"对不起"三个字,才把盘子递给胡悦。

胡悦顿了一下,瞥顾想想一眼,自己眼眶也发酸,硬着语气说:"你还真是个哭包啊,原来队长喜欢你这样的。"

"他没有喜欢我……"

顾想想把戴鹰把她当妹妹的说辞又给胡悦解释了一遍。

胡悦笑了一声:"我就知道,他其实喜欢的是自己的青梅竹马!"

高月想到戴鹰那通莫名其妙的表白就一个头八个大,觉得自己真是太冤枉了,生怕战火又烧到她这里来,连连摆手道:"不关我的事啊,我眼里只有唐劲风一个人,你们又不是不知道。"

"反正也是单恋呗!"林舒眉说,"对了,你今天晚上是不是跟他出去吃饭了?好端端的,他居然会请你吃饭?是不是表白了?"

"没有,绝对没有。"

如此严肃的全员失恋时刻,她怎么能一枝独秀,必须共同进退啊!

何况唐劲风也的确没有表白……

林舒眉:"你们看我说什么来着?没男人,没烦恼,何必给自己找不愉快呢?我们就这样吃吃喝喝、买买口红、买买包,日子多美好。"

说到口红,顾想想倒想起来了,拉开抽屉,拿出一个精致的小箱子放在胡悦的桌子上:"你的口红都摔断了,我买来赔你的。"

是圣罗兰的口红礼盒套装,因为不知道胡悦摔坏的都是什么色号,顾想想只知道她喜欢这个牌子,就在自己能力承受范围内买了这个给她。

胡悦看到愣住了:"你……你不用专程买来给我的,又不是你摔的,是我自己不小心。"

下午走的那三万步让她清醒了。其实她也想清楚了,这醋吃得真是莫名其妙。戴鹰又不喜欢她,两人从来没有发展成男女朋友的机会,就算他真跟别人在一起了,不管那人是不是自己的室友,又跟她有什么关系呢?

不过是占有欲作祟罢了。

要说赔她的口红,让戴鹰赔都比让顾想想赔来得合理。

顾想想只是一般工薪家庭的孩子,这样一套礼盒下来,她这个月的生活费怕是都成问题了。

胡悦抠出其中的几个色号塞给顾想想,别扭道:"这个给你,不适合我,衬你的肤色,你拿去用。"

她们要一起打扮得美美的,还怕找不到优质男神?

干吗在戴鹰那一棵"歪脖子树"上吊死啊?

林舒眉看她们和好了,把最后一点酒给她们满上,慢悠悠地说:"感情的事既然告一段落,咱们来商量一下学业和前程吧?过不了两个月就暑假了,大三要求的社会实践,一般是在这个暑假完成的,你们有什么想法没有?"

胡悦举手道:"我跟你们不同专业,不过我打算假期去跟个展会,看看能不能试试同声传译。"

"哇，你要做同传啊？"

"那个好难啊，工作压力也大，不过听说有很多假期？"

"现在还不确定，只是有这个想法吧。我想从陪同翻译做起，顺便体验一下同传的生活。"胡悦问，"你们呢，生物系的社会实践要做什么？"

高月跟顾想想面面相觑，要做什么……其实她们也没有概念，不过看样子林舒眉好像已经有了打算。

"我在想，如果你们没有什么特别的安排，不如跟我一起到陆家的酒庄待几天？一来呢，跟我们发酵工程的专业对口，二来顺带帮忙考察一下我这未来婆家的产业，万一是个空壳来骗婚的呢，我嫁过去岂不是亏大发了？"

高月沉默……以陆潜的外形素质，加上有医生这么体面的职业，他们结婚，还不知是谁骗谁的婚呢！

林舒眉未免太深谋远虑了。

"你们觉得怎么样？"林舒眉问。

"我觉得挺好啊！"顾想想是个没主意的人，社会实践的事不到眼前她压根就没想过，既然林舒眉有这么好的提议，她就附议好了。

高月也觉得可以，反正往年暑假她不是去欧洲就是去澳洲旅行，要不就是躺在各种游轮上，她也厌烦了。

大家都在为前途甚至人生做规划，她也想再找一找未来的方向。

不知道唐劲风他们的社会实践打算怎么安排。

生物系各个班果然很快召开班会，讲暑期社会实践的问题，动员所有人积极参与，最后写得最好的实践报告还可以送到市里参评，优秀者还有被推荐到大型企业实习的机会。

当然也有人暑期有其他安排不想实践，生物系有个老师提出了另外的方案——帮他捉几只野生小动物回来做标本，就算实践完成。

只不过今年老师需要的野生小动物有点奇葩，必须是鼬科动物，比如黄鼠狼、臭鼬等。

这其实都不用出学校就能完成任务。A大地大物博，花园一样的校园环境，茂密的绿化和相对稀疏的人员密度导致学校里时不时就能看到小动物，松鼠、刺猬之类的都是小意思，人工湖里还来过天鹅，男生寝室那边常年有黄鼠狼出没……前段时间有毛色黑白相间的像松鼠一样的小家伙大摇大摆地在校园里横行，据说那就是臭鼬。

但抓小动物这种事情吧，女生是下不去手的，也下不了那狠心，所以生物系的姑娘们打算拿这个当实践项目的就只得跟男朋友商量了。

这么奇葩、不，这么"可爱"的事情自然而然是要上学校论坛的，生物系自从上回高月的"自杀"事件之后已经好久没有上过前排热帖了。

帖子里还说，要追生物系的女生的话，臭鼬和黄鼠狼就是投名状了！

戴鹰不晓得是不是看到了这个帖子，义无反顾地加入了校园围捕的行列。

高月知道这件事，是因为接到了学校保卫科的电话，对方说发现戴鹰晕倒在学校的草丛里。

他是被臭鼬的屁给熏晕的！

当时他身上那个味道啊……真的是难以形容，人厌鬼嫌，高月这辈子都不想再回忆起那个味道了。

戴鹰就带着这个味道在医院里躺了三天，医生每次查房都忍不住咧嘴笑，还要安慰他们这些探病的亲友："没事，就是吸入了一些刺激性气体，有的人比较敏感，所以反应比较大。"

高月觉得她肯定也属于比较敏感的人群，靠近一点都快要窒息了，防雾霾的专业口罩也挡不住那个味道，于是忍不住下单买了防毒面具，不然她真没有勇气到医院去探病。

胡悦默默地朝她伸手："也给我一个。"

真的，患难见真情，她这一刻觉得自己也没有爱这个男人爱得有多么深，起码没有深到能陪他坦然地面对臭鼬的洗礼。

戴鹰欲哭无泪道："你们都给我滚，不准来看我！"

丢死人了！

他本来腿脚康复得差不多了，还打算在篮球联赛决赛阶段当个替补，结果现在又被臭鼬给放倒了躺进医院，他不要面子的啊？

她们还一个个戴着防毒面具，这对他简直是赤裸裸的嘲讽！

偏偏唐劲风火上浇油道："你不是说决赛要上场吗？现在这样，看来是非得要我坚持完全部比赛啊，那最后的冠军奖杯上是不是就不刻你的名字了？"

站在他旁边的高月用手拐了他一下："好啦，别再刺激他了，万一他哭了就不好了。"

"那我先出去，在门口等你。"

他的眼神好温柔，隔着防毒面具仿佛也可以将人溺毙。

高月点点头，他就带着篮球队的兄弟们出去了，一走到外面大家就全都忍不住笑出声来。

戴鹰气得都快将牙齿咬碎了，冲着门口大喊："这些没良心的东西，都笑话谁呢！"

门外的人笑得更大声了。

"你好了吧？管得住自己就不错了，还管得住别人呢？谁让你不知天高地厚地去捉黄鼠狼？"

"那不是黄鼠狼，那是臭鼬！"戴鹰颤巍巍地指着她道，"你还说！也不看看我是为了谁才弄成这样的！"

"呵呵呵，千万别说你是为了我啊！"高月嫌弃地拨开他的手指，"你是表白了不假，可我又没答应做你的女朋友。"

"可你也没拒绝啊！"

"那我现在拒绝。"

戴鹰气得话都说不出来了，把头扭向一边。

高月耐着性子跟他讲道理："哎，你别这样。我拒绝你不是因为你不好，恰恰是因为你太好了，身上的每个优点我都看得一清二楚，缺点也是。从小看到大，我对你熟悉得不能再熟悉了，就没那种感觉了。而且我有喜欢的人了啊，你又不是不知道，我总不能一脚踏两船吧？"

"你可以把那条船踢了！"

"那不行，他是史诗级豪华邮轮，怎么能踢？"

"那我呢，我就是独木舟吗？"

"是啊,你不怕我随时把你劈了当柴烧吗?可你在大半个A大女生的眼里是豪华邮轮啊,干吗非得上我这儿找不痛快呢?你别觉得失恋就丢脸啊,你从小到大失恋的次数还少吗?我什么时候笑话过你?"她晓之以理,动之以情地劝了半天,"再说我的暑期社会实践有安排了,抓臭鼬什么的免了吧!"

戴鹰这才回头看她一眼,问道:"你打算去哪儿?去干吗?"

"去酒庄,具体行程还没定呢,你先别管了,把身体养好再说。这几天你想吃点什么,我给你买了送来。"

又是失恋,又是臭鼬,搞不好有好事之人把事情连贯起来又传成他为情自杀了。史诗级豪华邮轮什么的他不懂,但这是史诗级丢人事件倒是真的,他都没敢告诉家里人。

他在医院这几天,都是他的室友和篮球队队员们来照顾他的。

平时那些什么迷妹说什么喜欢他……到了关键时刻都捂着鼻子不来了。

他再也不相信爱情了!

"我要吃鸡翅、煎饺、蛋糕、培根炒蛋……"

怎么听都像是顾想想用空气炸锅做的那一套杰作。

高月打住他道:"你住院还吃这么油腻,行不行啊?"

她正说着,顾想想敲门进来,手里提着个餐盒,看到他们有点尴尬:"你们聊吧,我、我来看看队长……这就走了。"

她飞快地放下东西就转身退了出去。

高月打开两个餐盒——鸡翅、煎饺、蛋糕、培根炒蛋。

她还注意到,顾想想没戴防毒面具,也没戴口罩。

她看了看戴鹰,他也愣了半天,然后才想起来脸红。

出来看到顾想想还在门口,高月说:"想想,你下午有课吗?"

顾想想摇头。

"那你能不能照顾一下大鹰?"高月又看向旁边的胡悦,"你没意见吧?"

防毒面罩后面的胡悦翻了个白眼:"哼,我才没意见呢!"

不就是失恋嘛,最近快到毕业季,校园里哪儿都是分手的气氛,大家都是单身,她们502寝室不也是吗?

高月为了不刺激其他姐妹,跟唐劲风进出都是悄悄的,从病房出来大家都乘电梯,她偏要借口电梯挤不下了,拉着他走楼梯。

"你又做了什么奇怪的事?"他看出她的异状,"干吗偷偷摸摸的?"

"我?没有啊!"她坚决否认,说完又有些不好意思地说道,"是戴鹰啦,他那天跟我说了那些话……又为了我去抓臭鼬,我总觉得挺对不起他的。"

"你觉得愧疚,所以打算回应他那天的表白了?"

"当然不是了,我刚刚明确地拒绝他了。只是他跟我们寝室的人还有些纠葛……哎呀,一句话说不清楚。"

唐劲风一听她说明确拒绝了戴鹰,语调就放松下来:"他是够可以的。"

"也不能全怪他,这回他是好心,想帮我抓只臭鼬当社会实践交差。他想得蛮周到的哦?"

她故意仰起头等唐劲风的反应,果然,唐劲风说:"难不成你希望我像他那样去帮你捉臭鼬?"

"也不是,我的暑期社会实践没打算做这个,主要我们生物系的女生的男朋友……"

"那你暑期打算做什么?"唐劲风打断她道,"我看看能不能把我的社会实践跟你们的合并到一起。"

"真的吗?"高月听到心底像有一颗小小的烟花升空,在脑海里炸开来,"你们法学院也有暑期社会实践吗?"

他低头看她因兴奋而拽住他胳膊的手:"全省的大学生都有,我们法学生难道会例外吗?"

"不会不会,你们法学院的人最优秀了,嘿嘿。"

"周梧说他想做个基层法制工作的乡野调查,我觉得可行。如果你们去的地方可以联系到基层单位配合,我们就跟你们一起去。"

"太好了!肯定可以的!"

不可以她也要跟林舒眉把它强行变成可以!

她简直要高兴到转圈圈,不仅仅是因为可以和唐劲风一起去社会实践这件事本身，更因为唐劲风待她的态度和方式，让她好想……好想亲亲他啊！

唐劲风看她下着楼梯突然不动了，疑惑地转身："怎么了？"

"没什么。"

她眨了眨眼，看他刚好走到比她低两级的台阶上，这个距离和位置，正好她可以跟他的目光平视，然后亲到他。

"你闭上眼睛。"她说。

"干什么？"

"别问那么多了，快闭上。"

唐劲风怔了怔，似乎猜到她想干什么，下意识地环视了周围的环境，清了清嗓子说："我不要。"

"不要也得要。"她知道他害羞，怕被人看到。其实戴鹰住的楼层高，大家都乘电梯上下楼的，楼梯根本没多少人走。

他不从，她就打算像上回亲他那样攻其不备，或者来个霸王硬上弓。

唐劲风看她不达目的决不罢休的样子，好像他不肯闭眼她下一秒就要生扑上来，喉结微微一动，最终还是闭上了眼。

明知没什么人会来却还是有点紧张，这种偷来的仿佛禁忌般的快乐刺激着他的心脏，是一种从没有过的体验。

高月比他更激动，摆好了架势就凑上去，完全没想到她就像古龙笔下的人物似的，要快得对方看不清怎么出的手才能得逞，被窥破了招式就要栽了。

是的，她踏空了台阶，从楼梯上滚了下去。

唐劲风没有等到记忆中那种花瓣一样的柔软香甜，反倒一睁眼，身边的人没了，已经溜滑梯似的滑到了楼梯最底层。

他三步并作两步地跑下去，凑近想要扶她："你摔哪儿了？没事吧？"

高月躺在那儿"哎哟哎哟"揉着自己的屁股，糗得恨不得找个地洞钻进去。

唐劲风看她像是站不起来了，连忙转身道："你在这儿别动，我去找护士来。"

219

"别别别,就崴了下脚,用不着小题大做。"

上去一层就是戴鹰住的病房,要是被他知道她要亲人居然亲得从楼上滚下去,还不得笑死!

她扶着栏杆挣扎着站了起来,唐劲风扶住她:"能走吗?你不要太勉强。"

"是走得有点勉强呢!"她朝他嬉笑道,"你能公主抱吗?"

他瞪她:"现在是开玩笑的时候吗?不行,我还是去叫护士。"

"哎!不用不用,也不用公主抱!"高月拉住他,龇牙咧嘴地说,"你背我,背我下去总可以了吧?"

唐劲风想了想,看她确实只是崴了脚,才扶她上去一级,然后弯下腰:"上来吧!"

高月咬着唇笑,刚才滚楼梯滚得浑身疼,这会儿好像也全消了,慢慢趴到他背上,轻轻拍着他:"好了,我们走吧。"

唐劲风背着她稳稳地往下走着,觉得背上也没太大的分量,那么高挑的个子,其实就是个骨架子。

"我是不是太胖了,重不重呀?"

她这么问了,他却还是说:"你可以再少喝点奶茶。"

她也不生气,伏在他背上说:"我知道你最近辛苦了!这次篮球赛也要麻烦你一路打到决赛,之后我保证,再也不勉强你参加什么活动了。"

"嗯。"

"新的合同翻译我也会帮你一起做的。"

"好。"

"你会开车吗?我们等会儿开我的车回去呀。我的脚崴了,怕是踩不动油门。"

他忍无可忍,终于微微偏过头说:"你说话就说话,不要对着别人的脖子和耳朵呼气。"

"为什么啊?"她趴在他的肩上,说话时的气息就是会拂过他的颈侧啊!

"不为什么,因为我是男人。"

"是男人又怎么样？"

"就会有生理反应。"

他说完就后悔了，尽管他不带感情色彩似的说出来，可背上的人显然已经回过味来了，故意凑到他耳边，热气腾腾地说："啊，什么生理反应呀？"

他不说话了。她笑着故意摇他的肩膀："说话啊，什么生理反应？"

他又烧红了脸，一直红到耳根，这次被她全看见了，简直无所遁形。

"那本《傲慢与偏见》你看完了没有？"他强行扯开话题道。

"没有啊，暑假看，我一定看！不如我们先说说生理反应的问题……"

这楼梯怎么还不到底，他要找块平地把她放下来！

高月觉得调戏他太好玩了，忍不住盯着他的耳郭仔细看，连上面最细微的血管都看得一清二楚，印象中好像从没跟他这么靠近过。

还有他的体温，简直就像从心脏直接传送到她身体里一样，让她迷恋得舍不得放开手。

她不逗他了，声音低哑地叫他的名字："唐劲风……"

"嗯？"

他应了，她却又摇摇头，只把下巴搁在他的肩上，任他这样背着她走下去，恨不得永远没有尽头。

A大篮球队拿到大学篮球联赛的冠军之后，差不多到期末了。

考完试之后，高月就开始跟林舒眉和顾想想准备社会实践的事情。

陆家的酒庄在适宜葡萄生长的山地，离A市还有相当一段距离，去这一趟相当于出趟远门，她们都还要给各自的家里报备。

老高秉承年轻人就该多吃苦的理念，当然赞成女儿出去锻炼锻炼，然而穆锦云怪舍不得的："山高水远地跑去一个完全陌生的地界，住不习惯怎么办？"

"妈，我不会去很久的，顶多半个月就回来了。"

"那也够久的。"

她就这么一个女儿,从出生开始就像掌上明珠一样捧着怕摔、含着怕化,出远门向来是自己陪着去,或是安排人跟着去的。

这回高月自己跟同学出门,她实在是有点不放心。

"哎呀,妈,没关系的,我们好几个人呢!想想会做吃的,舒眉又那么聪明,去的还是她未来的婆家,饿不死我的。再说这种机会多难得啊,我以后要专门做酿酒的生意,这就都是我宝贵的经验啊!你现在连国内的酒庄都不舍得让我去,那将来我要去国外的酒庄一待几个月,怎么办啊?"

这个理由倒是说服了穆锦云,可能她自己是事业女性的缘故,她一向很看重女儿的前途志向,但凡与之相关的事,她都尽全力支持。

这边厢高月倒是获得了家里的首肯,相比之下,唐劲风的困难就要现实得多。

他跟周梧他们制订的基层法制实践计划都已经联系好、安排好了,就在陆家酒庄所在的地方,可以跟她们几个一起去。

但他离开那么久,他妈妈可能就没人照料,让人有点忧心。

经过上一次的争执,高月问得也有些小心翼翼,甚至可以说是旁敲侧击:"那个,你去那么远的地方,你家里人会不会不放心?"

他瞥她一眼道:"有什么不放心的?"

呃,比如被骗财骗色?

那大概只有跟她在一起才会发生这种事吧……

她给他买了好些吃的用的,佯称自己的行李箱装不下,一定要他帮她收着,全都快递到了他那儿去,然后她跑到他家跟他一起收拾行李。

结果高月没想到来开门的是唐妈妈,一见她就笑眯眯道:"高月来了,快请进来!"

高月惊讶道:"阿姨,您出院了?"

"我这病,本来就是时好时坏的,也不能整天待在医院里头,指标好转了就回家休息。"姜冬梅把她让进家里来,"你坐一会儿啊,我给你倒杯水。"

唐劲风收拾行李收拾到一半,看到她来了,叫她过去看:"你让我帮忙带的东西都在这里,到了那里记得找我拿。"

她肯定不记得的呀，本来就都是买给他的，傻子。

只有面对他妈妈的时候，高月会羞赧得像个小姑娘，喝水都小口小口地抿，淑女得不得了。

"阿姨您一个人在家不要紧吗？要不要我请一个护工来照顾您？我家里人以前请过，有熟悉的人选，价格也很公道。"

"不用了，没事的，我能照顾好自己。你们学校的实践要紧，小风也该以自己的事情为重，不用牵挂我的。"

姜冬梅这话是说给他们听的，她很喜欢高月这姑娘，不希望因为自己的病给他们造成负担。

"那您身体有什么不舒服的记得去医院，我也有做医生的朋友，必要的时候他们都帮得上忙的。"

姜冬梅欣慰地笑了笑："好。"

高月看看一旁的唐劲风，他的表情淡淡的，没有说话。

最后他送她下楼的时候，她才说："那个，我不是要多管闲事……"

"我知道。"他打断她道，"我之前跟你说的，不要随便曲解我话里的意思你还记得吧？"

"记得啊！"

"嗯，那就好。"

高月这回聪明了，立马反应过来："所以我关心你妈妈，你不生气，对吧？"

"我为什么要生气？"

是啦，上回是因为她自作主张，又连哄带骗地要给钱资助他们，他才那么生气的吧？

说到这个，她寄卖的包包已经出手，钱已经到她手里了，等暑期社会实践结束，找个机会跟他商量怎么用吧。

林舒眉虽然是到未来婆家的酒庄去，陆潜却没打算同行，医院的工作很忙，他要留在A市值班。

高月跟他打过几次交道，多少也混熟了些，临行前跟他说好，万一唐妈妈有什么不好要上医院来，请他多看顾些。

陆潜说："没想到林舒眉那种为了钱可以不择手段的人居然有你这

223

样的朋友。"

呃，这让她怎么接下去？

将来要一起过一辈子的两个人，好像互相看不顺眼呢！

七月的酷暑也挡不住高月他们一行人雄赳赳、气昂昂地去参加社会实践的步伐。

下了飞机，又驱车两个小时，苍茫的高原山麓不断退后，终于来到陆家的酒庄。

酒庄住人的平房建在一片低矮的山丘上，四周都是莽莽荒原一样的黄土，只有山下连绵的葡萄园呈现出整片鲜活的绿。

蓝天白云，阳光耀眼，完全是千里之外的大都市看不到的风景，人站在天幕下显得特别渺小。

顾想想一路晕车，强忍着不适，下了车终于开始呕吐。

戴鹰拧开一瓶水递给她："吐完了喝点水会舒服一些。"

高月是怎么也想不到他居然跟着来了，还美其名曰是为了报恩，因为之前他被臭鼬放倒之后，是顾想想毫不嫌弃地在医院照顾了他三天。如今偌大个生物系就她们三个女生跑到这么远的地方来搞社会实践，他无论如何不能放心，跟来可以保护她们。

他忘了还有法学院的一行人吗？唐劲风也在啊，哪里还用得上他来保护？

"你是蛇吗？还报恩，要不要我给你撑把伞，演《白蛇传》啊！"

"《白蛇传》就是告诉我们知恩图报是美德啊！我可喜欢白娘娘了，不许你说她。"戴鹰嚷嚷，又忍不住酸她说，"再说人家法学院也有自己要保护的小花，哪里顾得上你们几个？你看他们的搭配就很合理，只有一个女生。"

是啊，那个女生是沈佳瑜，专门给高月添堵来的。

不过法学院的目的地毕竟不是酒庄，住在离他们不远的小镇上，开车要十来分钟才能到。

高月事先就想租辆车，在当地方便一些，林舒眉却说不用，酒庄里都有。

汽车加满了油给他们代步，房间也已经分配好了，一人一间，陆家对这个未来的媳妇儿可以说是很周到了。

　　高月住的房间有露台，举目望去可以看到远处的葡萄园和酒厂厂房，隔壁两个房间分别是顾想想和林舒眉住的，戴鹰住在楼下，自愿帮她们看门。

　　酒庄有若干平时在葡萄园工作的工人，一男一女两位管事，吃喝都由他们张罗。林舒眉他们只需做他们想做的事情，比如去葡萄园看看，或者到附近的村子和酒厂逛逛，专心完成他们的社会实践报告就好。

　　"你这是什么神仙生活啊？"高月感慨道，"人家都巴不得嫁豪门，你这不仅仅是豪门啊，还是有田园牧歌的豪门！"

　　"那还不得靠我的劳动来换？难道指望那个姓陆的吗？"林舒眉一分钟都不肯停歇，简单整理好行李就戴上鸭舌帽，外面还裹了块头巾，像个卖鸡蛋的村姑似的，头也不回地看葡萄园去了。

　　姓曹的女管家一来就跟他们说过，高原的太阳特别毒辣，在野外一定要注意防护。

　　林舒眉显然来之前就做好了功课，对酒庄的生活并不陌生。

　　顾想想晕车在房间里休息，戴鹰戴着耳机打游戏，高月就在酒庄周围随意逛逛。

　　这里像是炎热干燥的大地上的一片绿洲，房子近几年才翻修过，样式简单也很洋气，只是外观风化得厉害，里面的设施还是挺好的。

　　相比之下，她感觉唐劲风他们的条件不会太好。那个小镇就只有一条像样的马路直通到底，道路两边的建筑跟行道树都是灰头土脸的，出入的车辆大多是那种可以拉人又可以拉货的电动三轮车，肯定没有这么漂亮整洁的房子给他们住，也不会有现成的饭菜端上来给他们，肯定都是要自己动手的。

　　想来想去有些担心，她干脆开车过去看看。

　　哼，她才不承认是怕沈佳瑜占他便宜呢！

　　唐劲风他们法学院为这次社会实践来了五个人，四男一女，住在小镇上唯一像样的宾馆里。

　　实践单位是高月请老爸帮忙联系的，加上陆家的酒厂在当地很有名气,一听说是他家的大学生要带同学过来做调研,立马就很热情地安排了。

宾馆原本是招待所,平时没有多少客人。只是这硬件条件就不能要求太多了,甚至因为锅炉坏了,连洗澡的热水都没有。

高原昼夜温差大,洗冷水澡那肯定是不行的。男生还可以勉强对付着冲一冲,女生就比较麻烦了,沈佳瑜为此苦恼得不得了,风尘仆仆地赶了一天路,到头来连个热水澡都洗不了,晚上睡觉也睡不踏实了。

高月灵机一动,向她提议道:"我们酒庄有热水,要不你去我们那儿洗?"

"真的吗?"沈佳瑜欣喜之余又不得不怀疑,"你会这么好心?"

果然最了解你的还是敌人啊,尤其是情敌。

高月当然不会这么好心了,她是有条件的。

"你会开车吧?你把我开来的那辆车开回去,到酒庄洗完澡就在那儿住一晚呗,我在你们这儿将就一下。明天要还是没热水,你就早点洗完了过来,我们再换。"

说完她看着唐劲风笑了笑,近水楼台先得月嘛,在宾馆这么暧昧的地方共处一室的机会她怎么能放过!

沈佳瑜怎么会不知道她在想什么:"那算了,我觉得我还可以克服一下,晚上打点水洗一下就好。"

"那随便你呀。"高月摊手,你就臭着吧。

高月转了一圈回到酒庄,顾想想正坐在一楼的客厅里吃葡萄,看来是休息好了,林舒眉也回来了,看到高月,就叫她也去尝点葡萄。

"这是今年葡萄园里最早熟的品种,马上就要摘果了,请你们尝尝成熟度如何。"

噢,难怪装了好几个小篮,原来还是不同片区、不同成熟度的葡萄。

高月每样尝了几颗,除了感觉酸度和果子生涩的口感有些差别,还真没其他感觉。

顾想想就不一样了,她每一颗果子都嚼到最后,哪怕只剩果皮,她也能品出其中的不同来。

其实在一个寝室住了这么久,她们都知道,顾想想的味觉非常敏锐,可能天生有从事饮食行当的天分,包括做酿酒师。

酿酒的葡萄,糖分可以由实验室核定,但酿酒师在做摘果决定之前就要根据葡萄的风味来判定成熟度了。

尽管都是学发酵工程的,之前也都没有接触过真正的酿酒,但高月和林舒眉要做到这一步可能需要很长时间的经验累积,才能有准确判断,顾想想这种可能就是老天爷赏饭吃了。

她全部尝完了,才指着最中间的一小篮葡萄说:"我觉得这个最熟吧,是不是快要摘了?边上那个最生,如果现在就摘,可能酿出来的酒就会有你说的青椒味?"

林舒眉点了点头:"这周就摘,他们打算后天开始,但时间非常紧张。"

高月疑惑地问:"为什么?摘不完?"

如果没有极端天气,葡萄挂在树上多一天少一天又没什么关系。

"就现在的人手来看,这一片摘完可能要五到六天,这么多天的跨度,摘下的葡萄成熟度又不一样了,酸度和糖分也会不同,那这批酒的口感就不会那么稳定。"

这个酒庄完全是家族式的小酒庄,每年订单虽然也不少,但没什么增量,酒的品质不够稳定可能就是一个问题。

酒的评分上不去,品牌打不响,订购的人自然少。

高月做了个简单的数学题,葡萄园面积恒定,要在最短的时间内摘完全部葡萄,增加人手不就行了?

"要不我们也来帮忙?"

林舒眉似乎就等着她这句话呢:"好啊,众人拾柴火焰高,我们三个加上戴鹰就有四个人了,能帮一点是一点。"

上当了上当了,高月有种被卖了还帮着数钱的感觉。林舒眉不会一开始就想好了把他们叫来帮着干活吧?

奸商啊奸商,她现在相信陆潜说林舒眉不择手段是真的了,她实在太有做奸商的天赋了。

当然,真要干起活来,多他们四个也是不够的,尤其他们没有采摘经验，开始肯定非常慢。

高月就问管家曹姨："附近没有可以做采摘工作的人了吗？"

"有啊，附近村子和镇子上都有人做过。只不过出于成本考虑，我们一般不太会集中请人来做。就我们葡萄园的工人自己采。"

钱能解决的问题那都不是问题，高月戳着计算器算了笔账，就大手一挥道："我们去镇上请人吧，这笔钱我来付。"

其实没多少啊，既然精益求精就是要这种成熟度的葡萄，就多花点钱请十倍的人手，一两天之内就采摘完毕！

林舒眉搭住她的肩膀："我说月儿，其实你这样的才是真正的全能型酿酒师呢，经验可以累积，但是这种做决定的魄力是要靠经济实力来支撑的。"

说白了，要有钱啊！要做最好的酒庄，就要有顶级的酿酒师，除了天赋和努力，有钱也是必不可少的条件。

林舒眉的右手又揽过顾想想："我觉得我们是三个臭皮匠呢，赛过一个诸葛亮！"

说干就干，她们立刻请酒庄两位管家去联系临时雇人的事，小镇上的居民和附近几个村子很多人在这片葡萄园打过散工，应该都愿意来。

高月的工资开得十分诱人，果然应征者众多。

戴鹰在门外喊："喂，你们快来看！"

这大少爷到了这儿就成天大呼小叫的，一会儿喝的水里混进了泥沙啦，一会儿衣服又磨穿啦，一会儿干活又把手心磨出水泡啦……反正她们对他的一惊一乍已经习惯了。

高月她们走到门口，看到唐劲风和他们法学院的几个人从车上下来，还挺惊讶的："你们怎么来了？"

才这么一两天时间，唐劲风的脸好像晒黑了一些，带着高原阳光的颜色，他回答她："我们跟镇上的人一起来的，他们说今天这里请'高薪'的临时工，我们就跟过来看看。"

其实他一早猜到是她，因为这个模式实在是很"高月"。

果然，高月雀跃道："重赏之下必有勇夫，见证奇迹的时刻到了，我们今天就把葡萄采摘完。"

"你要进园一起摘吗？"

"当然了！"

"那我们跟你们一起。"唐劲风回头征询周梧和沈佳瑜他们的意见，"就跟镇上的老乡和工人们一起工作一天，你们觉得怎么样？"

他们做的是基层调研，配合调研的人都进果园干活了，难道他们干看着？那所谓的实践就没什么意义了，当然是卷起袖子跟着干了。

几个男生是没什么意见的，沈佳瑜却有点犯嘀咕。但她看高月这样娇滴滴的大小姐都二话不说裹着头巾下地摘葡萄去了，也把心一横，跟着他们一起去。

高原的太阳实在是毒辣，葡萄园里的劳作到最后最受不了的竟然是身体被太阳炙烤的那种难受。

高月热了就往嘴里塞两颗葡萄吃，生津止渴。

唐劲风在旁边时不时瞥她一眼，把她看得不好意思了，拈了一颗给他："你尝一颗？"

"你属鸟的吗？人家挂在枝上的葡萄就怕被鸟啄了，才要赶紧摘，没想到摘的时候也没逃过被吃掉的命运。"

"我才吃几颗呀，这里的葡萄以吨计呢，舒眉说口渴了就吃，不要紧的，正好我的水喝完了。"

"你的水喝完了？"唐劲风把自己的水瓶递给她，"我这儿还有。"

她又想起上回和他共用吸管喝奶茶的尴尬来，可她还是拿过水瓶拧开喝了一口，还故意凑到唇上，让他看得清清楚楚。

幸亏今天她没抹口红，瓶口干干净净的，可是那个舔的动作吧……实在很撩人，偏偏她又不自知。

唐劲风瞥开眼，当作没看到。

她偷偷抿嘴笑了，扭下一颗葡萄递给他："这颗给你。"

她不能白喝他的水呀，对不对？

唐劲风不动如山，她以为他是不贪公家一粒米的好汉，谁知就听他说了一句："我没手，剥不了皮。"

他手上戴着橡胶手套，目不斜视地干着活儿。

好了好了，知道你有洁癖。高月摘下自己的手套，仔细地把葡萄皮

229

剥下一半挤到了他嘴里。

他微微低头凑近她的手指,白玉一样的指尖上拈着琥珀般的葡萄,果实的香气萦绕鼻端,香甜的味道沾湿了他的嘴唇,他张口咬下去,动作很优雅,却还是碰到了她的手。

她像触电一样把手指缩回来,两个人都下意识地往旁边看了看,像偷情怕被人发现似的,确定没人看到,才各自红着脸,又各自偷着回味这种隐秘的快乐。

不远处的戴鹰看着他们俩的互动,心里酸得要死。

都是劳动者,干一样的活儿,这待遇咋差别这么大呢?!

他气得对旁边正卖力干活的顾想想说:"我也口渴,剥颗葡萄喂我!"

"啊?噢……"

顾想想正在琢磨今天这片地里的葡萄跟昨天尝到的风味是不是已经有所不同,听他突然这么没头没脑地说了一句,就随手扭下一颗葡萄往他嘴里挤。

她的力道大了一点,他又不及时张嘴,葡萄汁飙了他一脸。

同样酸溜溜的、看不下去的还有沈佳瑜,她忍不住冷嘲热讽道:"你们这样要采摘到什么时候才能摘完?晚上我们还得回镇上去呢!"

高月回头看了看成果道:"差不多了呀,不耽误你们赶回镇上去,今晚在酒庄吃饭吧,菜都准备好了。"

小镇上吃饭的地方都是路边小饭馆甚至小摊子,还好镇上的领导让唐劲风他们到政府食堂去吃,伙食还是不错的,但再怎么也比不上酒庄的小锅小灶炒出来的好吃呀!

晚上,累了一天也黑了一圈的众人集中到酒庄一楼的客厅开饭,高月让他们先吃,自己上楼洗了头和澡才下来。

她洗头洗澡的东西都是自己带来的,橙花的香气若有似无,她故意在沈佳瑜面前撩了撩头发,那种洗完澡之后全身放松、散发着香味的感觉一下就把沈佳瑜给打倒了。

她从飞机落地那天开始就没好好洗过澡,今天又在太阳底下劳动了一天,再不能洗澡她都快哭了。

230

吃完饭后，葡萄已经全部采摘好，高月让曹姨给工人们结算工钱，她自己开车送唐劲风他们回镇上去。

沈佳瑜生理上的不适终于战胜了自尊心和想要争取爱情的决心，拉下脸来悄悄跟高月商量："能不能借你们这里的浴室给我洗个澡？"

她实在受不了啦！

高月怎么会说不行呢？同时也挺佩服她的，居然硬生生忍了这么多天才屈服。

"去吧去吧，架子上的爱马仕套装你也随便用啊！"她大方地挥了挥手，"不过今晚可没人送你回镇上去了，你在我的房间将就一晚吧？"

沈佳瑜答应了，今天只要能洗澡，要她叫爸爸都行！

高月美滋滋地上了车，坐在副驾上的唐劲风说："你又干了什么好事，沈班呢？"

"车子坐不下了，她就干脆留下来洗个澡呗，没事的。"

后排的周梧他们哀号："啊，早知道我们也顺便洗个澡再回了。"

"男生就别这么讲究了，冷水澡冲一冲，锻炼身体和意志。"

一路开车回到宾馆，众人发现宾馆的锅炉修好了，房间居然有热水了。

沈佳瑜要知道了八成得气死。

几个男生也心情大好地去洗澡了，唐劲风把她送到沈佳瑜的房间门口："你是不是今晚要留在这儿？"

果然是我爱的人了解我最深，高月歪着脑袋看着他笑道："不欢迎吗？"

"这里条件很差，怕你住不惯。"

"不会啊，有你才有家，住哪儿都行，幕天席地我也不会觉得不习惯。"

"别瞎扯了，你还是开车回酒庄去吧。"

"天都黑了，你让我一个女生自己开车回去啊？"

"我送你。"

"那你怎么回这儿呢？"他千万别说接上沈佳瑜一起回来啊，她看

231

他刚要开口就连忙截住，"这车是酒庄的，写的是林舒眉的名字，她只借我一个人开，其他人不能把车开走的。"

反正她今晚要赖在这里不走就对了。

"那你一个人待着，我跟老周住最中间那个房间，有什么事可以叫我们。"

"啊，你这就走啦？要不要进来喝杯咖啡？"

她故意拿腔拿调地搞暧昧，影视剧里不都是这样的吗？深更半夜，孤男寡女，只要发出喝杯咖啡的邀请，最后就会演变成干柴烈火！

她带了袋装的挂耳咖啡，就是以备这种不时之需的！

唐劲风却像没听见似的，转身回自己的房间了。

哼，不解风情。

高月进了沈佳瑜的房间，这房门都还是用钥匙开的，实在是太古早了。

房间里除了两张床和一个老式的电视机柜就没别的东西了。沈佳瑜一个人住，行李箱放在角落里，衣服和各种日用品丢得整个房间都是。空置的那张床已经堆满了，睡的那张也没个落座的位置。

虽说这几平米的空间也确实没什么可以收纳的空间，但能乱成这样也是十分罕见了。

要不怎么说知人知面不知心呢，看着挺能干爽利的学霸女，背地里居然这么不懂收拾。

高月又不好随便动她的东西，勉强拨开一块地方，终于可以落半个屁股下去坐一会儿了。

等一下让她怎么睡啊？

她长长地叹了口气，拿出手机，发现竟然有Wi-Fi。

她闲着没什么事就打了一会儿游戏，最近有新的活动，可以打出很美的新皮肤，她都没能赶上，今儿是最后一天了。

游戏群里很热闹，大约是说会长最近很久没出现了，今天突然冒头，个个都来邀请他一起打皮肤。

会长大佬很委婉地表示最近太忙，皮肤应该是打不出来了，大家随意就好，不用特意邀请他。

既然这样,高月犹豫了一下,发消息问他:"会长,能带我一下吗?我还没有新的头像框。"

她看人家的头像框都好好看啊,羡慕嫉妒恨。

会长问了一圈,才告诉她带哪几套阵容,然后二话没说就拉她上了战场。

会长真是好人,实力又那么稳,早知道她早点请他带了。

她暂时忘记了这糟心的房间环境,沉迷于会长带她一层层挑战的成就感,打到最关键的第八层,她的手往旁边的床沿撑了一下,摸到个什么东西,有点硬,还在动?

高月狐疑地挪开手,一只巴掌大小的蝎子出现在眼前。

她以为自己眼花看错了,把游戏里的蜘蛛精给看到现实里来了……

然而她揉了揉眼,那只蝎子就顺着床单爬到下面去了。

高月发出的尖叫差点把房顶都给掀了。

唐劲风听到声音赶过来,敲开门问:"怎么了?发生什么事了?"

高月挨过去,紧紧拉住他道:"在床下面……它到床下面去了!"

"什么到床下面去了?"

"蜘蛛精……蝎子!我、我是不是被妖怪缠住了啊?这里怎么会有蝎子?"

"蜘蛛精是蜘蛛,不是蝎子。"唐劲风听说她只是被小动物吓到了,反倒松了口气,"这附近都是沙地,还有农户养殖蝎子的,偶尔爬出来一只,有什么稀奇的?"

怎么不稀奇啊?谁能料想好好坐在床上居然还能摸到蝎子啊!

他还纠正她说蜘蛛精不是蝎子……

唐劲风看她整个人还紧紧地挂在他身上,清了清嗓子说:"你到外面走廊等一会儿,我请服务员来房间清理一下,把蝎子抓住你再回来。"

"好、好、好!"高月忙不迭地点头,拿上自己的手机就冲了出去。

高原的天气,早晚温差实在很大,唐劲风下楼叫来了服务员,看到她穿着单薄的衬衫站在走廊上瑟瑟发抖。

"要不先到我那儿去待一会儿?"她像筛糠似的抖个不停,他实在看不下去，万一生病就不好了。

她又一阵猛点头，缩着肩膀跟在他后头。

唐劲风走到自己的房间门口才想起来，自己刚才听到叫声走得太急，手机就随手丢在床上。

他想跟她说等一下已经来不及了，因为门是敞开着的，她冷得不行，已经快速走进去了。

"哎，我说你这怎么回事啊？游戏打一半人还跑了。咱们平时自己挂机也就算了，你这带着'菜鸟'呢，不能盲目自信，白浪费体力。多亏我洗完澡出来正好看见了，帮你过了啊。不过运气不好，没出头像框，你的'小菜鸟'要伤心死了！"

周梧坐在唐劲风的床上，正捧着他的手机一边操作一边说个没完，也没抬眼看看走进来的是两个人不是一个人。

高月在短暂地窒息之后，下意识地滑开了自己的手机。

对，她刚才还有一局没有打完……

大佬果然稳如泰山，有惊无险地带她过了新副本第十层，掉了一大堆好东西出来，只是不包括她一直想要的头像框。

她看看自己的手机界面，再看看周梧，又看看唐劲风，忽然就风中凌乱了。

"你……"

"是老周。"唐劲风永远抢先一步，"平时带你打游戏的会长，是老周。"

周梧一副蒙了的表情，他怎么就没发觉高月跑他们房间里来了？而且他怎么就成会长了？他怎么还带她打游戏了？他拿唐劲风的手机带她打游戏啊？

最重要的是，他刚才还一口一个"菜鸟"地叫她被她听见了……

完了完了，他是不是要被灭口了？

高月震惊归震惊，基本智商还是在线的，也提出了跟周梧相同的疑问："老周拿你的手机带我打游戏？"

"他的手机没电了，借我的打一下。"

他话音刚落，周梧放在床头柜上的手机就响了，铃声还特别大：

234

"大河向东流哇，天上的星星参北斗哇……"

周梧拿起手机看了一眼，哭笑不得道："我妈……那个，我先出去接个电话。"

你们有什么恩怨情仇，请先原地解决一下，要是没有解决，他就明天再来看一看。

房间里突然就只剩下高月和唐劲风两个人了，霎时出现一阵诡异的沉默。

还是唐劲风反应更快，把扔在床上的手机捡起来，若无其事地说："你要喝水吗？"

"有水啊，哈哈，那你给我来一杯。"

为了缓解尴尬，没话找话实在太痛苦了！

唐劲风用带来的电热水壶现烧了一壶水，还很仔细地把宾馆的杯子给烫了一遍，才倒了水放在她面前："小心烫。"

高月其实完全没有心思喝水，盯着唐劲风修长的手指，脑海中不停地想——就是这双手，每天在手机屏幕上翻云覆雨，催她打日常战、做任务、斗技上分！

没错，我现在就怀疑你是游戏公会的会长，正在搜集证据。

难怪他寝室的室友小郑说他运气很好，还把之前自己玩的一个号给了他，八成就是这个游戏的账号了。

她早看出来了，这号就算会长"欧气"十足，又聪明能干，但不充钱肯定没有这么高的成就，看来肯定是小郑最初充了钱，后期成长靠的是唐劲风。

难怪他在医院帮她抽卡，就无师自通地会用语音召唤；难怪上回她说被锁在实验楼里，让会长找唐劲风来救她，唐劲风就真的来了……

原来从头到尾，根本就是他套了一层马甲啊！

连游戏群里发的会长半身肌肉照也是他的！

她居然没有看出来？！

那次她向唐劲风表白失败，还向会长诉苦，会长边把她的阵容按在地上摩擦边安慰她，还看到了她把抽到的新人物的名字改成"唐二傻"。

呼……怎么办……

唐劲风看她坐在那儿,脸色一阵红一阵白,一时不知道该跟她说点什么。

看她捏着手机,他就鬼使神差地问了一句:"刚才没有掉头像框,你要不要再试一次?"

啊……什么?

"我问你要不要再打一次,我亲自带你到十层,应该可以掉头像框。"

所以他这是破罐子破摔,直接承认自己是会长了是吧?

不得不说,这招釜底抽薪真的非常狠,因为高月也的确没什么别的法子应付这种局面了。

何况有一个运气很好的大佬站在面前说"我带你出头像框",她怎么可能狠得下心说"不"啊?

她默默地拿出了手机。

这回他很笃定了,一路带她打到第十层,果然掉出了亮闪闪的头像框。

今天也是高兴到想转圈的一天,可是高月想到面前的人是会长,心情十分复杂。

"你这阵容到底是怎么搭配的?"他打完了还不忘吐槽,"你究竟练了些什么招式?"

"我不知道啊!"她乖乖把手机递过去,"你帮我看看还能抢救一下吗?"

这游戏有几百种不同的人物,每个人物又能搭配几十种道具,还分别有不同的属性,排列组合出来有数不清的阵容搭配,对她这种选择困难症来说实在太不友好,却又充满了诱惑。

她一直想拥有至少两套稳定能打的阵容,终于有人能手把手教她了。

两个人就这么坐在床沿研究起游戏来,似乎忘了计较他是会长的事。

高月转过脸看着他无论做什么事都那么认真的表情,俊朗的面容又离她那么近,仿佛能把她整个人都看在眼睛里……她也就完全不想去计较了。

只是说好的孤男寡女、干柴烈火呢?

完全没有发生啊!

唐劲风不仅帮她搭配了两套阵容,还带着她打了几局副本。

不知不觉,高月一抬头,时间已经很晚了。

服务员来了一趟,说没有在房间里找到蝎子。

这就很讨厌了,不管那东西爬出去没有,没找到总归感觉它还潜伏在房间里。

高月说什么也不敢过去了,磨磨叽叽地赖在他这儿不肯走,阵容调整好了又让他带着一起打副本,那架势就是只要你不赶我走,你是谁我都不计较了的意思。

然而唐劲风最终还是收起手机道:"太晚了,你该回房间去了。"

"那房间里有蝎子啊……"

"我这房间里可能也有。"

只是可能没爬出来,他们没看到罢了。

"可这儿还有你啊!"她顿了一下,接着道,"有你在,就没那么可怕了。"

唐劲风沉默了一阵,本想说他去跟老周他们挤一挤,但刚才问过服务员,宾馆本来没几个房间,这两天都住满了,老周跟另外两个同学睡,就已经是三个人一间了,他不好再加进去。

高月看出他的为难:"你不要有心理负担嘛,我在你这儿将就一晚上,明天就回酒庄去了。我一个女生都不在意了,你怕什么?"

她一向有这种天不怕地不怕的底气,一时间也不可能改了。

唐劲风把床铺收拾出来,让服务员来换了干净的被褥床单,对她道:"你睡那儿,我先去洗澡。"

"好呀!"高月拍拍枕头,有种得逞的快意。

唐劲风从行李箱里拿了干净的换洗衣服出来,她看着他肩宽腿长的身体、充满年轻活力的背部线条,咂了咂嘴,越发觉得自己的眼光真是不错,秀色可餐。

唐劲风洗完澡出来的时候,高月已经关了灯背身在床上躺下了,只留着床头一盏壁灯的光亮。

237

唐劲风蹑手蹑脚地走到门口,把换下洗好的衣服晾在靠宾馆院子的走廊上。

回到房间,就着房间里留下的一点光亮,他低头仔细看了看她闭着眼睡觉的样子,感觉她似乎还没有睡着,呼吸都很谨慎的样子,大概是怕他又突然赶她回去。

她醒着的时候,从打理得柔亮光滑的头发到身上那一身名牌,从头到脚都跟这里粗陋的环境显得格格不入。她本来大可不必到这种地方来,只要她乐意,她家里为她安排一百种比这更好的社会实践都易如反掌。

但她还是来了。跟他们所有人一样坐经济舱,吃口味不佳的粗茶淡饭,顶着烈日到葡萄园劳动,晚上住在有蝎子的房间里……

所以大概就因为这样,她睡下了,反而看起来平平淡淡的,只是一个普通的女孩子,跟他之间不再隔着天堑沟壑。

他其实是有点感动的,从第一次见她开始,她给过的感动有很多,但这一刻,他又生出另一种渴望来。

他一条腿几乎跪在地上,慢慢凑近她,两个人的气息和热度交缠到一起,她大概也感觉到了,眼睫毛止不住地轻颤起来。

他越发起了恶作剧的心思,再凑近一些,唇几乎都要碰到一起了,她还抖着眼皮不肯醒来。

就算他真的吻下去,她明天肯定也会说她睡着了,不记得了。

但他终究没有亲,不为别的,是他怕自己把持不住。

他将目光又转移到她秀气的鼻子上,想捏住她的鼻子,看她还能装到什么时候,竟然留他一个人在这里天人交战。

但最后他没捏,只是伸手帮她掖了掖被子,然后默默地在另一张床上躺下,关上了灯。

一夜无事。

高月本来只是想装睡的,唐劲风一度在床边离她那么近,害她心脏都快跳出来了,她以为他们要激战到天明呢!

结果他躺下去,就默默关掉了灯……

然后她就真睡着了,睡得很甜,醒来还有点不知身在何处的感觉,使劲儿睁了睁眼,正好对上旁边唐劲风的眼睛。

"早啊！"她朝他笑。

"早。"

啊啊啊，这种感觉太美好了，她真希望每天早晨醒过来都有他在身边回应她的早安，最好还能有一个早安吻，然后两个人肩并肩站在一起刷牙，她帮他刮胡子、打领带，两人一起吃完早饭，再吻一次之后，各自分头去上班。

葡萄园的第一批葡萄采摘好之后开始榨汁，下工艺单进酒厂进入加工发酵的流程。高月、林舒眉和顾想想都跟着去了酒厂，此前只在学校实验室里简单演练过的过程在这里放大了若干倍，连发酵罐也比实验室的大很多，她们跟着当地的酿酒师和工人边走边看，还是觉得非常新奇。

唐劲风他们的基层调查进入附近的村落，走访的范围挺大，跟高月她们有两天没再碰面，高月正想着要不要开车去镇上看看他的时候，却突然接到唐劲风的电话。

她一阵手忙脚乱，跑到没人的地方去接听，声音里带着期待道："怎么啦？是不是想我啦？我等会儿就去看你，不如我们一起去吃镇上那家酿皮吧？"

"高月，我有急事要赶回A城，现在一时半会儿找不到车，能不能麻烦你送我去机场？"

他的语气听起来很着急，焦虑通过手机听筒都能传达到她这里。

高月收了收神，问道："你在哪里？我现在就过去接你。"

说完像是要宽慰他安心，她又说了一句："你等着我啊！"

她跟林舒眉他们说了一声就跳上车往镇上赶，戴鹰急得在车子后面跳脚："你去哪里啊？喂！"

她却根本顾不上其他的了，唐劲风家里如果出什么事一定不是小事，小事他也不会开口来麻烦她。

她开车赶到的时候，唐劲风已经简单收拾完行李站在宾馆门口等她了。周梧和沈佳瑜他们都在，一再让他放宽心回去，剩下的调研工作交给他们。

239

"实在不好意思,要辛苦你们了。等家里的事处理完,我再尽快赶回来。"

周梧说:"不用了,你安心处理家里的事吧。大不了到时候写调研报告你再多出点力,反正你的文笔好,逻辑性也强。"

"嗯,谢谢。"

"客气什么,快去吧!"

他上了车,只有他们两个人了,高月看他眉头紧蹙,整个人都绷得紧紧的,才问:"出了什么事?要紧吗?你一个人行不行?"

他坐在她身边,终于稍稍松下一口气道:"我妈妈在去监狱探视我爸的时候晕倒了。"

"怎么会这样?去医院了吗?医生怎么说?"

"还不知道,家属不在,什么情况都不清楚。"他的声音里仍然满满都是焦虑和克制的痛楚,却还是不忘说道,"谢谢你,这里没有出租车,临时又订不到车去机场。"

"没关系的,举手之劳而已。你坐稳一点啊,我要加速了。"

车子在高原笔直的公路上飞驰,到了机场,今天只剩最后一班回A城的航班,经济舱已经满座了,高月直接给他买了一张头等舱的机票,把登机牌塞他手里说:"应该没问题了,快走吧!到了给我发消息。"

唐劲风碰到她的手,温热滑腻,心头一下被涨满:"其实你不用……"

"不用什么呀,一张机票而已,这也值得你跟我客气?"她仰头看着他,咧出一个笑容,"我恨不得跟你一起回去呢,但这边暂时走不开。葡萄园马上就要大面积采摘了,舒眉那个奸商不会放过我们的。你先回去看看阿姨,有什么情况给我打电话。"

"好。"千言万语,有时候到了嘴边也就一个字。

进安检通道的时候,她又忽然在身后叫他:"会长!"

他扭过头,这是第一次,她在线下这么大大咧咧地称呼他这个名头。

她仍旧笑着,朝他挥手道:"我们的账,等我回去再跟你算。"

新的旧的,等她跟他慢慢捋清。

唐劲风下飞机时天色已经晚了,他没有回家,直接赶去了医院。

姜冬梅躺在病床上，旁边站着陆潜，正低声跟她说话。

他快步走进去叫道："妈。"

"小凤回来了？"她的声音一如往常般温和，难得带了点埋怨，"不是说了让你不用特意赶回来吗？耽误你跟同学的正事。王主任他们都很熟悉我的情况了，还有这位陆医生也专门过来关照，我没事的。"

唐劲风朝陆潜致意："麻烦你了，陆医生。"

"不用客气，我刚好值班，听说伯母病了，就过来看看。"

妈妈刚刚住院，陆潜又不是同一个科室的医生，这么快就得到消息赶过来，唐劲风知道肯定是高月拜托的。

她看似神经比水桶粗，其实论细心周到，没有几个人比得上她。

唐劲风低下头道："妈，你哪里不舒服？怎么会晕倒的？医生怎么说？"

姜冬梅摇了摇头，陆潜替她答道："其实这回也有好消息，我听王主任说，伯母可以换肾了。"

唐劲风愣住了，几乎不敢相信这个消息。

"是真的吗？"

"真的。"陆潜看他们母子俩似乎有话要说，轻轻推了推鼻梁上的眼镜，说道，"那我就先回科室去了，你们慢慢聊。不要太晚，让伯母早点休息。"

"嗯，谢谢。"

病房门咔嗒一声关上了，唐劲风才坐下来，俯下身道："妈，究竟是怎么回事？好端端的，你怎么会跑到山城监狱去？又怎么会晕倒的？"

姜冬梅笑了笑道："你这孩子，什么怎么回事？陆医生刚才不都说了吗，是老毛病。"

"我不是说这个。"唐劲风抿了抿唇，道，"我是想知道那个人又跟你说了什么，你为什么到监狱去看他？"

"那个人是你爸爸。"

唐劲风不跟母亲争辩这个。血缘的牵绊无法割裂，父子的情分却是可以有亲疏的。

几十年夫妻之间的恩与仇，更不是一句话能讲明白的。

他知道妈妈也恨过、怨过，可时间久了，她还是没办法当那个亲手毁了他们这个家庭的男人不存在。

她更不愿意教自己的儿子去恨父亲。

只是这几年她身体不好，加上照顾他的情绪，她很多年没到山城监狱去跟父亲见过面了。

这次又是为什么？他刚离开几天而已，她居然就去见这一面，会见信又是谁给她的？平时那个人都只寄给他，难道她跟那个人私下还有联系？

不能想，一想他就觉得所有事情是个死结，没有出口，乱麻一样堵在心里。

姜冬梅却说："他要把肾脏捐给我。"

唐劲风耳边嗡地一下，像是没听清她的话，他下意识地又问了一遍："什么？"

"我说你爸爸。"姜冬梅拉住他的手，"他要把他的一个肾脏……捐给我。"

原谅、宽恕都已经是奢望。那个人也没什么所求，不过就是请她到监狱去，亲自把这个决定告诉她。

唐劲风疾走如风，敲开了陆潜值班室的房门。

他刚才已经问过妈妈的主治医师王主任，医学上的事他已经听得很明白，还有其他的问题，他直觉陆潜应该能为他解答。

陆潜站在门边："你想问什么？"

"我想知道，这是唯一的办法了吗？"

"肾源有多么短缺，我想你应该已经了解过。以你妈妈现在的情况，肯定是不适合一直拖着等下去的。如果亲属之间有合适的捐赠者，当然是最好不过的。"

唐劲风咬牙道："那我把我的捐给我妈。"

陆潜笑了笑："江河水都是从上游往下游走的，你什么时候见过溯流而上的？有父母给孩子捐的，而孩子给父母，首先父母就不会同意。"

那个人捐的她就同意吗？那到时又是谁亏欠了谁？

说白了，还是他那个父亲自私到极点，为了让自己心里好受一些，竟然想出这样的方法。

"器官捐献讲求的是自愿原则，你爸爸自愿，你妈妈也愿意接受，那这就是最佳方案。你可以不赞成，但应该尊重他们。"陆潜轻推鼻梁上的银边眼镜，"何况现在最大的困难还不是双方的意愿如何，也不是医学技术方面的难题，而是监狱系统还不一定同意。"

唐劲风怔了一下，刚才心里乱得很，没有仔细想这个问题。这会儿经陆潜提醒，他想起了曾经在法理学课上看过的一个案例：服刑的囚犯要给患尿毒症的弟弟捐肾，一直得不到监狱方面的首肯。因为我国原则上不允许服刑的犯人捐献器官，以防形成利益交换链条，何况犯人手术后的关押成本等也会变大。因此即使双方都符合器官捐献自愿的原则，且也是直系亲属，符合所有捐献条件，但碍于监狱方面不同意，无法进行移植手术，病情危重的弟弟只能一直等下去。

当时看到这个案例，是辨析法理与情理之争，他没想到有一天自己也会面临这样的困境。

陆潜说得对，这可能是妈妈活下去的唯一希望，但这个希望还不一定能实现，毕竟现实的阻力是很大的。

"如果你想通了，同意你父亲给你妈妈捐赠肾脏……"陆潜停了一下才又说，"有一个人可以帮你。"

第六章
如愿以偿

高月回到A市的时候,整个人黑了一圈。

林舒眉和顾想想也没好到哪儿去,尤其顾想想,她皮肤最白,是那种牛奶一样的白,最经不得紫外线晒,脱了几层皮,疼得默默掉眼泪。

但她们这一趟出去,收获还是很大的。她们第一次在实际操作中见识到很多书本上的过程,甚至有些酿酒时的新型酵母是书上也没有提到过的。

葡萄从采摘、榨汁,到进发酵罐发酵,添加其他各种成分,到最后又归于沉寂,这一年就这一季的酒,等酿成了,酒庄又恢复到缓慢闲适的淡季,酿造的过程就到此为止了,剩下的不过是事务性的工作等待人去完成。

可惜她们时间有限,不能一一亲身经历就必须赶回来。尤其是高月,唐劲风走了之后,她请林舒眉帮忙联系了陆潜询问唐妈妈的情况,但陆潜坚持医患之间的保密义务,有些事必须由她本人去问唐劲风。

她就更加记挂着这事,放心不下,本来也许可以延长些日子回来的,但她等不及了。

法学院的人早她们一天的航班，已经回了A市。

戴鹰这回着实辛苦了，跟着她们三个女生好好吃了一回苦，人黑了，也结实了，就是那个累呀！回来的飞机上他一直东倒西歪地打瞌睡，头落在高月肩上，她拱了拱，他又倒向另一边，歪在顾想想的肩上。

顾想想大气不敢出，一动也不敢动，就这么硬撑着陪他坐到目的地。

高月笑了笑，这两个人，一个暑假相处下来，到底也有些不一样了。

她手里握着酒庄去年出酒时印制的宣传小册子，虽然不像林舒眉那样一个字一个字看得那么仔细，但也都很认真地看过了，心里也有了些不一样的想法。

以前她只觉得学什么都是随波逐流，对未来没有什么构想和规划。这趟出去，她觉得酿酒很有趣，比她平时在实验室对着发酵罐的踏实和期待还要有趣得多。

也许这就是她今后的人生方向了，她有点庆幸，对自己所学的东西产生了兴趣。

她对林舒眉说："哎，姐妹，你们酒庄还有股份的话，让我入一点呗，我想跟你合伙。不，我想给你打工。"

林舒眉还是那副漫不经心的样子："我倒想呢，你这样有钱的大佬能投资，我做梦都要笑醒了。可惜酒庄现在还不是我的，是他们陆家的产业呢。等着吧，等将来我嫁过去，打算把酒庄复制到A城这边来，差不多的纬度，酿酒的风味也不会差，到时再请你这尊大佛来帮我。"

高月有些好奇："酒庄真是陆家的，跟你家一点关系都没有？你家那几千头牛也是？"

"对啊，也是他们陆家的，我们家只是帮他们打工而已。"

"那为什么……"

"可能因为我家里几代人都投入了很多心血在酒庄和牧场上吧。"林舒眉笑了笑，"我小时候去他家里做客，被他嘲笑得可惨了。那时我就下了决心，要把应得的东西抢过来，不能被剥削一辈子啊！"

高月沉默下来，没再说话。

各人有各自的决心,也有各自的机缘,说不上好或不好。

朋友肯与你交心,这又是另一桩开心的事。

一行人下了飞机,高月家里派来的司机早在外面等候。她大半个月不在家里,估计爸妈还是惦记得很,这才大张旗鼓地叫人来接。

司机一见高月出来,连忙上前接过她的行李,还很周到地问:"其他几位同学要不要一道送回去?"

"好啊,那麻烦张叔了。"

她正好想去找找唐劲风,问问他家里的事怎么样了,借着送人的由头,帮她打个掩护。

谁知戴鹰这个愣头青这时候发挥出了绅士精神:"哎,我的车还停在地下车库呢,反正要开回去的,我送她们得了。"

高月瞪了他一眼。

算了算了,她看了看顾想想,大手一挥道:"行啊,那就麻烦你送她们吧!"

医院她只能自己去了。

司机张叔有点担心,手握着方向盘问:"要去医院?小月你有什么不舒服的吗?是不是在那边吃得不习惯,水土不服了?"

他边说边从后视镜看她,嗯,脸色红润,晒黑了点,但精神挺好的啊,也不像水土不服的样子。

张叔有点话痨,还是家里看着她长大的老人,说多了要露馅,她便随口胡诌道:"啊,就是女孩子方面的病,有点不舒服,回家也没药,只能先去一趟医院了。很快的,我马上就出来。"

有家里的司机在,她就不好跑到唐劲风家里去了,只能先去一趟医院,就算他等会儿又怪她多管闲事她也认了,至少先看看他妈妈的情况好些没有。

一听是女孩子的病,老张立马联想到妇产科,就不敢说话了。

姜冬梅果然还是住在肾病科,高月找到她住的那一间病房时,发现病房里只有唐劲风在。他听到身后的脚步声跑到门口停下,一回头就看到了她。

两个人的眼睛里都有光,微微一亮。

246

三伏天里,她从冷气十足的车子里跑出来,就这么一小会儿工夫,已经满身是汗,额前的刘海都被汗水浸湿了贴在皮肤上,脸色红扑扑的,胸口不停起伏。

她大概也察觉了自己的狼狈,有点不好意思:"那个……阿姨呢,怎么只有你在?"

"那个阿姨去做检查了,我是她儿子,在这儿有什么稀奇的?"

她听出他话里的揶揄,不像上回那样要发火了,反倒自己先不好意思起来:"啊,我刚下飞机就过来了,走得急,连果篮也忘了买。要不我现在去买?"

本来她以为他会推辞,没想到他站起来道:"好啊,那我陪你去买。"

咦?

高月下意识地往后退了一步,看他穿着白色的T恤衫清爽又好看,迈开两条大长腿朝她走近,这几天的牵念一下子冒出来,让她不知怎么就生出冲动——她四下看了看没有人,就顺势迎上去抱住他。

唐劲风感觉腰上一暖,胸口被撞了一下,低头就看到多出个毛茸茸的脑袋。

他有点蒙,两手抬起来却不知该怎么放。

"你……"

"别说话,我就抱一下,等会儿出去了人多,我就不好意思抱啦。"

这几天脑海里总是浮现两人在机场道别时的场景,高月本以为见到人了就不想了,可谁知道抱住他的瞬间,满脑子都是他,想他想得更厉害了。

她扑在他怀里,耳朵贴着他的胸口,听到他沉稳有力的心跳越来越快。

他是不是也有一点想她?

唐劲风抬高的手臂渐渐放下来,在她的肩上轻轻拍了拍,想问问她在酒庄后来的时间过得怎么样,还没开口,她已经退开了,脸颊绯红,拉着他的手说:"走吧,我们去买果篮。"

路上她终于问起:"你妈妈怎么样了,医生怎么说的?"

"不太好。"

"怎么个不好法呀?"

唐劲风沉默了一阵,她又忙摆手道:"哎,你不想说没关系的,我只是想知道你妈妈好点了没有,没有其他意思。"

其实他本来真的不想说,或者至少没有想好要不要跟她说,但是看到她脸上关切的神色,一点做作造假的成分都没有,就觉得这些天压在心上的重担好像有了个恰到好处的温柔出口。

"她需要换肾,我爸爸……愿意移植自己的肾脏给她。"

意料之中地,他看到她瞪大了眼睛,露出惊讶的表情。

这么戏剧化的事情,一般人的确可能一生也遇不到。

他把其中要面临的困境,一五一十仔细地跟她说了。

她买了最大的果篮,由他拎着,两人坐在医院花园的花坛边。

"那怎么办呢?如果监狱那边不肯答应,你妈妈的手术就做不了吗?"

"嗯,理论上是。"

什么理论上、原则上,高月跟着他翻译的法律文书多了,对这样的措辞也很熟悉了,可从来没感觉这么无力过。

原则上不允许服刑的犯人捐赠器官,但近亲属间的特殊情况应该也会给予适当考虑,毕竟法律也没有明文规定禁止啊!法无明文不为罪,且古语不是有云,"徒法不足以自行""法不外乎人情"吗?

高月从小生活顺遂,其实没遇到过这么复杂的情况。但她好歹也是修过法学双专业,跟他一起上过法理学课的人,其中的道理她都明白。

公平与正义的实现,法理与情理的兼顾,从来不是那么容易的事。

她能看透唐劲风的矛盾和挣扎,他也问她:"你觉得我应该赞成这件事吗?"

她笑了笑道:"我觉得我应该今天就把这回带回来的礼物拿给你的,是酒庄去年出品的好酒,你多喝一点,喝醉了,说不定就知道答案了。"

有些事,除了他自己,没人有资格教他怎么选,但她告诉他:"随你自己的心意,你想要阿姨活下去,愿意接受这个方案,那就努力去做,我也会帮你的。"

我也会帮你的。

这样几个简单的字，让唐劲风有些动容。他从果篮边上的包装纸接口处撕开个口子，拿了个橘子出来，在手里一点一点剥开。

"喂，这是我买给阿姨的果篮，你怎么偷吃？"

"不是我吃。"他把橘子的皮剥好，把橘瓣分开递到她面前，"补充维生素，你的嘴唇都裂开了。"

高原气候干燥，她在酒庄的这段日子应该没顾得上吃什么新鲜水果，下了飞机家里有车去接她回家，她却一落地就往他这里跑。

她美滋滋地接过橘子吃了两口，又喂一瓣给他："你也吃，吃完我们就回去吧。你继续照顾阿姨，我回家去，把你的事跟我爸说一说，让他帮把手，就算有困难，也一定能想到办法的。"

他接过她手里的橘子："谢谢。"

他是真的很感激她，却又忍不住说："其实你……用不着为我这么做。"

他是真的又踟蹰起来，连陆潜也知道，她是身边唯一能够帮到他的人，可他怕这样的委托会把两个人的关系拉向更加不平等的方向去。

"我乐意的，你不要有心理负担。"高月吃完了橘子，拍拍手站起来道，"我回去了，这几天要飞一趟北京参加我表哥的婚礼，到时家里的人都聚齐了，我找个机会跟他们提一提。他们人脉广，路子多，会有办法的，你等我的好消息。"

"好。"

他也站起来，不知是不是又长高了，或是瘦了，高月记得自己以前到他的肩膀的，现在却总是平视到他胸口的位置，仿佛还能听到他的心脏在胸腔里大力跳动。

"要不你跟我一起去呀？"她歪着脑袋逗他，"你这么优秀，我家里人肯定也喜欢你，到时候不用我说，他们也会帮你。"

"那是你们家人的聚会，我去不合适。"

高月想说"你也来当我的家人不就行了"，最后还是有点害羞，咬住嘴唇没说出口。

调戏老实人也要有个限度。

249

"那你记得游戏里每天上线带我打副本啊！"她似乎到最后才想起这一出，"你要是忙的话呢，我们就每天约个固定的时间上线啊！反正你这会长也是个甩手掌柜，就是为了带我才打游戏的吧？"

"你会不会想太多了？我上这个号的时候都还没……"

他突然打住了话头，她眨了眨眼问："还没怎么样？"

"还没见过像你这么能充钱还这么笨的玩家。"

好险，"喜欢你"三个字差点就要出口。

难怪人家说，世上只有咳嗽和爱是没法压抑的。

不管行为也好，言语上也好，有时心意不自觉地就会往外跑。

她却像是抓住了他的小辫子，穷追不舍地追问："不是吧，你不是说就喜欢笨的女生吗？"

"我什么时候说过？"

"就是我告白失败那次呀，向'会长'诉苦，顺便问你有没有喜欢的女生，你说有，还说她有点笨，游戏打得不好要人带……哎，你别走啊！"

她笑着追在他后头："别难为情嘛，作为'会长'，你喜欢的女生到底是谁呀？我怎么感觉跟我这么像呢？"

他拎着果篮，头也不回道："那是为了安慰你，你也信。"

"我信啊，来嘛，坦白从宽啊，哈哈哈……"

高月心情大好地回到家，穆锦云看她整个人黑瘦了一圈，果然心疼坏了，心肝宝贝了一番，安排阿姨鸽子汤、白果猪肺汤轮番炖来给高月滋补。

高月喝酒还高兴，汤汤水水哪里喝得下这么多，推了一下道："妈，你这架势是要给我坐月子呢？"

她本来在家人面前口无遮拦惯了，没想到这回穆锦云却认真起来："听老张说你一下飞机就去了医院？"

"啊，是啊，嘿嘿。"她想搪塞过去，怕他们追根究底地扯到唐劲风身上。

"看的是妇产科？"

呃，她是这么说的……但仿佛有什么不对？

"是有什么不舒服吗？"一向八面玲珑的穆锦云女士难得有点欲言又止的尴尬感，"这次出去……是跟戴鹰？"

啊？

"你们年轻人啊，年轻气盛，碰到一起干柴烈火也是可以理解的。但女孩子千万要爱护好自己啊，做好措施，不要随便吃药。"她顿了一下，又道，"尤其第一次是会有点不舒服，是不是出血了啊？医生怎么说啊？"

高月被她这一番语重心长的母女交心话给打败了，气血上头道："妈，你想到哪儿去啦？我跟戴鹰……我怎么可能跟他做那种事！"

一想到戴鹰睡觉时那四仰八叉的模样，她就恨不得拿根胡萝卜戳死他好吗？！

"可是张叔说你去医院看妇科……"

"我例假不调行不行啊？"高月气愤道，"你们别乱猜了，我没打算跟戴鹰谈恋爱，别老把我跟他硬凑一堆，以后见面多尴尬啊！"

啊，原来没有吗？穆锦云还觉得有点遗憾。

戴鹰这孩子多好啊，又高又帅，两人又青梅竹马一起玩到大，最重要的是两家人知根知底，是乘龙快婿的人选。

前两天几个老友凑一起打牌，他妈妈还说起戴鹰难得主动跟着大部队去实践吃苦，他那个管教严厉的老爸很是满意，还说都是她家高月的功劳。

这显然是有把两个孩子撮合到一起的意思，还说假如高月出国留学，他们打算让戴鹰也跟着出去镀一层金再回来。

这听着的确是最好不过的安排，奈何女儿自己好像看不对眼呢……

穆锦云也不勉强继续这个话题，带着高月满大街地购物买衣服，为了去北京参加穆皖南的婚礼的时候穿，因为过年没回去，还得给家里其他人都带些礼物。

高月心里惦记着唐劲风的事，其实没太多心思花在这些事上头，倒是路过她当时寄卖奢侈品包包的那个二手店的时候，脚步停了一下。

"怎么了，又想买包？要不进去看看？"

照理她们是不大会光顾这种二手店的,但看女儿在橱窗前停下,她就提了一句。

高月摇了摇头:"走吧,妈,我觉得买得差不多了。"

穆家孙辈的第一桩婚事,自然是要办得风光无限,怎么隆重怎么来。

高月喜欢姥姥家,小时候觉得那个大院很有人情味,兄弟姐妹们凑在一起也很热闹。长大后大家只有过年凑得齐,那些年纪小一点的,一年一个样。

三舅舅家里是一对双胞胎兄弟,在他们这辈人里行四行五,小五穆嵘见到她可亲热了,个头儿已经猛蹿到比她高一头,还跑过来勾着她的胳膊:"姐,可算见着你了!你来看看我的吉他弹得怎么样,婚礼我得上台表演呢!"

"嘚瑟什么呀,我也表演。"

"我知道啊,你跟我哥四手联弹嘛!"

"那是婚礼策划自说自话安排的,我可没同意。"大他二十分钟的穆峥就完全是另一副面孔,冷冰冰地说,"我没打算跟她一起弹。"

要不是哥俩长了几乎一模一样的两张脸,高月简直都要怀疑是不是医院搞错了,一个妈肚子里出来的双生子,怎么个性相差这么远呢?

"你这是瞧不起谁呢?"高月不满,摆出以前常年在他们哥儿几个面前耍横的娇蛮劲儿来,"钢琴我好歹也考过了十级的好吗!"

"我没瞧不起你,只是不习惯跟人一起弹。"穆峥仍旧没什么表情,"要么我自己弹,要么你来弹。"

不弹就不弹,谁稀罕呢!再一听选的曲子是《罗密欧与朱丽叶》,高月更不想弹,好听是好听,可这故事谶语似的,她不喜欢。

何况弹琴她也确实比不上穆峥。

她当伴娘去。

听说新娘子家的根基不在本地,没有亲戚朋友来做傧相,场面当然就靠男方来撑。

正好,她也不算本地人,跟新娘子做个伴。

人生四大喜事——久旱逢甘露，他乡遇故知，洞房花烛夜，金榜题名时。

结婚应该是人生中最高兴的时刻，然而穆皖南脸上看不出一点做新郎官的高兴劲儿，里里外外的应酬、忙碌都只是机械式的样子，仿佛只负责台前演出的木偶，线却牵在别人手里。

上回他来送过结婚喜帖之后，高月偶然听到父母谈论他的婚事，加上眼见为实，才意识到他当时那心事重重的样子可能是因为不想结这个婚。

高月以为是新娘子太丑，然而见到俞乐言之后她才发现，完全不是那么回事啊！

多好看的小姐姐啊！虽然属于小家碧玉，但眉眼如画，有南方姑娘的秀气温婉，对谁都客客气气的。都说做新娘是女孩一生中最美的一天，但就算去掉这身婚纱和新娘妆，俞乐言也配得起穆皖南好吗！

再一听说俞乐言是法学院毕业的，高月更是对她生出成倍的好感。

俞乐言看出来了，问她："你也是学法律的吗？"

"不是，我喜欢的男生学法律。"

"怎么不带他一起来？"

"下次。"想想不对，婚礼没下次，高月又改口道，"以后，等名正言顺了，一定带他来给你们过目。"

两个女孩子就很有默契地低头咻咻地笑。

婚礼很唯美，新娘入场时的《婚礼进行曲》也是穆峥在现场用钢琴演奏的，穆皖南就站在台侧，面无表情地接过新娘的手。

亲吻的时候，俞乐言闭上了眼睛，身体在无数喷薄而出的花瓣和冷焰火中止不住地轻颤着，而穆皖南的眼睛始终那么清醒而冷静。

年轻宾客们都在下面鼓掌，长辈们嘴角带着欣慰的笑。高月知道他们正高兴，她从小就这样瞅准了时机向大人们提要求，这回也不例外。

戴鹰一家子也在受邀之列，他跟爸妈坐在其他位置，酒过三巡以后端着杯子煞有介事地到他们这儿来给穆家的长辈们敬酒。

高月放下杯子后小声跟他说："我想请你帮个忙。"

"什么忙，你说。"

她瞥了一眼桌上的其他人，拉着他道："我们出去说。"

长辈们看着他俩窃窃私语，又看着他们朝门外走去的背影，露出跟刚才一模一样的欣慰笑容。

"哎呀，我看月儿也好事将近了。她跟老戴家那孩子是不是挺要好的？"

"我记得他们是在同一所大学吧？又是发小，又是校友，应该合得来。"

连老太太也拉着穆锦云问："锦云啊，月儿是不是谈恋爱了？这趟回来，我看她好像终于有了点姑娘家该有的样子。要是有了喜欢的人，可千万得抓紧，最好也带回来给我们瞧一瞧。"

穆锦云只是笑了笑。

"什么？你让我去跟你家里人说？"戴鹰惊诧地拿手指着自己。

高月拉着他出来走到酒店的草坪上，已经将唐劲风父母如今遇到的困境原原本本地说给他听了，希望借他的口跟她家里人提一提，就说是他校队的队友家里遇上困难，想请他们帮个忙。

戴鹰这样一惊一乍的反应在高月的预料之中，高月拍掉他的手说："瞎嚷嚷什么呀，你刚才不是说好帮我吗？"

"我又不知道是跟唐劲风有关，不然……"

"不然怎样？你受了伤不能比赛，如果不是他临危受命替你上场，A大这回的篮球联赛能有这样的成绩吗？现在到你报恩的时候了，别尿啊，你不是最知恩图报的吗？"

"我知道，可这是两码事啊！何况你爸妈也不一定听我说的就肯帮，我算哪根葱啊？"

他承认自己对她表白心意被拒绝，还是有点放不下，但他并不是因为这个而不想帮唐劲风，只是连他这样对法律和社会现实没什么概念的纨绔都能感觉到这不是一般的小事，多少会让她家里人上心。

上心了就会刨根问底，万一穿帮了，他要怎么解释？

"其他人去说可能他们是不会理会的，说不定还会怀疑我跟唐劲风有点什么。可你不一样啊，你知不知道我全家人都以为咱俩在谈恋爱？"

"啊?"

"啊什么啊?谁让你现在这么大个人了还不知道男女授受不亲,动不动就跟我勾肩搭背的。出来混,迟早有一天是要还的。"

戴鹰苦着脸,她这还赖上他了?

好吧,看在上回篮球赛确实是她跟唐劲风帮了他大忙的分上,他就帮他们这一次吧。

他们回到婚礼会场的时候,戴鹰的爸妈也坐到老穆家那一桌去了,本来就都是熟人,有说有笑的,看到两个孩子回来,忙让出空位来,让他们俩坐。

穆家老太太说:"聊完啦?怎么不再多聊会儿,你们年轻人去玩没关系的,不用理我们这些老人家,我们聊我们的。"

高月装作羞赧地低头笑了笑,脚下使劲儿踩了戴鹰一脚。

他痛得差点叫出声来,强挤出个笑容来:"姥姥,我们刚才不是去玩了,是有个同学家里出了点事,我们都挺着急的,商量着想办法给他解决呢!"

他随高月叫姥姥,一下就叫到老太太的心坎里去了,对他更是和颜悦色道:"什么事啊?说来听听。"

"噢,他是我校篮球队的队友,跟高月他们一届,球打得好,成绩也特别好,拿特等奖学金的那种人。可他家里的情况有点麻烦,本来他爸妈早年创业有个效益挺好的厂,后来他爸犯糊涂有了婚外情,情妇打上门,想去厂里烧死他妈妈,结果被他爸撞见,失手把人给杀了。他妈被严重烧伤引发肾功能损伤,现在在病床上等着换肾呢。他爸这些年在牢里赎罪,现在怕他妈妈等不了了,就想把自己的肾脏移植给她,刚好也合用。可这事操作起来挺困难的,监狱那边未必能同意。"

他一说完,整桌人短暂沉默下来。

这么多长辈,平时里都是位高权重的大人物,一下子都没了话,可见这故事够复杂,也够令人唏嘘。

戴鹰有点无措地看了看高月,她倒沉得住气,观察着长辈们的反应。

还是穆老太太先开口了:"这也太可怜了,父母闹成这样,那孩子

255

得受多大的煎熬啊？看病和手术都需要很多钱吧？还得上学，全靠他自己挣？"

"对啊，他勤工俭学，一个人打好几份工呢！"这回高月接话了，"上回戴鹰的腿伤了，也是他帮忙替补上场，才能带着我们校队获得全省大学生篮球联赛的冠军。"

"哎呀，那真是不容易，品学兼优、全面发展的好学生，怎么摊上这样的事？"老太太看了看桌上其他人，"你们谁有什么主意能帮帮人家吗？小高，你们A市的事情你应该清楚，看能做点什么。"

高忠民到了老太太、老爷子面前，那就成小高了。

他跟穆锦云对视了一眼，看到老太太的信号，才态度诚恳又谦逊地说："妈，您老放心，孩子们学校里发生的事，我会关注的。"

"嗯，那就好。"

老太太笑眯眯的，高月特别感激姥姥，起身给她捶背："姥姥真是深明大义，女中豪杰呀！我看您刚才饭菜都吃得不多，我去给您端点水果和点心来吧？"

"还是我家月儿最贴心，今儿这菜太多太油腻，我看着就吃不下，来点点心也行，水果你也看着拿！"

"好！"高月心花怒放，脚步欢快地蹦跶着走远了。

戴鹰刚松口气，冷不防旁边的穆锦云突然问他："大鹰，你们刚才说的这个同学叫什么名字啊？我们总得知道一下个人信息，才好去了解这事情的背景啊。"

"唐劲风，他叫唐劲风。"

戴鹰说完就见穆锦云的脸色微微一变，意识到不好，果然，他老爸坐在他的另一边，听到这个名字就说："这名儿好熟啊，之前你是不是也找我查过他的底细？那回你好像不是说他家有什么事，是什么理由来着……"

戴鹰哪想到自家老爸记性居然这么好，心头一慌，面上却强装镇定地说："噢，上次是他们那届学生入学没多久，我看他球打得不错，有心招募他进校队，最好能接我这个队长的班。谁知道他推三阻四，说要打工什么的，我就查了查他。"

"胡闹！"老戴呵斥他道，"你怎么突然对人家一个男同学这么感兴趣？是争风吃醋，还是有什么别的情况？"

戴鹰觉得自己比窦娥还冤，只盼着高小月赶紧回来。

穆锦云却像是明白了什么，把唐劲风的名字记在手机里，然后悄声跟老高说了几句话。

唐劲风暑假仍旧打了好几份工，高月每天都会给他发消息，有时是问他今天做什么工作，有时是把新做的合同翻译发给他复核，当然更多的时候是发各种搞笑图片和自己录的小视频来逗乐。

要在以前，他肯定都懒得点开，可现在她有时候懒觉睡过了头，一上午都没什么声音，他还会时不时地拿出过分安静的手机看看是不是错过了她的消息。

之前在KTV的兼职需要三班倒，且工作时间完全不能使用手机，有时候回家很晚了，他会发现她还在线上没有睡，要赖似的缠着他："会长，带我打打副本吧，我今天用了两百体力，一个像样的道具都没出！"附带一张紧抱大佬大腿的表情图片。

上回他发高烧把她吓着了，她总想方设法地找借口等着他到家，确定没事了，才肯去睡。

他怕妈妈住的医院有事联系不到他，也不想让高月这样陪着他三班倒似的乱了作息，干脆辞掉了KTV的工作，到市区的咖啡店应聘了一份咖啡师的工作。

"穆女士，大杯冰拿铁好了。"

他把手中做好的咖啡放在台面上的时候，才发现面前的人是高月妈妈穆锦云。

"阿姨您好。"他主动打招呼，脊背挺得笔直。

穆锦云朝他笑了笑："小唐，有没有时间？我想跟你聊两句。"

他们就在店内的角落找了个位置，唐劲风给她倒了杯水："抱歉，今天这杯咖啡应该我请您的。"

"没关系。"穆锦云始终温和地说道，"你平时也会请月儿吗？"

"她更喜欢喝奶茶。"唐劲风顿了顿，又道，"加很多爆爆珠的那种。"

"是啊,她从小就喜欢吃甜的东西,可能随我。"

唐劲风脸上的神色仍不卑不亢的:"她还在北京没有回来吗?"

"是啊。"穆锦云抿了一口咖啡,"参加完她表哥的婚礼,我跟她爸爸都还要上班,就先回来了,她暑假没什么事,就留在那边陪陪她姥姥、姥爷。她跟你有联系吗?"

"有。"

穆锦云喜欢他的诚实,从包里拿出一份文件摆在他面前道:"你看完这个,觉得没问题的话,就在上面签字。"

那是一份关于他父亲要移植肾脏给他母亲的知情同意书。

他有些惊讶道:"这……"

"你家里的情况我已经知道了,月儿想要帮你,那我们就帮帮你。你在这份文件上签字,其他的流程就都是司法机关内部审核的事了,有了结果,就可以马上安排手术。"

唐劲风两手握住水笔的两端,顿在那里没有动。

"怎么了?你有什么不明白的地方吗?"

不,白纸黑字的文书,每一句话他都看得很明白,需要弄清楚的是这背后的条件。

对他们一家来说生死攸关的事情,可能等到生命逝去都等不来的机会,高月的家人却只是挥挥手甚至张张嘴就能办到。

而现在天平突然向他倾斜,一定不可能没有任何条件。

他的眼睛黑白分明,神色坦荡。穆锦云看着他道:"你想问我有什么条件,对吗?"

"您想让我离高月远一点。"

两个人都是肯定的语气,都不是在问问题,而是在陈述一个事实。

"如果我说是,你能做到吗?"

是啊,他能做到吗?

从上回穆皖南跟他说过那番话之后,他不止一次地在内心问自己——疏远她,从此放开她、不理她,当他们从来没有遇见过,彼此从来不认识……他能做到吗?

情窦初开的年纪,他始终活得谨慎而压抑,从来没有真正留意过身边的女孩子，更不要说向谁敞开心扉。

高月是第一个，她就这么跳进他的生活圈子里来，肆意妄为，却又张扬得可爱。

唐劲风看着眼前的中年女人，化着精致淡雅的妆容，轮廓跟高月有几分相似，雍容、高雅，却并没有盛气凌人的架势，说话时每个字都掷地有声，尾音微微上翘，大概年轻时也像高月那样活泼。

她仿佛是高月的另一面，坐在他的对面，叩问他的真心。

"理智上，我做得到。"他斟酌之后终于开口，"但感情上，我放不下。"

"你喜欢我们月儿吧？"

他脸上仿佛映照出窗外的霞光，随后他沉声说道："喜欢。"

穆锦云似乎对他的回答很满意："那好，我不逼你做选择，我们让月儿自己来选。"

她用指尖在那份文件上轻轻敲了敲："这回你家里的事情，我跟她爸爸会帮你搞定。但我来找过你的事，请你不要告诉月儿，这是为人父母的一点私心，你能理解吗？"

"嗯，我明白，我不会跟她说的。"他点头，却将那份文件推回给她，"这个，我也不会签。"

"为什么？"穆锦云有点意外，"你签了，剩下的事你就不用管了，照顾好妈妈等着做移植手术就行。"

"我妈妈也见过高月，很喜欢她，因为她就是那么招人喜欢的女生。"他像是想到什么场景，唇边扬起一点温柔的弧度，"如果妈妈知道我用高月的一片心意和自己的感情来换取这个机会，会生气的。"

穆锦云怔了一下。

"我爸爸之所以做这个决定，是想将功赎罪，补偿我妈妈。但这种补偿只跟我们这个小家有关，不应该再牵扯上其他人，也不应该亏欠更多的人。我想您其实跟我一样，让我不要把您找过我的事告诉高月，就是不想让我们之间原本纯粹的关系因为这种亏欠而变得复杂。您不想伤害她，我也是。这件事不是没有余地，之前我想请高月帮忙，是想走一条捷径，但我低估了其中的代价。您不用为难，也不用为我做什么，接

259

下来我会按照程序递交一切该有的申请材料,写请愿书,请我们法学院的老师帮忙扩大影响,再联系媒体引发更多关注,相信我妈妈还能撑到法理和情理权衡之后得出结果的那一天。"

"只要你不说,她不会知道我们之间有任何约定,只会以为是随口提了一下,我们就帮了她的'校友'而已。"

唐劲风笑了笑道:"您太小看她了,她比您想象中还要聪明。"

他的心思、他心里绕不过去的坎,高月都能感觉到,这样的改变,她又怎么会不知道呢?

穆锦云似乎懂了,心头松动,居然有点怅惘起来。

这孩子太懂事了。她女儿眼光不错,看上的这个小伙子不仅外表俊朗,而且坚强、聪慧、正直,且有担当。

"你真的想好了吗?你要公开扩大影响,可能会引来很多对你的诋毁和偏见,即使这样也没关系吗?"

"没事,我早就有心理准备了。"

有些秘密,多亏身边的朋友靠谱才得以一直隐藏,不然这些该他承受的东西或许早就该来了。

穆锦云点了点头,站起来道:"既然这样,我不勉强你。但你也说,月儿是很聪明的,她从小生活的天地不止这么大一点。我始终希望她能出去看一看,见识更广博的世界,学更先进的本领,然后回来成就一番事业。过早的山盟海誓会绑住她的手脚,而你们又太年轻……"

"我知道,您放心,我没有给过她任何承诺,也没有想过要绑住她。"

如今的他,给不了她任何东西,也许唯一能给的就是自由——让她自己做选择的自由。

假如说穆锦云刚才是有所松动,那她现在几乎已经完全认可唐劲风了。

这样优秀又深情的年轻人,纵然是他们捧在手心里的明珠高月,一生又能遇到几个呢?

高月在北京陪着弟弟妹妹中最小的两个——穆嵘和穆津京每天去上

雅思课，算是受长辈之托，看住这俩贪玩的孩子。

在课堂外面晃荡实在太无聊了，舅舅他们干脆给她也报了一个班，让她跟着上课。

穆津京和穆嵘也喜欢缠着她，一下课就拉着她在北京城里到处闲晃，听说她车开得好，都缠着她开车带着他们跑。

但凡她想偷懒不去上课，这俩小祖宗就也跟着不去。

她无奈道："你俩能不能争口气？我又不能代你们去考试，你们不用这么依赖我吧？"

穆嵘和穆津京对视了一眼，她看出端倪来了："不是吧，难不成考试也得我跟着去啊？"

穆嵘嘴甜："姐，你英语这么好，连笔头工夫也比我们强这么多，反正将来也是要考的，不如就跟我们一起考呗，还能有个伴。"

小表妹穆津京还在上中学，跟着附和点头："对呀对呀，表姐跟我们一起考吧，不然我老觉得没底，怪紧张的。"

得了吧，你俩活宝会紧张？别逗了。

可他们还真就撺掇大人们在考前两周踩着报名截止的时间点给她报了名，她是被穆嵘他们生拉硬拽到考场去参加考试的。

其实她本来真没想考，但有句话说得好，来都来了……

毕竟雅思成绩认可程度高，也挺直观的，她就考个高分给唐劲风看看，看他还敢不敢说她英文水平烂了。

她考完试，也差不多要开学了。

要说她归心似箭也不为过，毕竟有将近一个月的时间没见着唐劲风，她有点想他了。

穆嵘他们又留她："姐啊，你不是要过生日了吗？等过完生日再走吧！你陪了我们一个暑假呢，我们想给你好好庆祝庆祝。"

"不了，我得回去了，要庆祝也得回去庆祝。要不你们跟我走？"

她如今大学里有这么多好朋友，还有唐劲风这么重要的人物，庆生怎么能没有他？

穆津京嘟了嘟嘴道："我也想去呢，可大哥把飞巴黎的机票都给我买好了，我得先走一步。月儿姐，你早点来欧洲跟我会合呀，别让我等太久啊！"

高月起疑道："会合？"

她大学马上就开学了，什么时候说了要去欧洲？

穆津京还没意识到说漏了嘴，穆嵘赶紧打哈哈道："这丫头就指着有人陪她呢，主意都打到月儿姐身上了。你甭理她，该干吗干吗，啊？"

穆津京吐了吐舌头。

高月却不由得产生了怀疑。穆津京在他们这辈人里年纪最小，却是穆皖南和穆晋北的亲妹妹，她大舅舅的老来女，心思单纯，没什么多弯弯绕绕，不知道是不是穆皖南他们跟她交代了什么。

高月不知道自己为什么这么想，但总觉得自打上回穆皖南、穆晋北兄弟来过A城之后，她的前途命运就有点被安排上的意思。

再加上这回在长辈们面前提了唐劲风的事，不知道他们的真实想法是什么，她多少有点担心。

但愿是她杞人忧天了。

雅思成绩出来，她的口语有八分，其他几门都是七分，算是相当不错的成绩了。

她忍不住向唐劲风嘚瑟，他只发来淡淡的两个字："不错。"

就算是这样，也足够她高兴好半天了。

可她也有一点失落：他就不问她为什么要考雅思吗？

他不怕她会出国？

然而等她回到A大报到才发现，原来早有一番天翻地覆的变化等着她。

寝室里的几个姐妹比她先回学校，看到她都是一脸欲言又止的表情。

她正琢磨这是什么情况的时候，宿舍楼内和楼下都一阵喧哗，对面寝室的人纷纷往她们这里挤："快来围观表白现场！"

高月她们跟着往窗户外探头张望，发现楼下围了很多人，中间那几个人她也认识，全是法学院的男生，唐劲风、周梧都在。

地上的蜡烛摆成了心形，里里外外摆了三圈，中间放着一大束玫瑰。

唐劲风他们寝室的几个人，加上生物系的小郑，都蹲在地上忙着张罗呢。

宿管大概是不让他们这么大张旗鼓地搞，尤其天黑了要点蜡烛，那是明火，不安全，宿管和保安连手提的灭火器都拿来了。

唐劲风正跟他们交涉。他仍然是简单的T恤衫、牛仔裤，神情温和诚恳，说话的姿态不卑不亢，跟平时没什么两样。

最后当然是宿管让步，给了他们一个短暂的时间限制——不要太久啊，不然就扑灭你们爱情的小火苗。

唐劲风笑着道谢。

他笑起来，光风霁月，春风十里，让高月感觉他才是明火，而她是扑火的小飞蛾。

"哇，看不出，他还挺有心、挺浪漫的啊！"顾想想嚼着一颗大大的软糖，趴在高月旁边有点含混地说，"没想到他会选在这种时候表白……月儿，你要下去吗？"

高月的心脏已经跳得乱七八糟了，她猜想着唐劲风是不是也的确想念着她，要不然怎么她一个暑假都不在这里，一回来他就赶来表白了呢？

刚才寝室的姐妹们看到她都欲言又止，难不成早就听到了风声？

其实她对爱情的形式没什么奢求啦，像上回唐劲风约她吃饭那样，假如他能面对面地跟她说一句"我喜欢你，我们在一起吧"之类的话，她都觉得足够了。

她以前甚至觉得像楼下这种恨不得全世界都知道你喜欢一个人的表白什么的丢死人了，她男朋友要是敢这么搞，肯定被她打爆头。

然而对方是唐劲风，她的底线就一再被突破。这会儿从上往下俯视，她看着那一圈圈小蜡烛觉得顺眼得很，玫瑰花也顺眼，人……就更不用说啦！

唐劲风这时也刚好抬起头往楼上看，楼里所有看热闹的女生都发出一阵喟叹似的感慨，然后是更加密集的窃窃私语声。

高月的眼神跟他对上了，这段时间里累积下来的思念就像美酒的后劲儿一样由内而外地散发出来,冲得脑子里面一片混沌,连周围那些低语说了些什么她都没留意。

夜幕初降,小郑他们把蜡烛点了起来。刚刚她还不觉得,黑暗中火光这么一亮,红红的一片心意在夜风中微微闪耀着,效果竟然还挺好的。

高月突然就不敢看了,还是觉得有点难为情,等会儿他抱着玫瑰大声叫她的名字,整个宿舍都能听见啊!

敢情她以前到男生楼那边耀武扬威地这么搞,唐劲风也是这么挨过来的啊,还真是难为他了。

"周晓懿!"

楼下的人开始喊名字了,却喊得高月一愣。

这不对呀……不是叫她,而且这声音也不是唐劲风的啊!

她连忙探头出去,发现站在蜡烛圈中间抱着一大束玫瑰,一脸憧憬和深情的人居然是周梧!

"周晓懿是谁啊?大四计算机系那个吗?"

"对啊,住一楼的大四学姐吧?这些男生是法学院的吧,我记得唐劲风今年才大三啊,那要是他的室友,也才大三,居然向大四的学姐表白?"

"花开堪折直须折啊,再不表白人家学姐就毕业了。只是计算机专业的女生金贵着呢,就那么三五个,被本院男生捧惯了,看得上他吗?"

"你不如说理工科女生看不上他们文科男生啊!"

"那也不一定,你看生物系那谁……"

声浪又隐晦地匿了,高月知道这是又扯到她身上来了。

她倒不生气,就是情绪低落得很,跟坐过山车似的,哗啦一下就从最高点跌到了谷底。

唐劲风还是没有表白。即使他帮着兄弟来表白,也不肯依样画葫芦地向她吐露一点心声。

高月趴在窗边,羡慕也羡慕不来,只能当个普通观众。

亮处是看不到暗处的情形的,从她们亮堂堂的寝室看下去,她甚至看不清唐劲风站在人群中的哪个位置,有没有发现她已经回到宿舍了。

周梧抱着花叫名字叫了好一会儿,始终没有人应,也没有女生出去。老周一开始满怀希冀的嗓音也变得沙哑了,他站在那一堆蜡烛和鲜花中间,被火光映照着,变得很滑稽。

这大概也是高月不喜欢这种高调表白的理由之一——万一不成功呢?不就成笑话了嘛!

她正想着,手机叮的一声进来一条微信,居然是唐劲风发来的。

"你下来一趟。"

咦?

她正感到莫名,他又发来一条:"老周告白失败,来帮忙把他带走,不然他今天可能要睡在你们楼下了。"

胡悦她们看高月一脸仿佛便秘的表情,纷纷关切地问:"怎么了?"

"没……唐劲风让我下楼去帮忙,这趟表白看来是不成了。"高月烦躁地抓了抓头发,"我并不想去好吗?亏我还以为他是来向我表白的呢,一点惊喜也没有!我不要去。"

可她又隐隐觉得良心不安。

周梧多好的人啊,帮了她跟唐劲风好多好多忙,眼看着他尴尬无助地当着几百号人的面公然失恋,一段感情还没开始就要结束,也实在是于心不忍。

"算了,我还是去……"她改变态度也真是快,抓起鸭舌帽就要往外走,方便黑灯瞎火中伪装成被告白的那个人。

寝室的几个姐妹面面相觑。

最后胡悦上前拉住她道:"得了,我去吧。你不想下去就别下去了,反正我们这楼大多数人认得你,被认出来了更麻烦。"

不就失个恋嘛,跟谁没失恋过似的,同是天涯沦落人,看在模拟法庭的时候老周也对她们照顾有加的分上,她就帮他一回。

胡悦套了件黑色的薄外套,戴了鸭舌帽,将帽檐压得很低,把外套的兜帽也拉起来,走出去谁也看不清她是谁。

她就这么直直地走到那一堆蜡烛中间,一把接过玫瑰花,胡乱拥抱了周梧一下,然后就拉着一脸蒙的周梧扬长而去。

他们前脚走，宿管和保安后脚就跟上来，拎起灭火器一顿猛喷，爱情的小火苗终于被浇灭了。

法学院的兄弟们留下来收拾满地狼藉，更多的议论和焦点集中到了唐劲风身上。

"要不你先回去吧？"小郑低声关切道，"剩下的我们来收拾就行了。"

"没关系，我跟你们一起。"

他挺直了背，抬头看了看开着窗却没有人探头的502寝室，默默地跟其他人一起把地上的东西都打包拎到了自行车上。

看楼下的人都走了，林舒眉才关上窗，问高月："喂，你还好吧？"

"我？我有什么不好的？"高月悻悻地说，"不就是没被表白过嘛，我也想明白了，以唐劲风的个性，这辈子我怕是也听不到他说句窝心的话了。"

人还真是不易满足呢！

以前她是觉得他能回头多看她一眼、跟她多说几句话她就很开心了；后来想要一起上课，一起参加比赛，一起社会实践；想要了解他的过去，了解他的家人，想要他剖白内心跟她说一句喜欢她、想跟她永远在一起的话……

感情从来就不是单方面的付出，一旦有了回应，就不自觉地想要更多，大概真是永远没有尽头。

其实他们现在这样挺好的，跟男女朋友也没什么差别，顶多就是当事人没有正式宣布，亲昵劲儿少一点，她也没什么不满足的。

林舒眉却倚在窗边抱着胳膊说："谁跟你说这个了，我说的是唐劲风的事，你还不知道？"

高月觉得更莫名其妙了："知道什么？"

"你真的不知道吗？他没跟你提过？唐劲风的爸爸是杀人犯，这事你完全没听说过吗？"

高月只觉得脑袋里轰地一下，耳边嗡嗡作响，像是没听清："你们说什么？"

"你果然不知道啊？"顾想想有点忧心忡忡的，"学校论坛上都有详细的八卦了,前几天还有媒体来采访,感觉已经变成尽人皆知的秘密了。"

"听胡悦说,整件事就是你们双专业模拟法庭那个案子,你还记得吗?他们家原本好好的,结果他爸搞婚外情,害得他妈妈差点被情妇烧死,然后他爸又失手杀死情妇去坐牢了……啧,反正一笔糊涂债,人间惨剧。"林舒眉感慨着摇了摇头,"你们当时怎么想的,怎么就偏偏选了那个案子呢?虽然只是模拟,但事情过去这么久了,要重新面对这些场景和证据,他心里肯定挺难受的吧!"

他心里肯定挺难受的吧……

高月听她们你一言我一语地说完,脑海里只剩下这句话不停地重复,冲刷得她整个人有些摇摇欲坠。

"怎么……会这样的?"她的喉咙突然哽咽得像是说不出话来,还好林舒眉她们叽叽喳喳的没有留意。

"你也觉得很震惊吧?我们还以为你知道呢,虽然没有看不起他的意思,但发生这种事……也太惨了。"

而且他有那样的原生家庭,连普通人都会想要对他退避三舍吧?像高月他们家这样的,该怎么办?

"我不是问这个,我是说……"

"你是想问,为什么之前都好好的,怎么突然曝光了对吧?听说他爸爸要在服刑期间把肾脏捐给他妈妈,遇到些阻碍。要排除这些阻碍,舆情也很重要吧,有媒体来关注和报道,事情就瞒不住了。"

怎么会这样的?

高月脑子里一时很乱,她想不明白到底是怎么回事。

明明她和戴鹰跟她家里人提起过,他们根本不需要通过什么舆情就能帮到他,整件事根本不应该是这个发展啊!

她有点后悔刚才没下楼去了,他会不会误会她是不想跟他一起面对眼下的流言蜚语才不肯现身的啊?

她来不及多想,什么也没说就拉开寝室门跑了出去。

她要去找唐劲风,他现在面对各种猜测和八卦,压力一定大极了。

她一阵风似的走了,剩下寝室里的两个人面面相觑,一时不知该说点什么好。

林舒眉从桌子底下抽出一个纸箱，拿了一瓶酒出来："这是我们暑假去酒庄亲手下工艺单酿出的酒，整点？"

她总感觉胡悦和高月今晚出去都免不了要借酒浇愁，她跟顾想想干脆也来一杯，从专业角度探讨探讨这酒的问题。

"好呀！"顾想想也兴奋起来，拿出刚从家里带来的卤花生和鸡骨酱，就着下午买的面包下酒。

"你说……月儿不会有事吧？"顾想想还是忍不住有点担心。

"没事。"林舒眉笃定道，"我记得胡悦跟我说过，他们模拟法庭之前挑案例的时候，月儿就蹦起来表示坚决反对用这个案例。胡悦当时还觉得她是不是吃错药了，现在看来不是吃错药，怕是她早就知道唐劲风家的事了。"

高月顾及他的感受，才会想要保护他。

林舒眉一直挺不相信爱情的，现在看来，高月跟唐劲风倒像是真爱。

高月开车去的五号男生楼。

要是以往她肯定横冲直撞就冲进去了，但经历了老周今天一场失败的表白仪式之后，加上唐劲风如今面临的种种压力，她决定低调一些，把车停在了宿舍区外。

可惜唐劲风不在宿舍里，他们整个寝室都没人，听说是去校门口的苍蝇馆子陪周梧借酒浇愁了。

于是她又赶到学校门口，走得太急，都忘了开车。苍蝇馆子的空调有些老化，冷气不够，头顶的风扇呜呜转个不停，可她进去转了一圈，竟然只看到老周一个人！

不对，也不是一个人，还有胡悦。

高月火急火燎地问："怎么就你们俩在这儿啊，其他人呢？"

她看着那一桌子菜，还有放在脚边的一箱啤酒，怎么看都不像是他们两个人的量啊！

"你是想问唐劲风去哪儿了吧？"胡悦一边夹菜吃，一边头也不抬地说,"刚才还在这儿呢,大概看周梧在女生那儿受的伤在女生这儿疗比较好,点好菜就跑了。旁边就有网吧,唐劲风打游戏去了吧?"

高月只好拿出手机发消息问唐劲风:"你在哪里呀?"

他的回复一如既往简洁:"第三食堂。"

她有种一夜被打回原形的感觉,这么冷淡……他不会真的误会她怕了那些流言蜚语吧?

她抬脚要走,却被旁边的周梧突然爆发的哭声给镇住了:"你为什么这么狠心?你不喜欢我干吗要给我那么多暗示……我都表白了,买了蜡烛和花……呜——"

他这一号把整个饭馆里的人的目光都吸引过来了。高月又刚好站在他身边,大家一副看热闹不嫌事大的眼神,大概就是把她当成他嘴里的"负心女"了。

她看了看胡悦,胡悦抽了瓶啤酒给她,示意她——劝劝?

高月深吸一口气,接过啤酒,在他身边坐下,酒瓶子在桌边一磕就把瓶盖掀开了,朝已经喝得差不多的周梧举了举瓶子:"干什么呀,老周!不开心的事过去就过去了,来,我敬你!"

周梧舌头都大了:"敬、敬我什么呀?"

"一杯敬明天,一杯敬过往嘛!有什么大不了的,喝完这顿酒,前尘往事就都忘了,明早起来又是一条好汉!"

她咕噜咕噜闷了大半瓶酒,先干为敬。

周梧看得两眼发直,今天这俩姑娘都比他还汉子,能喝,还能豪言壮语,倒显得他一点都不洒脱了。

不就表白失败嘛,高月表白唐劲风都失败多少回了?他都做了见证,人家现在不也好好的,郎情妾意,一言不合就撒糖吗?

高月总说他是她和唐劲风的贵人,现在看来说不定她是他的贵人呢,总有种"恋爱吗?看俺老孙打个样给你看看"的感觉!

人家女孩子家都这么勇敢,他也要像个男人振作起来才行啊!

高月安慰好老周,留下胡悦断后,自己赶去找唐劲风。

她赶到第三食堂的时候,唐劲风正坐在角落的位置做合同翻译,桌面上都是摊开的文件纸张和词典。

他肩背挺得笔直，轮廓深邃好看，依旧是那个周遭发生的一切都与之没有太大关系的样子。

周围不再有那些若有若无的仰慕者，自习时趁他走开悄悄给他书里夹字条的女生大概也不会再有了。

反而是那些躲在暗处的八卦，无时无刻不想着销蚀他的灵魂，想看他跌落，看他不安。

可他看起来好像挺坦然的，至少她是没在他身上感觉到想象中的那种挣扎和痛苦。

她只是看不惯那些在背后对他议论纷纷的人，哪怕是当作西洋景来看也不行。

所以从食堂中门走进去，看到有两个女生隔着一段距离对他指手画脚、小声谈论的时候，她就故意走过去撞倒了她们旁边的空椅子。

哐当一声巨响，把那俩人吓了一大跳。

唐劲风也看了过来，然后很自然地把桌上的东西往一侧拨开，留出空间给她坐。

就这么一个简单的动作，让她刚才还七上八下的一颗心又落回了原处。

"你怎么一个人跑这儿来了？"她朝他嘟囔了这么一句，有点嗔怪的味道。

他头也没抬地说道："我刚才不是叫你下来吗？看你没答复，觉得你可能有别的事要忙，就先走了。"

"这么说，你原本是打算约我？"

他把手边一摞打印好的合同扔给她："说好继续帮我做翻译的，这是刚接的新活儿，你别想赖。正好让我看看暑假的雅思训练是不是真的有成效，还是雅思考官给你放水了。"

高月不服道："当然是我自己的努力有成效了，雅思的考官怎么会给我放水！"

"我听说有的考官会给长得好看的考生打高分。"

高月愣了一下，才道："你你你……你是在夸我好看吗？"

他终于抬眼看向她，屈起手指在那份合同文件上敲了敲："交稿时间不等人，抓紧时间做。"

他一敲一敲的，仿佛敲在她心上。她看着他修长漂亮的手指，心里泛起些心疼，替他委屈："你真的没事吗？我也是刚听说你家里的事全校都传开了，大家都说你……说你……"

"说我是杀人犯的儿子？"他重新埋下头去，"没什么，我本来就是。"

"你别这么说！"高月急了，"事情都有前因后果，你又没做错什么，凭什么要承受这样的压力？你爸爸捐肾的事我跟我家里说了，我姥姥亲口说了要帮你的，我以为会很容易就解决的，谁知道这么快就闹得尽人皆知……你、你相信我，不是我说出去的啊！"

"我知道你不会。"他停下笔道，"是我自己的原因。"

高月不解。

她的神情让他想起那天见她妈妈时的情形，那些解释的话又精简了一些："我想自己努力试试，不管行不行，我迟早也是要面对的。"

"可是……"

"外界的压力是很大，但不管要做成什么事都不可能没有代价。你觉得我没法接受这种压力吗？"

"才不是呢！我是心疼你啊！"

他看她急赤白脸的样子，心里反而觉得很暖。

"等会儿在学院办公室里还有个采访，你要不要来看看？"

"啊，什么采访，关乎你家里的事吗？"

"嗯，现在一个视频都拍得像纪录片一样了。"他笑了笑，"我跟刑法课老师和学院书记说好了，他们都很支持我。"

"那我也去。"

连老师们都支持他，她没理由置身事外啊！

到了学院楼门口，她忽然想起来："哎，你要上镜头哦，要不要化妆啊？"

"不用，也不是第一次接受采访了。"

"那不行，今天这个媒体不是还挺权威的吗？影响力越大，你越要好好把握机会啊！"

"机会跟化不化妆有什么关系?"

"当然有关系了,关系大了!现在什么都讲视觉效应,好看的东西总是比较容易引发关注,你不要浪费了你的盛世美颜啊!"

"我不……"

话没说完,她已经把他拉进旁边的洗手间,反手锁上了门。

学院办公室这一层的卫生间仅供老师和辅导员使用,都是独门独卫的,她把他拉进了男厕那一间。

"你干什么啊?"他压低声音,不敢大声喧哗,怕人家看到他们两个学生反锁在卫生间里产生什么不好的联想。

高月从随身的包里掏出粉盒:"听话,让我给你化个妆,我们就出去。"

"别闹了,摄制组的人应该都到了,不能让人家等着我。"

"我没闹,你让我给你扑点粉,等会儿上镜效果保证好!"

唐劲风被她逼到墙角,还没反应过来,她的粉扑已经揾在了他的脸上。

这是第几回了?她怎么这么热衷给他化妆呢?

高月倒真的不是在玩闹,抿着嘴,神情专注地给他的脸上盖粉,打一点高光。

她希望他上镜也是精精神神的,这么好的底子,迷倒万千少女和老阿姨不是问题,她要让大家都看看这样一个翩翩少年郎在过去的家庭阴影下是怎么成长起来的,又将面对什么样的困难。

唐劲风似乎也了解了她的心意,放弃挣扎,靠在墙上,由着她那粉扑把他脸上的粉霜扑匀。

他略微低下头就能看到她的脸,她一直都化淡淡的精致的妆容,眉毛和嘴唇尤其描得好看。

据说女生化妆也是一种礼仪,他不是没见过她素面朝天的样子,她也天生丽质,可大多数时候出来见他,她会化一点妆,大概是那种女为悦己者容的心态。

直到她拿出口红,他才回过神来,坚决地说:"这个不要。"

她唇上这种辣椒一样的口红是很正很适合她的一抹亮色,涂在男生嘴上就是另外一回事了。

"你不喜欢这个颜色？"她马上又从包里换了另一支出来，"那我们用这个，豆沙色，很温柔的日常色哦，男生也可以驾驭的。你要还不满意，我这里还有……"

说着她又要从她那个不知内里有多大乾坤的包包里拿口红，被他拉住了手腕。

"够了。"唐劲风拉住她，目光灼灼，语气却是镇定又温和的，"不用担心我，没事的。"

他还是懂她的，在所有这些小动作背后，其实都掩藏着她的不甘和心疼。

高月看着他，突然踮起脚来，猝不及防地把吻印在他的唇上。

这次不再是蜻蜓点水，而是辗转碾磨，感觉到两人几乎同时屏住了呼吸，她才退开来，眼神迷迷蒙蒙的，盯着他的嘴唇说："你不想涂口红，那我把我的给你。"

这个色号别处都不会有，衬得他的脸色白里透红，再好看不过了。

他完全怔住了，她抢在自己开始害羞之前打开门，把他拉了出去："走了走了，不是不好让人家等嘛！"

摄制组果然已经在学院办公室等候，他进去跟人一一握手，管每个人都叫老师。

高月没有跟进去，就在门口看着，采访的时候他换上了白色衬衫和一件休闲西服，波澜不惊地跟人聊道："还好，习惯了，没有觉得很辛苦。我现在就希望妈妈能平安地活下去。"

走廊里有人抽烟，烟雾都呛到她的眼睛里来了，不然她的眼眶怎么一阵发酸？

有工作人员看她探头探脑的，忍不住问："同学，你有事吗？"

她连忙摆手，最后恋恋不舍地看了唐劲风一眼，就匆匆转身离开了。

她开车回了趟家，下决心一定要问清楚这是怎么一回事。

难得父母都在家。每年开学的第一周，他们无论多忙都一定要回家陪她吃饭，送她去学校，从小学开始，从来没有哪个学期例外过，就连她上了大学，这个规矩都保留了下来。

只不过今年她不想让他们送罢了。

院子里灯火通明，夫妻两人偷得浮生半日闲，就在别墅的院子里侍弄花草，老爸扶着幼苗，老妈把手里最后一抔土撒在花盆里，轻拍夯实。

抬头看到她回来，穆锦云先摘了手套，又解开宽檐遮阳帽，"哟"了一声："你怎么回来了？不是刚开学嘛，这么快就想家了？吃饭了没，我叫阿姨热一碗燕窝雪梨给你？"

高月摇头，又看了看她妈妈身后的老高："妈、爸，我有事想问你们。"

她不想破坏家里这么和谐安宁的气氛，从小到大，她一直生活在这样的宠爱和安宁里，然而她脑海里又总是不自觉地想起唐劲风说起他那个千疮百孔的家庭时说的——没有觉得很辛苦。

"什么事啊？"高忠民也拍了拍手里的土，走进屋子里来。

"在北京的时候，我跟戴鹰不是提过我那个校友的事吗？姥姥也说惋惜，请你们有能力就帮一帮，还记得吗？"

夫妻俩对视了一眼，一时没吭声。

于是高月接着说："我今儿个回到学校，发现几乎全校的人都知道他家里的事了。我就想知道，这是怎么回事？你们到底使劲儿了吗？"

高忠民张嘴正要说话，穆锦云拉住他，上前把手按在高月的肩膀上："这事我们了解过了，还没插上手。现在的局面，应该是他自己取舍的结果。要利用舆情，让更多人关注这个情况，就不可能瞒得住他跟这个案子的关联。他自己肯定也想到了，确定这样的代价是他承担得起的，才会这么做。"

"他来请我帮忙的时候，不是这么想的。"

要是可以选，谁愿意把这样的伤疤暴露在众人面前？

千夫所指，无病而死。

高忠民一听这话就不高兴了："他主动来找你帮忙，就证明他知道我们家的背景，说不定就是冲着这个接近你的。你这孩子怎么没点防人之心呢？被人利用了都不知道。"

"他不是那样的人！"高月不由得拨高了声音，"他早就知道我是什么样的背景,从来没想占我一分一毫的便宜。这回要不是人命关天,他根本就不会来找我开这个口。"

"所以你还骄傲上了是吧?我告诉你,这孩子再优秀也配不上你,你趁早给我绝了那份心!他家里的事,我们不插手还好说,他能折腾成什么样全看他自己的本事,要我插了手,他这事还真不一定能成!"

"爸!"高月又气又急,直跺脚,"您怎么可以威胁我?"

"我这是为你好!你当你在学校里闹出的各种笑话我都不知道?我放纵你去闹,不管你,那是信任你,结果你看看现在弄得……"

高忠民也气得够呛,穆锦云抚着他的胸口:"哎呀,嚷嚷什么?注意自己的血压啊!"

高月看他们那样就知道他们是一伙的了,一气之下扭身就跑上楼,把自己反锁进了自个儿的房间里。

穆锦云拿钥匙来开了门,把手里的燕窝炖雪梨放在桌上,说:"好了,别闹别扭了,来把甜汤喝了,有什么话我们慢慢说。"

高月把眼角的泪抹掉,吸了吸鼻子道:"我说了不想喝,等会儿我就回学校去了。"

"这么晚了,你一个女孩子开车不安全。住一晚再走吧?"

"我不,我就要回学校去!至少学校里大家都是平等的,不会有人威胁我。"

穆锦云好笑道:"你爸那急脾气不就跟你一个样?他没坏心的,帮不帮忙先不说,哪会真去搞破坏啊,他闲得慌吗?"

"对啊,就是闲得慌!"

"那闲人现在不在这儿,你有什么话跟妈妈说,我们好商量。"

高月仍扭着身子不看她:"我才不要呢,你跟他是一伙的。"

"做父母的心当然都是一样的,但我也想听听你的想法啊。之前那么不明不白的,说是校友,你还拐着大鹰来帮你开这个口,我们什么都靠猜,哪里猜得准啊?"

"大鹰告诉你们的?"

她就知道这家伙是个叛徒。

"你也别怪他,他心思单纯耿直,经不住套话。"穆锦云顿了顿,又道,"倒是唐劲风那孩子,沉稳懂事,心思也藏得深,你确定你真的了解他的想法吗?"

高月浑身一僵,转过身,有点不可思议地盯着她妈妈:"妈,你这是什么意思?你们见过他?你们跟他说什么了?"

"没什么,就问问他的打算。他确实很优秀,不管是对将来还是对眼下的事都有自己的规划。现在肾脏移植这个问题,他也应该是做好了充分的心理准备的。你开学应该也见到他了,看出什么不对劲儿和难堪来了吗?"

那倒真没有,但恰恰因为没有,她才格外心疼他。

他也不过二十岁的年纪,再怎么成熟稳重、心思内敛,处在这种旋涡中心,被人戳着脊梁骨说是杀人犯的儿子,也会沮丧、伤感、愤懑,这是身为人的基本情绪啊,他藏得好不等于没有,他们怎么就忽略了呢?

而且她最在意的是,他们怎么可以背着她去找他啊?

他们到底聊了什么?

她内心惶恐,屁股下的椅垫像长出了针来,让她一刻也坐不住了,腾地一下就站起来。

穆锦云仰起脸看着她道:"你冷静一点,好好想一想。他的家庭一直以来就是这个状况,肯定从小没少受这样的白眼和议论,现在无非在大学里又遭受一遍。将来进入社会,可能还会再有这样的事情,反正发生过的事是永远抹不掉的。你现在这么大的反应,到底是替他不值,还是觉得站在他身边受不了这些异样的眼光?你还年轻,不要觉得一句喜欢就可以解决所有的事。要跟背景那么复杂的男孩子在一起,你真的已经准备好了吗?"

高月半晌没说话,妈妈到底是了解她的,这番话的确戳中了她的痛处,让她对这份感情又生出几分不自信来。

"我没有门第之见。"穆锦云继续缓缓地说着,"我跟你爸爸也不是什么门当户对的婚姻,小唐要只是个普通家庭出身的孩子,哪怕家里贫寒一些都没关系。可他家里这样的状况。就决定了他未来的伴侣也要承受很多问题,处理不好,对两个人的感情会是很大的消磨。你们现在都还不成熟,等再成熟一些,如果你还是这么选,我会支持你。"

"我等不了。喜欢一个人为什么还要等啊?等来等去说不定他都不是那个人了。"她又红了眼眶,"而且我好喜欢他,妈妈,我好喜欢他的……"

穆锦云抱住她,在她背上拍了拍。

"我不知道该怎么办,我想帮他,可我不知道该怎么办。"

最近高月总是有这种无力感,就像妈妈说的,是她不够成熟,不够强大吗?

"如果你真的想帮他,还有我跟你爸爸。"穆锦云平静道,"你出国留学,小唐的事,我保证他如愿以偿。"

高月坐在篮球场场边的看台上,眼睛盯着场上来回跑动的身影,却没有焦点,只是沉默地将眼神放空。

戴鹰从球场上跑过来,抹了把汗,在她身边坐下,看了看她手里的文件资料道:"这是你们生物系的交换生计划吧?你决定去了?"

高月看了他一眼,没有吭声。

她的确刚从生物系系办出来,系主任和负责学生工作的老师跟她说了好多话,当时感觉都听进去了,出来却怎么也想不起来都说了些什么。

她又想起自己小时候上台表演的经历,跟这个优待一样,都因为她是老高家的女儿。

"你有没有挣扎了很久都挣脱不了一些东西的时候?"她问戴鹰。

"有啊,怎么没有?我老爸啊!"戴鹰毫不犹豫地回答,"我还以为上了大学就可以摆脱他们的控制了呢,结果从选专业开始,还是跟原来一样,他们说东,我不能往西。要是出国可以彻底摆脱他们,我倒想跟你一起出去。"

"可我不想出去。"

戴鹰皱了皱眉头,认真地看着她道:"是你爸妈的意思?他们非要你出国?对了,上回唐劲风的事……我也没想到他们会来问我,后来他们为难你了吗?"

高月摇了摇头:"算了,不怪你。该知道的他们迟早会知道。"

"那他们想让你出国,唐劲风知道吗?"

"还没有,最近他也忙,我还没跟他说。"

"可不是呗!又是视频采访,又是文字新闻,连我这种两耳不闻窗外事的人都听说了,可见他这事的影响力是够大的。听说还有挺出名的律所向他示好,愿意给他提供实习的机会,他也算是因祸得福了。"

"那是好事,做律师本来就是他的志向。"高月回头睨了戴鹰一眼,"还有啊,你少贫。你以为他爱出那风头吗?那是关乎他爸妈下半辈子的事,付出多少努力都不为过。"

"是是是,我不对,我的错!你还真是处处护着他,你要有一半这么护着我,为你肝脑涂地我也愿意。"

"你又知道唐劲风不愿意?"

"你可以问问他啊,就说你要出国留学,看他愿不愿意陪你去。"

高月白了他一眼:"你这是何不食肉糜。"

"啊,啥意思?"

高月懒得理他了。

唐劲风跟他们的情况不一样,连在国内出一趟远门都不能安心,家中一出事就不得不中途赶回去,出国留学就更不用提了。

她没想过让他陪她一起去,她只想他挽留她,让她也不要去。

只要他留她,她哪怕违背父母的意思,也要留在国内陪着他度过所有不堪与困扰。

她是在爱情里愿意肝脑涂地的那一个。

何况她也很想知道,他跟她妈妈到底聊了些什么,妈妈一直不肯告诉她实话。

唐家的事很快有了结果,监狱方面批复,由于情况特殊,且唐父在狱中表现良好,获得多次减刑,刑期也很快就要结束,同意这次给配偶捐赠肾脏的决定。

只要双方体检合格,很快就能安排手术了。

这样的结果当然是众人喜闻乐见的,但发生在跟家里摊牌之后,高月也说不清到底是唐劲风先前那么多努力真的起了作用,还是她父母插手的缘故。

心里一旦有了一丝怀疑,很快就会扩大成整片阴影。

她会忍不住想,是否那天妈妈跟他见面的时候就已经跟他谈好条件了?

她胡思乱想着,几乎没有勇气主动去找唐劲风说些什么,也不知道该怎么跟他说。

没想到他却主动来找她:"你能不能跟我一起去一个地方?"

他带着她,再次来到山城监狱。这回的会见信上有她的名字,她头一次进入监狱内部,见到了唐劲风的父亲。

年纪刚过半百,在如今不过算是中年人,可眼前的人头发已经花白,剪得很短贴着头皮,穿着夏天的囚服,露出苍老瘦削的手臂。

"来了?"隔着一扇玻璃,他在唐劲风对面坐下,两人几乎同时拿起对讲电话。

唐正杰看到高月显得很高兴,问儿子说:"这位是你的同学?"

"校友。"唐劲风比平时更言简意赅,她才发觉其实她都已经快要忘了他真正冷漠时是什么模样了。

"我知道,你在信里说,多亏了有她帮忙,这次才能救你妈妈,对吧?"

唐劲风不动声色,稍微点了点下巴,算是承认。

高月的一颗心却猛地往下坠了坠,仿佛有什么不好的联想无意中得到了印证。

可是唐劲风投向她的眼神,却是坚定、温和又坦荡的。

就像是怕她害羞,像平时那样经不得夸,他给她一颗糖,让她定下心来。

她不知该怎么反应,只好笑了笑,事后回想起来,实在太不够端庄大方了,甚至有点尴尬。

唐正杰却很高兴,一直拼命找话题想跟唐劲风聊,但唐劲风回应得冷淡,说不了两句就要结束话题的样子。

"我最后问你一次,你真的想好要做手术了吗?现在后悔还来得及。"

假如到了手术台上再后悔，那对他妈妈来说无疑又是一次严重的伤害。

"放心吧。"唐正杰苦涩地笑了笑，"我这辈子做过最后悔的事就是当初跟那个女人在一起，害了你妈妈，也害了你。"

唐劲风抿紧了唇没说话，唐正杰又转向高月，看着她说："小高啊，我们小风一直是特别优秀自律的好孩子，在家里出事之前就是这样了。他跟我不一样，反倒更像他妈妈，聪明、懂事、待人真心，千万不要因为我的事影响你对他的印象啊！"

"我今天不是来跟你说这些的。"唐劲风不想再跟他聊下去，拉起高月说，"我们走。"

她跟着他一直走到监狱大门外头，迎面吹来的风已经有了秋天的凉爽之意，她还是没搞懂他带她到这儿来的含义。

"谢谢你。"他终于开口对她说，"本来我以为今天真的没勇气到这儿来。"

来了就意味着宽恕，这对他来说是比这两个月来在情与法之间奔走和努力更难的事吧？

他个子那么高，逆着光，她却还是读懂了他的心事。

"那为什么谢我呀？我又没做什么。"

她嘟囔着，有点嗔恼的意思。

"你已经帮我挺多了。"有些事并不只是表面上的，可他不知道该怎么说才能让她明白。

高月想问之前他跟她妈妈见面的事，可话到嘴边，却变了："手术安排在什么时候？"

"可能下个月月初，不会太久。"

月初啊，也就是还有十天左右。月初是她的农历生日，这回暑假事情太多，阳历生日没来得及庆祝，她本想着农历补回来，所以心里总记着。

唐劲风看她出神，问："怎么了？"

"噢，没事，我……下个月过生日。"

他似乎愣了一下，很快反应过来，问她："你有什么想要的生日礼物吗？"

高月茫然地摇头,很快又点头,有些欢喜地说道:"你要送我生日礼物?"

"在我承受范围内的东西,当然可以。"

假如她想要卡地亚的首饰,或者新的跑车,那他现在的确给不了她。

"我要你,可不可以?"

她又换上一副嬉皮笑脸的样子,那是他熟悉的、她常常拿来掩饰羞涩和惶恐的套路。

他张了张嘴,还没来得及说话,她突然踮起脚,勾住他的脖子抱住他,声音瓮瓮的:"算了,你别说了,也别对我这么好,我怕以后我会舍不得你。"

他脸上泛红,这还在监狱门口,虽然门岗的武警目不斜视,但这样公然亲昵还是让人有点窘迫。

他拉开她的胳膊,想把她从身上扒拉下来,她却怎么都不肯放手,他只好像胸前驮着一个考拉一样把她搬到远一点的树荫底下。

"舍不得……是什么意思?你要去哪里?"

"荷兰。"她吸了吸鼻子,"我要出国留学,你觉得好吗?"

唐劲风想起她妈妈当时来找他时说过的话,沉默了一阵。

她终于放开他,有点疑惑地看着他的眼睛说:"你怎么不说话?"

"你说过你想做自己的酿酒品牌,对吧?"

"嗯,对啊。"

"最先进的酿造技术和管理经验都来自欧洲,对吗?"

"嗯。"

"既然这样,你还有什么好犹豫的,当然应该去。"

他也始终记得她二哥穆晋北说过的话,等他们都成为更好的人,有了掌控自身命运的能力,很多如今看来不可跨越的鸿沟和困难都可以改变。

高月心里却凉了一半:"你不挽留我吗?"

他其实能猜到她是什么意思,可是就像当初临时抽回那张写有他的心意的卡片一样,这样的承诺,他不能给她。

"这不是你自己的选择吗?"那他又有什么立场来挽留她?

"我爸妈逼着我这么选的！"

"那他们也是为你好，你……"

"又是'为我好'！"她的一颗心彻底凉了下去，"我爸妈这么说，你也这么说，那还是我不识好歹了？"

"高月……"

"你是不是跟我爸妈达成了什么共识，啊？他们是不是让你不要理我，好让我出国，这样就再也没人纠缠你，你也可以眼不见心不烦了？还是说他们给你开了更好的条件，比如帮你搞定你爸妈这次肾脏移植的事情？"

她太激动了，憋在心里的话甚至没来得及修饰一下就一口气说了出来。

唐劲风眼里有一闪而过的震惊，继而是失望："你就是这么看我的？"

"我不知道！所以你告诉我啊！"

他往后退了一步，跟她拉开了距离："我没什么好说的。"

"什么叫你没什么好说的？"她急了，"他们跟你谈了什么条件？你告诉我啊！"

"我已经说了，没这回事！"唐劲风也严肃起来，眼睛里染上了一层浅淡的怒意，"为什么你一定要把事情想得这么不堪？"

"那他们没来找过你吗？我家里人……他们没找过你，没跟你谈过什么条件？"

唐劲风别开脸道："没有。"

这是他跟她妈妈之间的君子协定，说了不会告诉她，他就会信守承诺。

他没有接受他爸妈的条件，甚至在被叩问真心的时候坦坦荡荡地表明了对她的爱护和珍视。

他以为她会懂的。他不走这条捷径，不用任何东西来换取自己的真心，哪怕一个人背负着那么多流言蜚语，承受着别人的手指戳到他的脊背上来，也不去低这个头。

他以为她一定明白的，可原来并不是。

高月的确只知道他在撒谎,他站在她的家人那一边,撒谎骗她。

他是多么正直的一个人啊,现在竟然在她已经知道谜底的情况下,企图用这么拙劣的谎言来蒙混过去。

他一定觉得自己不是她的什么人,没有立场让她留下吧?

这段感情,始终是她一个人的独角戏。

【未完待续】

MEMORY HOUSE